J. D. Salinger

Franny und Zooey

rororo

Rowohlt

Die Originalausgabe erschien bei Little, Brown and Company
unter dem Titel «Franny and Zooey»
Aus dem Amerikanischen übertragen von Annemarie und Heinrich Böll
Umschlaggestaltung Werner Rebhuhn

241.–243. Tausend November 1997

Veröffentlicht im Rowohlt Taschenbuch Verlag GmbH,
Reinbek bei Hamburg, Januar 1967

Satz Garamond (Linotronic 500)
Gesamtherstellung Clausen & Bosse, Leck
Printed in Germany
890-ISBN 3 499 10906 9

J. D. Salinger · Franny und Zooey

Möglichst im selben Geist wie Matthew Salinger, der, ein Jahr alt, einen Tischgenossen drängte, eine kalte Limabohne von ihm anzunehmen, dränge ich meinen Lektor, Mentor und – (Gott stehe ihm bei!) – engsten Freund William Shawn – «genius domus» des «New Yorker», der das Weitgesteckte liebt, die Unergiebigen beschützt, die Wortreichen verteidigt – ihn, den geborenen Meister-Verleger, der so unvernünftig bescheiden ist, dränge ich, dieses recht dürftig wirkende Buch anzunehmen.

Franny

Obwohl die Sonne strahlend schien, war am Samstag morgen wieder Mantelwetter, nicht Jackenwetter, wie es die ganze Woche über gewesen war und alle es sich für dieses wichtige Wochenende erhofft hatten – das Wochenende der Yale-Wettkämpfe. Etwas mehr als zwanzig junge Männer warteten auf dem Bahnhof auf ihre Mädchen, die mit dem Zug zehn Uhr zweiundfünfzig ankommen sollten. Aber nur sechs oder sieben waren draußen auf dem kalten, offenen Bahnsteig, die anderen standen in Gruppen zu zweien, dreien oder vieren drinnen im geheizten Wartesaal, alle ohne Mützen, alle rauchend, und sprachen aufeinander ein. Fast ausnahmslos hatten diese Stimmen den doktrinären Studententonfall, so als löse jeder einzelne Jüngling, wenn er abrupt in die Unterhaltung eingriff, ein für allemal ein höchst umstrittenes Problem, an dem die nichtimmatrikulierte Außenwelt seit Jahrhunderten auf mehr oder weniger ärgerliche Weise herumgestümpert hatte.

Zu den sechs oder sieben Jungen, die draußen auf dem Bahnsteig warteten, gehörte Lane Coutell in seinem Burberry-Mantel, in den offensichtlich ein wollenes Futter eingeknöpft var. Oder besser gesagt: er gehörte nicht dazu; schon länger als zehn Minuten nahm er ostentativ nicht an der Unterhaltung der anderen Jungen teil, lehnte mit dem Rücken gegen einen Bücherständer, in dem kostenlos die Schriften der Christian Science angeboten wurden; er hatte die bloßen Hände in den Taschen. Sein dunkelroter Kaschmirschal war am Hals so hoch gerutscht, daß er fast gar nicht gegen die Kälte schützte. Ganz plötzlich und wie in Gedanken zog er die rechte Hand aus der Manteltasche und fing an, seinen Schal zurechtzuzupfen, aber bevor er ihn ganz zurechtgezupft hatte, änderte er seine Absicht, langte mit derselben Hand in den Mantel und zog aus der Innentasche seiner Jacke einen Brief, den er sofort, mit noch halboffenem Mund, zu lesen begann.

Der Brief war mit der Maschine auf blaßblauem Briefpapier geschrieben und sah nicht mehr ganz frisch aus, sondern ein wenig zerknittert, als wäre er schon mehrmals aus dem Umschlag genommen und gelesen worden.

Dienstag, glaube ich

Liebster Lane,
ich weiß nicht, ob es Dir möglich sein wird, das hier zu entziffern, heute abend ist der Krach hier im Schlafsaal absolut unglaublich, man versteht kaum seine eigenen Gedanken. Wenn ich also irgend etwas falsch schreibe, so sei bitte so freundlich und übersieh es. Tatsächlich habe ich mich auf Deinen Rat hin neuerdings ziemlich ans Wörterbuch gehalten – wenn das meinen Briefstil verkrampft, so ist es Deine Schuld. Also, ich habe gerade Deinen wunderbaren Brief bekommen und liebe Dich bis zur Raserei, bis zum Wahnsinn usw. und kann das Wochenende kaum erwarten. Schade, daß Du mich nicht in Croft House unterbringen konntest, aber eigentlich machts mir nichts aus, wo ich wohne, wenn es nur warm ist und keine Wanzen und ich Dich gelegentlich sehe, d.h. jede, aber auch jede Minute. Ich bin seit kurzem ziemlich durchgedreht, d.h. verrückt. Dein Brief ist absolut himmlisch, besonders der Abschnitt über Eliot. Ich glaube, ich fange an, alle Dichter zu verachten, außer Sappho, ich habe sie bis zum Wahnsinn gelesen – bitte keine ordinären Bemerkungen darüber. Vielleicht schreibe ich sogar mein Semesterdings über sie, wenn ich mich entschließe, es mit Prädikat zu machen, und wenn ich den Blödhammel, den sie mir als Tutor gegeben haben, herumkriege. «Der zarte Adonis stirbt, Cytherea, was sollen wir tun? Peitscht eure Brüste, ihr Mädchen, zerreißt eure Gewänder!» Ist das nicht *herrlich?* Und sie *tut* es wirklich. Liebst Du mich? In Deinem gräßlichen Brief hast Du's nicht einmal gesagt. Ich hasse Dich, wenn Du so über-männlich und reserviert (Rechtschr.?) bist. Ich *hasse* dich nicht wirklich, aber ich bin von Natur gegen starke, schweigsame Männer. Ich will nicht sagen, daß Du nicht stark bist, Du weißt schon, was ich meine. Der Krach hier drinnen wird so schlimm, daß ich meine eigenen Gedanken nicht mehr höre. Also: ich liebe Dich und

möchte, daß dieser Brief per Eilpost rausgeht, damit Du ihn früh genug bekommst, wenn ich in diesem Irrenhaus überhaupt eine Briefmarke auftreiben kann. Ich liebe Dich ich liebe Dich ich liebe Dich. Weißt Du eigentlich, daß ich in den letzten elf Monaten nur zweimal mit Dir getanzt habe, nicht gerechnet das eine Mal im «Vanguard», als Du so blau warst. Ich werde wahrscheinlich hoffnungslos gehemmt sein. Übrigens werde ich Dich umbringen, wenn es bei diesem Ding einen offiziellen Empfang gibt. Bis Samstag, mein Holder!!

In Liebe Franny
xxxxxxxxxx
xxxxxxxxxx

P. S. Papa hat seine Röntgenaufnahme vom Krankenhaus zurückbekommen, und wir sind alle so erleichtert. Er hat ein Gewächs, aber nicht bösartig. Ich habe gestern abend mit Mutter telefoniert. Übrigens läßt sie Dich grüßen, Du kannst also über den Freitagabend *beruhigt* sein. Ich glaube, sie haben nicht einmal gehört, als wir reinkamen.

P. P. S. Immer wenn ich Dir schreibe, klingt es so unintelligent und doof. Warum? Ich erlaube Dir, das zu analysieren. Ach, wir wollen versuchen, dieses Wochenende nur glücklich zu sein, ich meine, laß uns versuchen, nicht alles und jedes zu Tode zu analysieren, besonders nicht mich. Ich liebe Dich.

Frances (ihr Zeichen)

Lane hatte diese Sonder-Lektüre des Briefes etwa bis zur Hälfte hinter sich gebracht, als er durch einen untersetzten Jüngling namens Ray Sorenson unterbrochen wurde, der regelrecht auf ihn eindrang, sich ihm aufdrängte. Sorenson wollte wissen, ob Lane wüßte, was das ganze Getue mit diesem blöden Rilke eigentlich bedeuten sollte. Lane und Sorenson waren beide im Kurs 251, Moderne Europäische Literatur (zugelassen nur ältere Semester und Examenskandidaten), und sollten sich bis Montag auf die vierte von Rilkes Duineser Elegien vorbereiten. Lane kannte Sorenson nur flüchtig, aber er hatte eine ebenso unbestimmte wie kategorische Abneigung gegen dessen Gesicht und dessen Manieren. Er steckte den Brief weg und sagte, er wüßte es nicht, glaube aber, er verstünde das meiste von Rilke. «Dann bist du gut dran», sagte Sorenson, «du Glückspilz.» Seine Stimme war fast kraftlos, so als habe er Lane nur aus Langeweile oder Sturheit angesprochen, nicht um irgendeine Art von menschlichem Kontakt zu suchen. «Gott, ist das kalt», sagte Sorenson und zog ein Päckchen Zigaretten aus der Tasche. Lane bemerkte eine verblaßte, aber immer noch störende Spur von Lippenstift auf dem Aufschlag von Sorensons Kamelhaarmantel. Es sah aus, als wäre sie schon seit Wochen, vielleicht seit Monaten da, aber er kannte Sorenson nicht gut genug, um ihn darauf aufmerksam zu machen, und im übrigen war es ihm auch gleichgültig. Außerdem lief gerade der Zug ein. Beide Jungen machten eine Art von halber Kehrtwendung zu der einfahrenden Lokomotive hin, fast gleichzeitig wurde die Tür zum Wartesaal aufgestoßen, und die Jungen, die sich drinnen gewärmt hatten, kamen an den einlaufenden Zug; die meisten von ihnen machten den Eindruck, als hätten sie mindestens drei brennende Zigaretten in jeder Hand.

Auch Lane steckte sich, während der Zug einlief, eine Zigarette an, und dann, wie so viele Leute, denen man eigentlich nur probeweise erlauben sollte, jemand am Zug abzuholen, versuchte er, sein Gesicht von jeglichem Ausdruck zu entleeren, der auf einfache, vielleicht sogar schöne Weise gezeigt hätte, was er für die ankommende Person fühlte.

Franny war unter den ersten Mädchen, die aus dem Zug sprangen, aus einem Abteil am weit entfernten nördlichen Ende des Bahnsteigs. Lane sah sie sofort, und was er auch mit seinem Gesicht zu machen versuchte, sein Arm, der hoch in die Luft schoß, sagte die ganze Wahrheit. Franny sah den Arm, dann Lane und winkte ihm überschwenglich zu. Sie trug einen Mantel aus geschorenem Waschbärfell, und Lane, der rasch, aber mit unbewegtem Gesicht auf sie zulief, wurde sich mit unterdrückter Erregung klar, daß er der einzige Mensch auf dem Bahnsteig war, der Frannys Mantel wirklich *kannte*. Er erinnerte sich, wie er einmal in einem geliehenen Auto, nachdem er Franny länger als eine halbe Stunde geküßt, ihren Mantelaufschlag geküßt hatte, als wäre er eine organische Verlängerung von Franny und ebenso begehrenswert wie sie selbst.

«Lane», rief Franny erfreut – sie gehörte nicht zu denen, die ihr Gesicht von jeglichem Ausdruck entleeren. Sie fiel ihm um den Hals und küßte ihn. Es war ein Bahnsteigkuß – zuerst ganz spontan, aber doch in der Abwicklung nicht ganz reibungslos und mit einer Beimischung von Stirnen-gegeneinander-Stoßen.

«Hast du meinen Brief bekommen», fragte sie und fuhr im selben Atemzug fort: «Du siehst ganz erfroren aus, du Armer. Warum hast du denn nicht drinnen gewartet? Hast du meinen Brief bekommen?»

«Welchen Brief?» fragte Lane und nahm ihren Koffer auf. Es war ein marineblauer Koffer mit weißen Lederriemen, wie ein halbes Dutzend anderer Koffer, die gerade aus dem Zug gereicht wurden.

«Was? Du hast ihn nicht bekommen? Ich habe ihn Mittwoch eingeworfen, o Gott, ich habe ihn eigenhändig zur Post gebracht –»

«Ach, den! Ja. Ist das all dein Gepäck? Was ist das für ein Buch?»

Franny sah auf ihre linke Hand, in der sie ein kleines Buch in erbsengrünem Leineneinband hielt. «Das? Ach, irgendein Buch.» Sie öffnete ihre Handtasche, stopfte das Buch hinein und ging den langen Bahnsteig hinunter bis zum Taxistand hinter Lane her. Sie hängte sich bei ihm ein und sprach fast ununterbrochen, zunächst über ein Kleid in ihrem Koffer, das gebügelt werden mußte; sie sagte, sie habe ein wirklich reizendes kleines Bügeleisen gekauft, das aussähe wie ein Puppenbügeleisen, aber sie habe vergessen, es einzupacken. Sie sagte, nur drei Mädchen im Zug seien ihr bekannt gewesen – Martha Farrar, Tippie Tibett und Eleanor Soundso, mit der sie vor Jahren in Exeter oder sonstwo im Internat gewesen sei. Alle anderen Mädchen im Zug, sagte Franny, hätten sehr nach Smith-College ausgesehen, ausgenommen zwei vollkommene Vassar-College-Typen und eine vollkommene Bennington- oder Sarah Lawrence-College-Type. Diese Bennington-Sarah Lawrence-Type sah aus, als hätte sie die ganze Zugfahrt auf dem Klo verbracht, bildhauernd, malend oder sonstwas, oder als hätte sie unter ihrem Kleid ein Artistentrikot an. Lane, der fast ein bißchen zu schnell ging, sagte, es täte ihm leid, daß er in Croft House kein Zimmer für sie hätte bekommen können – es wäre natürlich völlig aussichtslos gewesen –, aber er habe in einem sehr hübschen, gemütlichen Haus ein Zimmer für sie. Klein, aber sauber undsoweiter. Er sagte, es würde ihr gefallen, und Franny hatte sofort die Vorstellung von einem weißen Holzhaus, in dem möblierte Zimmer vermietet werden. Drei Mädchen, die einander nicht kannten, in einem Zimmer, und wer zuerst ankam, würde die ausgebeulte Couch bekommen, und die beiden anderen würden sich in das Doppelbett mit einer einfach phantastischen Matratze teilen müssen. «Großartig», sagte sie begeistert. Manchmal fiel es ihr schwer, ihre Ungeduld über die Ungeschicklichkeit der Spezies Mann im allgemeinen und Lanes im besonderen zu unterdrücken. Sie dachte an jenen regnerischen Abend in New York, als Lane in einem verdächtigen Anfall von Bordstein-Menschenliebe sich von diesem wirklich gräßlichen Kerl im Smoking das Taxi hatte wegschnappen lassen. Nicht die Tatsache als solche fand sie so schlimm – weiß Gott, es war schrecklich genug, ein Mann zu sein und im Regen ein Taxi besorgen zu müssen –, aber sie erinnerte sich des wirklich furchterregenden, feindseligen Blicks, den Lane ihr zuwarf, als er zu ihr an die Straßenecke zurückkam. Jetzt, da ihr diese und andere Begebenheiten dieser Art einfielen, fühlte sie sich plötzlich schuldbewußt und gab Lanes Arm mit künstlicher Herzlichkeit einen kleinen Extradruck. Sie stiegen beide ins Taxi, der marineblaue Koffer mit den weißen Lederriemen kam vorne zum Fahrer.

«Wir bringen deinen Koffer und das andere Zeug nur rasch auf dein Zimmer – schieben es bloß eben in die Tür –, und dann gehen wir essen», sagte Lane, «ich sterbe fast vor Hunger.» Er beugte sich nach vorn und gab dem Fahrer die Adresse.

«Ach, wie wunderbar, dich wiederzusehen», sagte Franny, als das Taxi anfuhr. «Du hast mir gefehlt.» Sie hatte die Worte kaum ausgesprochen, da spürte sie, daß sie gar nicht wirklich meinte, was sie sagte, und wieder voller Schuldgefühl nahm sie Lanes Hand und verschränkte zärtlich ihre Finger mit den seinen.

Ungefähr eine Stunde später saßen die beiden an einem verhältnismäßig isolierten Tisch in einem Restaurant namens *Sickler's*. Es lag unten in der Stadt und war hauptsächlich in bestimmten intellektuellen Studentenkreisen des College beliebt, mehr oder weniger bei den gleichen Studenten, die, wären sie von Harvard oder Yale gewesen, wahrscheinlich auf eine zu zufällige Weise ihre Mädchen an *Morin* oder *Cronin* vorbeigesteuert hätten. Es muß vielleicht gesagt werden, daß *Sickler's* das einzige Restaurant in der Stadt war, wo die Steaks nicht unbedingt «so dick» waren – Daumen und Zeigefinger zeigten dabei einen Abstand von ungefähr drei Zentimetern. *Sickler's*, das bedeutete: Schnekken. Bei *Sickler's* bestellten der Student und sein Mädchen entweder beide Salat oder beide nicht – und meistens war das letztere der Fall, denn er wurde mit Knoblauch gewürzt. Franny und Lane hatten beide Martinis bestellt, und vor zehn oder fünfzehn Minuten, als ihnen die Getränke gebracht worden waren, hatte Lane von seinem einen Schluck genommen, sich dann zurückgelehnt, sich kurz im Restaurant umgeschaut mit dem fast greifbaren Ausdruck des Wohlgefühls (und er mußte sicher sein, daß niemand da widersprechen konnte). Er fühlte sich als der richtige Mann im richtigen Lokal, in Gesellschaft eines genau richtig aussehenden, unbestreitbar zu ihm passenden Mädchens, das nicht nur auffallend hübsch war, sondern – und das war viel wichtiger – nicht zu eindeutig in die Kategorie Kaschmirpullover und Flanellrock paßte. Franny hatte bemerkt, wie er sich für einen Augenblick in Positur setzte, und nahm es für das, was es war, nicht für mehr, nicht für weniger. Aber auf Grund einer alten, unabänderlichen Abmachung mit ihrem Gewissen beschloß sie, sich schuldig zu fühlen, weil sie es bemerkt hatte, und verurteilte sich selbst zu der Strafe, Lanes bevorstehender Konversation mit dem Anschein einer ganz besonderen Hingabe zu lauschen.

Lane sprach jetzt wie jemand, der für mehr als eine Viertelstunde die Unterhaltung allein bestritten hat und glaubt, einen Punkt erreicht zu haben, wo seiner Stimme nichts Falsches mehr unterlaufen kann. «Um es kraß auszudrücken», sagte er, «ich meine, was ihm einfach fehlt: die Hoden. Verstehst du?» Die Unterarme zu beiden Seiten seines Martini aufgestützt, beugte er sich in Rednerpose vor, auf Franny, seine passive Zuhörerschaft, zu.

«Was fehlt ihm?» fragte Franny, die sich räuspern mußte, bevor sie sprach; es war so unendlich lange her, daß sie etwas hatte sagen können.

Lane zögerte. «Männlichkeit», sagte er.

«Ich habe schon beim erstenmal verstanden.»

«Nun, das war sozusagen der Anlaß zu meinem Aufsatz – und ich habe versucht, es auf eine halbwegs gescheite Weise herauszubringen», sagte Lane und folgte unbeirrt der Bahn, auf die er seine Unterhaltung gelenkt hatte. «Mein Gott, was ich meine, ist – wirklich, ich dachte allen Ernstes, es würde untergehen wie eine bleierne Ente, und als ichs zurückbekam mit dieser verdammten «I» drauf, so großgeschrieben wie eine Tür, bei Gott, da kippte ich fast um.»

Franny räusperte sich wieder. Die selbstauferlegte Strafe, eine widerspruchslose Zuhörerin zu sein, schien abgebüßt. «Warum denn?» fragte sie.

«Warum denn was?» sagte Lane und sah aus, als fühle er sich unterbrochen.

«Warum dachtest du, es würde untergehen wie eine bleierne Ente?»

«Das habe ich dir doch gerade erzählt. Gerade bin ich damit fertig. Dieser Brughman ist eine Flaubert-Kapazität, oder ich dachte wenigstens, er wäre eine.»

«Ach so», sagte Franny und lächelte. Sie nippte an ihrem Martini. «Der ist wunderbar», sagte sie und blickte auf ihr Glas. «Gott sei Dank ist er nicht zwanzig zu eins gemischt, ich mags nicht, wenn sie fast ganz aus Gin bestehen.»

Lane nickte. «Ich glaube, ich hab den blöden Aufsatz in meinem Zimmer; wenn wir übers Wochenende eine Möglichkeit finden, lese ich ihn dir vor.»

«Wunderbar. Ich bin sehr gespannt drauf.»

Lane nickte wieder. «Ich meine nicht, daß ich etwas so furchtbar Welterschütterndes gesagt habe.» Er setzte sich ein wenig anders hin. «Aber – ich weiß nicht – ich meine einfach, der Nachdruck, mit dem ich zu begründen versuchte, *warum* er sich auf diese neurotische Art so zum *mot juste* hingezogen fühlte – das war nicht so schlecht. Ich meine, im Licht unserer heutigen Erkenntnisse gesehen. Nicht einfach Psychoanalyse und das ganze Zeug – aber doch bis zu einem gewissen Grade. Du verstehst mich schon. Ich bin weiß Gott kein Freudianer oder so, aber gewisse Dinge kann man doch nicht einfach als Freudianismen mit großem F übergehen – und damit hat's sich. Ich glaube, ich war doch bis zu einem gewissen Grade berechtigt, darauf hinzuweisen, daß keiner der wirklich großen Burschen – Tolstoi, Dostojewski, Shakespeare, um Himmels willen – solch ein verfluchter Wortklauber war. Mein Gott, sie *schrieben* einfach. Verstehst du?» Lane blickte Franny irgendwie erwartungsvoll an, es schien ihm, als habe sie ihm mit ganz besonderer Aufmerksamkeit zugehört.

«Ißt du deine Olive oder nicht?»

Lane blickte kurz auf sein Glas, dann auf Franny. «Nein», sagte er kühl, «willst du sie?»

«Wenn du sie nicht magst», sagte Franny. Sie merkte an Lanes Gesichtsausdruck, daß sie eine andere Frage hätte stellen müssen, aber noch schlimmer war, daß sie die Olive gar nicht mehr mochte und sich fragte, warum sie überhaupt darum gebeten hatte. Als Lane ihr sein Martiniglas hinhielt, blieb ihr nichts anderes übrig, als die Olive doch zu nehmen und mit scheinbarem Genuß zu verzehren. Dann zog sie eine Zigarette aus Lanes Päckchen, das auf dem Tisch lag, er gab ihr Feuer und steckte auch sich eine an.

Nach der Oliven-Unterbrechung herrschte für ein paar Augenblicke Schweigen. Als Lane das Schweigen brach, tat er es deshalb, weil er nicht einmal für Sekunden eine Pointe für sich behalten konnte. «Dieser Brughman meint, ich sollte den blöden Aufsatz irgendwo veröffentlichen», sagte er abrupt. «Ach, ich weiß nicht», und als sei er plötzlich erschöpft – oder besser gesagt, als fühlte er sich ausgebeutet von den Anforderungen einer Welt, die so gierig auf die Früchte seines Intellekts lauerte –, fing er an, die eine Seite seines Gesichts mit der flachen Hand zu massieren und fischte dabei, seine guten Manieren vergessend, ein bißchen Schlaf aus dem Auge. «Ich meine, kritische Essays über

Flaubert und diese Burschen gibt's dutzendweise für 'n Zehncentstück.» Er dachte nach und sah dabei ein bißchen verbittert aus. «In Wirklichkeit ist, glaube ich, in den letzten Jahren nichts wesentlich Neues über ihn geschrieben worden –»

«Du sprichst genau wie ein Assistent, aber genau.»

«Wie?» fragte Lane leicht beunruhigt.

«Du sprichst genau wie ein Assistent. Es tut mir leid, aber du sprichst so, ganz genauso.»

«Tu ich das? Darf ich denn vielleicht fragen, wie ein Assistent spricht?»

Franny sah, daß er gereizt war, und zwar ziemlich, aber aus einem Gefühl, das zu gleichen Teilen aus Selbst-Mißbilligung und Bosheit gemischt war, hatte sie den Wunsch, in diesem Augenblick auszusprechen, was sie dachte. «Nun, ich weiß nicht, wie es bei euch hier ist, bei uns ist ein Assistent eine Person, die die Vorlesung übernimmt, wenn der Professor verreist ist, einen Nervenzusammenbruch hat, zum Zahnarzt muß oder so. Meistens ist es ein Student vor dem Examen. Wenn's z. B. eine Vorlesung über russische Literatur ist, kommt er mit seinem Button-down-Kragen und dem gestreiften Schlips herein und fängt an, auf Turgenjew einzuschlagen. Das tut er etwa eine halbe Stunde lang. Dann, wenn er damit fertig ist, wenn er dir Turgenjew vollkommen und endgültig verleidet hat, fängt er an, über Stendhal zu reden oder irgendeinen, über den er seine Arbeit geschrieben hat. Da, wo ich bin, da laufen in der Englischabteilung ungefähr zehn kleine Assistenten herum, die einem die Sachen verleiden – und sie sind alle so hoch begabt, daß sie kaum den Mund aufmachen – verzeih den Widerspruch. Ich meine, wenn du anfängst, mit ihnen zu arbeiten, dann machen sie nichts als ein wahnsinnig *verzeihendes* Gesicht...»

«Dir ist wohl heute eine Laus über die Leber gelaufen – was? Verdammt, was hast du bloß – was ist nur mit dir los?»

Franny schnippte rasch die Asche von ihrer Zigarette und zog den Aschenbecher etwas näher zu sich heran. «Entschuldige», sagte sie. «Ich bin schrecklich. Schon die ganze Woche über fühlte ich mich so *destruktiv*. Es ist schrecklich, wirklich furchtbar.»

«Aber dein Brief klang gar nicht so verflucht destruktiv.»

Franny nickte feierlich. Sie blickte auf einen kleinen Flecken Sonnenschein auf der Tischdecke, der ungefähr so groß war wie eine Spielmarke. «Ich mußte mich sehr anstrengen, den Brief zu schreiben», sagte sie.

Lane wollte gerade etwas dazu sagen, als der Kellner plötzlich auftauchte, um die leeren Cocktailgläser wegzunehmen. «Möchtest du noch einen?» fragte Lane Franny.

Er bekam keine Antwort. Mit einer absonderlichen Intensität starrte Franny auf den kleinen Flecken Sonnenschein, als erwäge sie, sich auf ihm niederzulassen.

«Franny», sagte Lane geduldig, weil der Kellner noch da stand. «Möchtest du noch einen Martini?»

Sie sah auf. «Entschuldige.» Sie blickte auf die leeren Gläser, die der Kellner in der Hand hielt. «Ja. Nein. Ich weiß nicht.»

Lane lachte und blickte den Kellner an. «Was ist nun gemeint?» sagte er.

«Ja, bitte.» Sie wurde etwas lebhafter.

Der Kellner ging. Lane wartete, bis er den Raum verlassen hatte, sah dann wieder Franny an. Mit leicht geöffnetem Mund saß sie da und spielte in dem sauberen Aschenbecher, den der Kellner gebracht hatte, mit ihrer Zigarettenasche. Lane beobachtete sie einen Augenblick lang mit wachsender Gereiztheit, ganz offensichtlich verabscheute und fürchtete er jegliches Anzeichen von Unaufmerksamkeit bei einem Mädchen, mit dem er fast verlobt war. Außerdem war er natürlich beunruhigt über die Aussicht, daß Frannys Stimmung das ganze Wochenende verderben könnte. Er beugte sich plötzlich vor, stützte seine Arme auf den Tisch, um diese Angelegenheit endgültig zu bereinigen, aber Franny sprach schon, bevor er hatte anfangen können. «Ich bin heute schrecklich», sagte sie, «ich bin einfach nicht ganz da.» Sie entdeckte plötzlich, daß sie Lane ansah, als wäre er ihr völlig fremd oder ein Plakat für eine neue Linoleummarke auf der anderen Seite eines Untergrundbahnabteils, und wieder spürte sie diesen Stich von Untreue und Schuld, der die Losung des Tages zu sein schien, und sie reagierte auf dieses Gefühl, indem sie plötzlich ihre Hand auf Lanes Hand legte, aber dann zog sie sie fast sofort wieder weg und nahm ihre Zigarette aus dem Aschenbecher. «Ich werde gleich darüber weg sein», sagte sie, «ich verspreche es feierlich.» Sie lächelte Lane an – gewissermaßen gekünstelt, und ein Lächeln als Antwort hätte in diesem Augenblick die Dinge, die folgen sollten, wenigstens bis zu einem gewissen Grad gemildert, aber Lane war gerade dabei, seine eigene Marke von Unaufmerksamkeit auszuprobieren, und beschloß, ihr Lächeln nicht zu erwidern. Franny zog an ihrer Zigarette. «Wenn's nicht zu spät dazu wäre und so», sagte sie, «und wenn ich nicht so verrückt darauf gewesen wäre, ein *Prädikat* zu bekommen – ich glaube, dann würde ich Englisch ganz drangeben.» Sie schnippte ihre Asche ab. «Diese Pedanten und gescheiten kleinen Zerstückler machen mich einfach so krank – daß ich heulen könnte.» Sie sah Lane an. «Entschuldige. Ich höre jetzt auf, ich verspreche es dir – hätte ich nur ein bißchen Vernunft gehabt, dann wäre ich dieses Jahr gar nicht zur Universität zurückgegangen. Ich weiß nicht. Ich meine, das Ganze ist einfach nur eine unbeschreibliche Farce.»

«Brillant. Das ist wirklich brillant.»

Franny schluckte den Sarkasmus, wie etwas, das sie verdient hatte. «Entschuldige», sagte sie.

«Hör doch bitte auf, dich zu entschuldigen... Ich glaube, du hast noch gar nicht gemerkt, was für blödsinnige Verallgemeinerungen du da aussprichst. Wenn alle Englischlehrer so großartige kleine Zerstückler wären, dann wäre das ein vollkommen anderer...»

Franny unterbrach ihn auf eine fast lautlose Art, sie blickte über seine anthrazitfarbene Flanellschulter hinweg auf irgend etwas Unwirkliches auf der anderen Seite des Lokals.

«Was ist?» fragte Lane.

«Ich sagte, ich weiß, daß du recht hast. Ich bin einfach erledigt, das ist alles. Beachte mich nicht.»

Aber Lane konnte mit einer Auseinandersetzung nicht aufhören, bevor sie nicht zu seinen Gunsten entschieden war. «Verdammt», sagte er, «ich meine einfach, daß es in allen Lebensbereichen Leute gibt, die nicht kompetent sind. Das ist eine grundsätzliche Einsicht. Wir wollen mit diesen blöden Assistenten jetzt mal Schluß machen.» Er sah Franny an. «Du hörst mir doch zu, oder?»

«Ja.»

«Ihr habt zwei der besten Englischprofessoren, die es in diesem verdammten Land gibt. Manlius und Esposito. Mein Gott, ich wünschte, *wir* hätten sie. Sie sind wenigstens noch Dichter – du lieber Gott.»

«Nein», sagte Franny, «das sind sie nicht, und das ist ja einer der Gründe, warum es so schrecklich ist. Ich meine, sie sind keine *richtigen* Dichter. Sie schreiben natürlich Gedichte, die veröffentlicht werden und in allen Anthologien stehen, aber *Dichter*, das sind sie nicht.» Verlegen hielt sie inne und drückte ihre Zigarette aus. Schon seit einigen Minuten wurde sie immer blasser, und plötzlich schienen sogar ihre Lippen um ein paar Töne heller angemalt, als hätte sie sie mit einem Papiertaschentuch abgetupft. «Wir wollen nicht mehr darüber sprechen», sagte sie fast verdrossen und zerdrückte ihren Zigarettenstummel im Aschenbecher. «Ich bin einfach erledigt, ich werde uns das ganze Wochenende verderben. Vielleicht geht unter meinem Stuhl da eine Falltür auf, und weg bin ich!»

Der Kellner kam mit knappen, raschen Schritten näher und brachte noch zwei Martinis. Lane umfaßte mit seinen Fingern – schlanken, langen Fingern, die er möglichst nicht versteckte – den Stiel des Glases.

«*Nichts* verdirbst du, gar nichts», sagte er ruhig, «ich möchte nur wissen, was mit dir los ist. Mein Gott, muß man denn ein Bohemien sein oder tot, um ein *richtiger Dichter* zu sein? Was verlangst du eigentlich – etwa irgendein Rindvieh mit wallendem Haar?»

«Nein. Wollen wir nicht damit aufhören? Bitte. Ich fühle mich absolut elend, und ich bekomme einen schrecklichen...»

«Ich wäre froh, wenn wir das Thema fallenlassen könnten – ich wäre überglücklich. Aber bitte sag mir erst mal, was denn ein *richtiger Dichter* ist. Ich würde es zu schätzen wissen. Wirklich.»

Auf Frannys Stirn war eine ganz schwache Spur von Schweiß zu sehen. Vielleicht lag es daran, daß der Raum zu warm war, oder ihr Magen nicht in Ordnung, vielleicht waren auch die Martinis zu stark; Lane jedenfalls schien nichts zu bemerken.

«Ich weiß nicht, was ein *richtiger Dichter* ist. Ich wünschte, du hörtest auf, Lane. Im Ernst. Ich fühle mich sehr merkwürdig, sehr komisch – und ich kann einfach nicht...»

«Schon gut, schon gut – beruhige dich», sagte Lane, «ich wollte ja nur versuchen, dir –»

«Eins weiß ich sicher», sagte Franny, «was ein Dichter macht, ist schön. Ich meine, man erwartet, daß er etwas Schönes *hinterläßt* oder so. Die, von denen du sprichst, bei denen bleibt nichts, aber auch gar nichts Schönes. Denen, die ein bißchen besser sind, gelingt es vielleicht, in deinen Kopf einzudringen, so daß da *irgend* etwas bleibt, aber weil sie das fertigbringen, nur weil sie wissen, wie man etwas zurückläßt – das brauchen doch keine *Gedichte* zu sein, verdammt noch mal. Es kann genausogut irgendein schrecklich faszinierender grammatischer Mist sein – entschuldige den Ausdruck. Wie bei Manlius und Esposito und all diesen armen Kerlen.»

Bevor er irgend etwas antwortete, steckte sich Lane in aller Ruhe eine Zigarette an. Dann sagte er: «Ich dachte, du magst Manlius. Wenn ich mich recht entsinne, sagtest du – vor einem Monat –, du fändest ihn reizend und du würdest...»

«Ja, ich mag ihn, aber ich bin es leid, Leute einfach nur zu mögen. Ich flehe zu Gott, es möge mir jemand begegnen, vor dem ich Ehrfurcht haben kann... bitte, würdest du mich für einen Augenblick entschuldigen.» Franny sprang plötzlich auf, sie hatte ihre Handtasche umklammert und war sehr blaß. Auch Lane stand auf, er schob seinen Stuhl zurück. Den Mund ein wenig offen, fragte er: «Was ist los? Fühlst du dich nicht wohl? Was ist denn bloß?»

«Ich bin gleich wieder da.»

Franny verließ den Raum, ohne nach dem Weg zu fragen, als wüßte sie von früheren Mittagessen bei *Sickler's*, wohin sie gehen mußte.

Lane, allein am Tisch, rauchte und trank in bedächtigen Schlucken seinen Martini, damit er reiche, bis Franny zurück war. Es bestand kein Zweifel mehr: dieses Wohlgefühl, das er eine halbe Stunde vorher empfunden hatte – der richtige Mann mit dem genau richtigen oder richtig aussehenden Mädchen im genau richtigen Lokal zu sein –, von diesem Gefühl war nichts mehr übrig. Er sah auf den Mantel aus geschorenem Waschbärfell, der irgendwie falsch über der Lehne von Frannys leerem Stuhl hing – denselben Mantel, der ihn auf dem Bahnsteig so erregt hatte, weil er ihm auf einmalige Weise vertraut gewesen war –, diesen Mantel betrachtete er jetzt fast mit einer dumpfen Abneigung. Aus irgendeinem Grund schien er sich über die Falten in dem seidenen Futter zu ärgern, er sah weg, starrte auf den Stiel seines Cocktailglases, beunruhigt und unkonzentriert, wie jemand, gegen den man sich auf unfaire Weise verschworen hat. Eins war jedenfalls sicher: Das Wochenende nahm einen höchst seltsamen Anfang. In diesem Augenblick sah er zufällig auf und bemerkte auf der anderen Seite des Raums jemand, den er kannte – einen Schulkameraden mit seinem Mädchen. Er richtete sich ein bißchen auf, korrigierte seinen Gesichtsausdruck von ziellosem Umherblicken und Unzufriedenheit auf den eines jungen Mannes, dessen Mädchen nur zum Klo gegangen ist, wie Mädchen es nun einmal tun, und dem nichts übrigbleibt, als inzwischen zu rauchen und gelangweilt auszusehen, aber auf möglichst interessante Weise gelangweilt.

Die Damentoilette bei *Sickler's* war fast so geräumig wie der Speisesaal, und auf eine bestimmte Art schien sie kaum weniger komfortabel als dieser. Es war keine Wärterin da und offensichtlich niemand drinnen, als Franny hereinkam. Sie blieb einen Augenblick – fast, als wäre sie dort mit jemand verabredet – in der Mitte des mit Fliesen belegten Bodens stehen. Der Schweiß stand jetzt in Tropfen auf ihren Brauen, ihr Mund stand offen, und sie war noch blasser, als sie im Speisesaal gewesen war.

Ganz plötzlich und sehr rasch ging sie in die am weitesten entfernte und am wenigsten feindselig aussehende von den sieben oder acht Kabinen, wo sie zum Glück keine Münze einzuwerfen brauchte, schloß die Tür hinter sich, und mit einiger Schwierigkeit gelang es ihr, den Riegel auf «Besetzt» zu drehen. Ohne sich im geringsten über ihre Umgebung klar zu sein, setzte sie sich hin, drückte ihre Knie ganz eng aneinander, als wollte sie sich so klein und spezifisch so dicht wie möglich machen, dann legte sie ihre Hände senkrecht über die Augen, drückte die Handwurzeln hart in die Augenhöhlen, als wollte sie den Sehnerv ausschalten und alle Bilder in einer schwarzen Leere versenken. Obwohl sie zitterte, oder gerade weil sie zitterte, sahen ihre gestreckten Finger merkwürdig zart und hübsch aus. Sie blieb für einen Augenblick des Übergangs in dieser angespannten, fast embryonalen Stellung – dann brach sie zusammen. Sie weinte volle fünf Minuten lang. Sie versuchte gar nicht, die geräuschvolleren Bekundungen von Kummer und Verwirrung zu unterdrücken, sie weinte mit all den krampfigen Kehllauten, wie sie ein hysterisches Kind von sich gibt, wenn es sich festgeweint hat und den Atem an dem vibrierenden Zäpfchen vorbeidrückt. Und doch, als sie endlich aufhörte, hörte sie einfach auf – ohne daß sie beim Einatmen diese schmerzhaften, messerscharfen Stiche spürte, die gewöhnlich einem so leidenschaftlichen Ausbruch folgen. Als sie aufhörte, war es, als hätte ein plötzlicher Spannungswechsel in ihrem Bewußtsein stattgefunden, ein Wechsel, der unmittelbar beruhigend auf ihren Körper wirkte. Ihr tränenüberströmtes Gesicht war vollkommen ausdruckslos, fast leer. Sie hob ihre Handtasche vom Boden, öffnete sie und nahm das kleine Buch mit dem erbsengrünen Einband heraus. Sie legte es auf ihren Schoß – eigentlich auf ihre Knie – und blickte darauf herunter, starrte es an, als wäre das der einzig richtige Platz für ein kleines Buch mit erbsengrünem Leineneinband. Kurz darauf nahm sie das Buch hoch, hob es an ihre Brust und drückte es an sich – fest, aber ganz kurz. Dann steckte sie es wieder in ihre Handtasche, stand auf und verließ die Kabine. Sie wusch ihr Gesicht mit kaltem Wasser, trocknete es mit einem Handtuch, das an einer Rolle hing, malte sich die Lippen neu, kämmte sich und verließ die Toilette.

Sie sah großartig aus, als sie durch den Speisesaal zum Tisch zurückging, ganz wie ein Mädchen, das in der richtigen Stimmung und bereit ist, sich am Wochenende der Yale-Wettkämpfe zu amüsieren. Als sie sich rasch und lächelnd ihrem Stuhl näherte, stand Lane langsam auf, seine Serviette in der linken Hand.

«Gott, tut mir das leid», sagte Franny. «Du dachtest wohl, ich wäre gestorben?»

«Daß du gestorben wärest, dachte ich nicht gerade», sagte Lane und schob ihr den Stuhl hin. «Ich wußte einfach nicht, was los war.» Er ging wieder zu seinem Stuhl zurück. «Mein Gott, so schrecklich viel Zeit haben wir nicht, weißt du.» Er setzte sich. «Geht's dir besser? Deine Augen sind ein bißchen rot.» Er sah sie etwas genauer an. «Wieder in Ordnung, oder?»

Franny steckte sich eine Zigarette an. «*Jetzt* geht's mir großartig. In meinem ganzen Leben habe ich mich nicht so wahnsinnig *elend* gefühlt. Hast du schon bestellt?»

«Ich habe auf dich gewartet», sagte Lane, der sie immer noch aufmerksam ansah. «Was hattest du denn bloß? Magen?»

«Nein. Ja und Nein. Ich weiß nicht», sagte Franny. Sie blickte auf die Speisekarte, die auf ihrem Teller lag, studierte sie, ohne sie aufzunehmen. «Ich möchte nur ein Sandwich mit Geflügelfleisch und vielleicht ein Glas Milch – du bestellst dir aber, worauf du Lust hast, ich meine, nimm Schnecken und Oktopusse und so Sachen. Oktopoden meine ich. Ich bin wirklich gar nicht hungrig.»

Lane sah sie an, blies dann mit besonderem Nachdruck einen dünnen Strahl Zigarettenrauch auf seinen Teller. «Oh, das wird ein wahrhaft märchenhaftes Wochenende», sagte er. «Ein Geflügel-Sandwich. O Gott!»

«Ich habe einfach keinen Hunger, Lane», sagte Franny ärgerlich, «*entschuldige*, aber es ist so, aber bitte, bestell du dir, worauf du Lust hast, und essen tun wir dann gemeinsam, aber ich kann mir nicht einfach einen Appetit zulegen, den ich nicht habe – nur, weil du es so möchtest.»

«Schon gut, schon gut.» Lane reckte den Hals und rief den Kellner. Dann bestellte er für Franny ein Geflügel-Sandwich und ein Glas Milch, für sich selbst Schnecken, Froschschenkel und einen Salat. Als der Kellner gegangen war, blickte Lane auf seine Armbanduhr und sagte: «Wir müssen um Viertel nach eins, spätestens halb zwei in Tenbridge sein. Keinen Augenblick später. Ich habe Wally gesagt, wir kämen wahrscheinlich auf einen Drink zu ihm rein und würden dann vielleicht alle zusammen in seinem Auto zum Stadion fahren. Das paßt dir doch? Du magst doch Wally?»

«Ich weiß nicht einmal, wer das ist.»

«Verdammt, du bist ihm schon ungefähr zwanzigmal begegnet. Wally Campbell, mein Gott! Wenn du ihn einmal gesehen hast, so ist das, als ob du...»

«Ach, jetzt erinnere ich mich... Bitte, *hasse* mich nicht gleich, wenn ich mich nicht sofort an jemand erinnern kann, besonders, wenn er so aussieht, wie alle aussehen, und wenn er spricht und sich bewegt und angezogen ist, wie alle sprechen, sich bewegen und sich anziehen.» Franny verstummte, das klang so kritisch und so gemein, und sie spürte eine Welle von Selbsthaß, und buchstäblich sofort zeigten sich wieder Schweißtropfen auf ihrer Stirn. Aber gegen ihren Willen sprach ihre Stimme weiter. «Nicht etwa, daß ich ihn fürchterlich finde oder so, nur, daß ich vier komplette Jahre lang hintereinander, wohin ich auch kam, überall Wally Campbells begegnet bin. Ich weiß genau, wann sie anfangen, *nett* zu werden, ich weiß genau, wann sie anfangen, einem irgendeinen wirklich ekligen Klatsch über ein Mädchen zu erzählen, mit dem man im gleichen Schlafsaal liegt, ich weiß, wann sie einen fragen, was man im letzten Sommer gemacht hat, wann sie den Stuhl zurückschieben, sich rittlings daraufsetzen und anfangen, mit schrecklich, schrecklich leiser Stimme anzugeben – oder *Namen* fallen zu lassen, ganz wie *zufällig*, und mit schrecklich leiser Stimme. Es gibt da ein ungeschriebenes Gesetz, daß Leute aus einer bestimmten sozialen Schicht oder mit einem Bankkonto von bestimmter Höhe soviel Namen nennen dürfen, wie sie wollen, wenn sie nur, sobald der Name gefallen ist, etwas schrecklich Herabsetzendes über die betreffende Person sagen – daß sie ein Blödhammel ist oder ein Nymphomane, oder süchtig ist, jedenfalls etwas *Scheußliches*.» Sie hielt wieder inne, spielte mit dem Aschenbecher und vermied es, Lane anzusehen und seinen Gesichtsausdruck wahrzunehmen. «Tut mir leid», sagte sie, «es geht ja nicht um Wally Campbell, ich hacke nur auf ihm herum, weil du ihn erwähnt hast und weil er genauso aussieht, als verbrächte er den Sommer in Italien oder sonstwo.»

«Er war im letzten Sommer in Frankreich, damit du Bescheid weißt», sagte Lane. «Ich weiß, worauf du hinauswillst», fügte er rasch hinzu, «ich weiß, aber du bist so verdammt un –»

«Also gut», sagte Franny müde. «Meinetwegen also Frankreich.»

Sie nahm sich eine Zigarette aus dem Päckchen, das auf dem Tisch lag. «Es geht ja nicht um Wally, verdammt, es könnte genausogut ein Mädchen sein. Ich meine, wenn er ein Mädchen wäre – irgendeins aus meinem Schlafsaal z. B. –, dann würde er den ganzen Sommer über in irgendeinem Sommertheater Kulissen malen, oder mit dem Fahrrad durch Wales fahren, oder er würde sich in New York ein Apartment mieten, für eine Zeitschrift oder eine Werbeagentur arbeiten. Es geht um sie alle. Alles, was alle tun, ist so – ach, ich weiß nicht – nicht *falsch*, oder gar gemein, nicht einmal notwendigerweise dumm, aber es ist eben alles so klein, so bedeutungslos – und macht einen traurig, und das schlimmste ist, wenn du auf Boheme machst oder auf verrückt, dann bist du genauso konformistisch wie alle anderen, nur eben auf eine andere Art.» Sie schwieg, ihr Gesicht war vollkommen blaß. Sie schüttelte ganz kurz den Kopf und faßte sich für den Bruchteil einer Sekunde an die Stirn – weniger, so sah es aus, um festzustellen, ob sie schwitzte, eher so, wie es ihre eigene Mutter getan hätte, um festzustellen, ob sie Fieber hätte. «Mir ist so komisch», sagte sie, «ich glaube, ich schnappe über. Vielleicht bin ich schon übergeschnappt.»

Lane sah sie mit echter Bestürzung an – mehr Bestürzung jedenfalls als Neugierde. «Du bist totenblaß, richtig bleich, wirklich – ist dir das klar?» fragte er.

Franny schüttelte den Kopf. «Ach, mir gehts schon besser, in einer Sekunde ist alles vorüber.» Sie blickte auf, als der Kellner mit dem Essen kam. «Oh, deine Schnecken sehen köstlich aus.» Sie hatte gerade an ihrer Zigarette gezogen, aber die brannte nicht mehr. «Wo hast du die Streichhölzer hingetan?» fragte sie.

Lane gab ihr Feuer, nachdem der Kellner gegangen war. «Du rauchst zuviel», sagte er. Er nahm die kleine Gabel hoch, die neben dem Teller mit Schnecken lag, aber bevor er anfing zu essen, sah er Franny noch einmal an. «Ich mache mir Sorgen um dich, im Ernst. Mein Gott, was ist denn bloß in den letzten zwei Wochen mit dir passiert?»

Franny sah ihn an, zuckte dann gleichzeitig mit den Schultern und schüttelte den Kopf. «Nichts. Gar nichts», sagte sie. «Iß jetzt. Iß die Schnecken, wenn sie kalt werden, sind sie ungenießbar.»

«Iß du auch.»

Franny nickte und sah auf ihr Geflügel-Sandwich hinunter, sie spürte eine schwache Welle von Übelkeit, und sie sah sofort wieder auf und zog an ihrer Zigarette.

«Wie ist denn das Stück?» fragte Lane.

«Ich weiß nicht. Ich spiele nicht mit. Ich hab's drangegeben.»

«Drangegeben?» Lane blickte auf. «Ich dachte, du wärst so verrückt auf die Rolle. Was ist denn passiert? Hat jemand anders die Rolle bekommen?»

«Nein, das nicht. Ich habe von mir aus aufgehört. Es war gemein, richtig gemein.»

«Was ist denn passiert? Du bist doch nicht ganz aus der Arbeitsgemeinschaft raus?»

Franny nickte und trank einen Schluck Milch.

Lane wartete, bis er den Bissen, den er gerade aß, heruntergeschluckt hatte, dann sagte er: «Warum denn, um Gottes willen? Ich dachte, das Theater sei deine große Leidenschaft. Es war das einzige, über das du je...»

«Ich habe Schluß gemacht, das ist alles», sagte Franny, «es brachte mich ganz durcheinander, und ich fing schon an, mich wie so eine dreckige kleine Egozentrikerin zu fühlen.» Sie überlegte. «Ich weiß nicht. Es kam mir so geschmacklos vor, daß ich überhaupt Schauspielerin werden wollte. Ach, dieses ganze Ego. Und wenn ich in einem Stück mitgespielt hatte, haßte ich mich selbst, nachher, wenn wir hinter der Bühne waren. Alle diese Egos, die da herumrannten und sich so schrecklich *liebenswürdig* und *herzlich* vorkamen, jeden küßten, der ihnen in die Quere kam, überall geschminkt umherliefen und versuchten, so fürchterlich freundlich und natürlich zu sein, wenn deine Freunde hinter die Bühne kamen, um dich zu sprechen. Ich haßte mich einfach selbst – aber am schlimmsten war, meistens schämte ich mich fast, in den Stücken mitzuspielen, in denen ich eine Rolle bekam. Besonders im Sommer-Repertoire.» Sie sah Lane an. «Ich hatte gute Rollen, du brauchst mich nicht so anzusehen. Das war nicht der Grund. Ich hätte mich nur geschämt, wenn jemand, vor dem ich Respekt habe – etwa einer meiner Brüder –, dabeigewesen wäre und mich meine Sprüche hätte aufsagen hören. Ich schrieb bestimmten Leuten und bat sie, nicht zur Aufführung zu kommen.» Sie dachte wieder nach. «Nur die Rolle der Pegeen im ‹Playboy›, im vergangenen Sommer, ich meine, das hätte wirklich nett werden können, wenn nicht dieser eingebildete Pinsel, der den Playboy spielte, den ganzen Spaß verdorben hätte. Er war so lyrisch – mein Gott, war der lyrisch!»

Lane war mit den Schnecken fertig. Sein Gesicht zeigte eine beabsichtigte Ausdruckslosigkeit. «Er hat phantastische Kritiken bekommen», sagte er. «Vielleicht erinnerst du dich, daß du selbst sie mir geschickt hast.»

Franny seufzte. «Ja, Lane, schon gut.»

«Nein, ich meine, du redest da eine halbe Stunde lang, als ob du der einzige Mensch auf der ganzen Welt mit einer Spur von Vernunft und kritischem Urteilsvermögen wärst. Ich meine, wenn einer unserer besten Kritiker sagt, daß der Junge in dem Stück phantastisch war – dann war er das vielleicht – und du könntest unrecht haben? Hast du daran schon einmal gedacht? Weißt du, du bist noch nicht reif, noch nicht alt genug...»

«Er war phantastisch für jemand, der einfach nur Talent hat, aber um den Playboy richtig zu spielen, muß man ein Genie sein, man *muß* eins sein – ich kann nichts dafür», sagte Franny; sie setzte sich ein bißchen höher und legte ihre Hand oben auf ihren Kopf. «Ich fühle mich so aufgelöst, so komisch, ich weiß nicht, was mit mir los ist.»

«Du glaubst wohl, *du* bist ein Genie?»

Franny nahm die Hand von ihrem Kopf herunter. «Ach, bitte, Lane, laß das, tu mir das nicht an.»

«Ich will ja nur...»

«Ich weiß nur, daß ich anfange, den Verstand zu verlieren», sagte Franny, «nichts als Ego, Ego, Ego – das macht mich krank, mein eigenes Ego und die Egos aller anderen. Ich bin sie alle leid, die etwas *werden* wollen, die irgend etwas Bemerkenswertes tun wollen, jemand sein wollen. Ich finde es ekelhaft – ja, ekelhaft, und es ist mir gleichgültig, was man sagt.»

Lane hörte ihr mit hochgezogenen Augenbrauen zu, setzte sich dann zurück, um ihr seinen Standpunkt klarzumachen. «Bist du sicher, hast du nicht einfach Angst, mit den anderen nicht mitzukommen?» fragte er mit beabsichtigter Ruhe. «Ich weiß ja nicht sehr viel darüber, aber ich möchte wetten, ein guter Psychoanalytiker – ich meine ein wirklich bewährter – würde wahrscheinlich zu diesem Ergebnis kommen...»

«Ich habe keine Angst vor dem Nicht-Mitkommen, im Gegenteil, ich fürchte, ich *werde* mitkommen – verstehst du denn nicht? Das macht mir Sorge. Deshalb bin ich aus der Theatergruppe ausgestiegen. Weil ich so schrecklich dazu neige, irgend jemandes Wertmaßstäbe anzunehmen, weil ich gern Beifall habe und die Leute mag, die begeistert von mir sind; das alles hilft mir nicht. Ich schäme mich deswegen, und es macht mich krank, ganz krank, weil ich nicht den Mut aufbringe, ein vollkommener Niemand zu sein. Ich ekele mich vor mir selbst und vor jedem, der noch den Wunsch hat, irgendwie Wind zu machen.» Sie unterbrach sich, nahm ihr Glas Milch und setzte es an die Lippen. «Ich wußte, es würde nicht gehen», sagte sie und setzte das Glas wieder hin. «Meine Zähne benehmen sich so komisch – das ist ganz neu; sie klappern. Vorgestern habe ich fast ein Glas durchgebissen. Vielleicht bin ich schon vollkommen verrückt und weiß es gar nicht.»

Franny sah den Kellner an, der an den Tisch getreten war, um Lane die Froschschenkel und den Salat zu bringen. Der Kellner erwiderte ihren Blick und sah auf das unberührte Geflügel-Sandwich. Er fragte, ob die junge Dame vielleicht etwas anderes bestellen möchte. Franny sagte danke, nein. «Ich bin nur sehr langsam», sagte sie. Der Kellner, der nicht mehr jung war, warf einen kurzen Blick auf ihre blasse und feuchte Stirn, verbeugte sich dann und ging.

«Möchtest du das einen Augenblick haben?» fragte Lane plötzlich und hielt ihr ein gefaltetes weißes Taschentuch hin. Seine Stimme klang freundlich und mitfühlend, obwohl er den unnatürlichen Versuch machte, sie ganz sachlich klingen zu lassen.

«Warum? Meinst du, ich brauche es?»

«Du schwitzt. Ich meine nicht schwitzen, aber deine Stirn transpiriert ziemlich.»

«So? Wie furchtbar! Entschuldige...» Franny hob ihre Handtasche in Tischhöhe, öffnete sie und begann darin herumzuwühlen. «Irgendwo muß ich da doch Kleenex haben.»

«Mein Gott, nimm doch mein Taschentuch. Das macht doch nichts?»

«Nein – ich liebe dieses Taschentuch und möchte nicht, daß es schweißbefleckt ist», sagte Franny. Ihre Handtasche war eine von den vollgestopften. Um sich besser darin zurechtzufinden, packte sie ein paar Sachen aus und legte sie auf das Tischtuch, genau links von dem unberührten Sandwich. «Ach, da habe ich's», sagte sie. Sie klappte den Spiegel ihrer Puderdose auf und tupfte sich rasch mit einem Kleenex die Brauen ab. «Mein Gott, ich sehe ja aus wie ein Gespenst. Du mußt mich ja furchtbar finden.»

«Was ist das für ein Buch?» fragte Lane.

Franny sprang buchstäblich in die Höhe. Sie blickte auf den unordentlichen kleinen Berg ihres Handtascheninhalts auf dem Tischtuch hinunter. «Welches Buch?» fragte sie. «Meinst du das?» Sie nahm das kleine Buch in dem Leineneinband und steckte es in ihre Handtasche zurück. «Ach, das ist etwas, das ich mir als Reiselektüre eingesteckt habe.»

«Laß mich's doch mal sehen! Was ist es denn?»

Franny schien ihn nicht zu hören, sie öffnete wieder ihre Puderdose und blickte noch einmal rasch in den Spiegel. «O Gott», sagte sie, dann packte sie alles wieder ein – Puderdose, Geldtasche, Wäscherechnung, Zahnbürste, eine Rolle Aspirin und ein vergoldetes Mixstäbchen. «Ich weiß gar nicht, warum ich dieses verrückte alte Mixstäbchen mit mir herumtrage», sagte sie. «Ein ziemlich kitschiger Junge schenkte es mir zum Geburtstag, als ich im dritten Semester war. Er hielt das Geschenk für so schön und einfallsreich und starrte mich die ganze Zeit über erwartungsvoll an, während ich das Päckchen öffnete. Ich versuche immer wieder, es wegzuwerfen, aber ich kann es einfach nicht. Ich werde es wohl mit ins Grab nehmen.» Sie dachte nach. «Er grinste mich die ganze Zeit an und sagte, wenn ich es immer bei mir hätte, würde es mir Glück bringen.»

Lane hatte sich über seine Froschschenkel hergemacht. «Aber was ist das für ein Buch, verdammt, oder ist es etwa ein Geheimnis?» fragte er.

«Das kleine Buch in meiner Tasche?» sagte Franny. Sie beobachtete, wie er ein paar Froschschenkel zerlegte, nahm dann eine Zigarette aus dem Päckchen, das auf dem Tisch lag, und zündete sie an. «Ach, ich weiß nicht», sagte sie, «etwas, das ‹Der Weg des Pilgers› heißt.» Sie sah Lane beim Essen zu. «Ich hab's aus der Bibliothek. Der Mann, bei dem ich in diesem Semester Allgemeine Religionsgeschichte höre, hat es einmal erwähnt.» Sie zog an ihrer Zigarette. «Ich hab's schon seit Wochen, ich habe immer wieder vergessen, es zurückzugeben.»

«Von wem ist es?»

«Ich weiß nicht», sagte Franny beiläufig. «Offensichtlich von irgend so einem russischen Bauern.» Sie beobachtete weiter, wie Lane seine Froschschenkel aß. «Er erwähnt seinen Namen überhaupt nicht, du weißt bis zum Schluß nicht, wie er heißt. Er sagt nur, daß er ein Bauer ist, dreiunddreißig Jahre alt, einen verkrüppelten Arm hat und daß seine Frau tot ist, und es spielt so um achtzehnhundert herum.»

Lane ließ jetzt von den Froschschenkeln ab und wandte sich dem Salat zu. «Ist es gut?» fragte er. «Wovon handelt es?»

«Ich weiß nicht. Es ist sehr merkwürdig. Ich meine, es ist hauptsächlich ein religiöses Buch. Man kann es wahrscheinlich einerseits schrecklich fanatisch finden, aber dann findet man, es ist überhaupt nicht fanatisch. Es fängt an mit diesem Bauern – dem Pilger –, der herausfinden möchte, was das bedeutet, wenn in der Bibel steht, man solle ohne Unterlaß beten. Ohne aufzuhören, verstehst du. Im Brief an die Thessalonicher oder sonstwo. So zieht er also los, durch ganz Rußland und sucht jemand, der ihm sagen kann, *wie* man ununterbrochen betet und welches Gebet man sprechen soll.» Franny schien außerordentlich interessiert an der Art, wie Lane seine Froschschenkel zerlegte. Während sie weitersprach, blieben ihre Augen auf seinen Teller gerichtet. «Er trägt nichts bei sich außer einem Beutel mit Salz und Brot. Dann trifft er diesen Menschen, den man einen Staretz nennt – so einen schrecklich vollkommenen frommen Mann –, und der Staretz erzählt ihm von einem Buch, das *Philokalia* heißt. Dieses Buch hat offenbar eine Gruppe von Mönchen verfaßt, die schrecklich vollkommen sind und diese wirklich unglaubliche Methode des Betens verteidigen.»

«Haltet doch still», sagte Lane zu einem Paar Froschschenkeln.

«Jedenfalls lernt also der Bauer so zu beten, wie diese Mystiker es für richtig halten – das heißt, er betet und betet, bis er die Methode vollkommen beherrscht und so, dann wandert er weiter durch ganz Rußland, trifft alle Arten wirklich großartiger Menschen und sagt ihnen, wie sie auf diese unglaubliche Weise beten sollen. Das ist das ganze Buch.»

«Ich sag's nicht gern», sagte Lane, «aber ich fange an, nach Knoblauch zu stinken.»

«Dann trifft er auf einer seiner Wanderungen dieses eine Ehepaar, das ich mehr liebe als irgend jemanden, über den ich je in meinem Leben gelesen habe», sagte Franny, «irgendwo auf dem Land geht er eine Straße entlang, mit seinem Beutel auf dem Rükken, und da kommen zwei winzig kleine Kinder hinter ihm hergelaufen und rufen: ‹Lieber kleiner Bettler. Lieber kleiner Bettler. Du mußt zu unserer Mammi kommen. Sie hat Bettler so gern.› Er geht also mit den Kindern, und deren Mutter, diese *wirklich* reizende Frau, kommt ganz aufgeregt aus dem Haus gelaufen, und sie besteht darauf, ihm seine schmutzigen alten Stiefel auszuziehen, und gibt ihm eine Tasse Tee. Dann kommt der Vater nach Hause, und offenbar liebt auch er Bettler und Pilger, und sie setzen sich alle zum Abendessen an den Tisch, und während sie beim Essen sitzen, möchte der Pilger gern wissen, wer alle die Damen sind, die um den Tisch herum sitzen, und der Hausvater sagt ihm, daß sie alle Mägde sind, daß sie aber immer mit ihm und seiner Frau gemeinsam essen, weil sie alle Schwestern in Christo sind.» Franny richtete sich verlegen in ihrem Stuhl auf. «Ich liebe einfach diesen Pilger, der wissen möchte, wer all die Damen sind.» Sie beobachtete Lane, der Butter auf ein Stück Brot strich. «Also, nach dem Essen bleibt der Pilger über Nacht, und er und der Hausvater bleiben noch lange auf und sprechen über diese Methode, ohne Unterlaß zu beten. Der Pilger erzählt ihm, wie er es machen muß. Dann zieht er am Morgen weiter, neuen Abenteuern entgegen. Er trifft Leute aller Art – daraus besteht eigentlich das ganze Buch –, und allen erzählt er, wie sie auf diese bestimmte Weise beten müssen.»

Lane nickte. Er stach mit seiner Gabel in den Salat. «Ich hoffe bei Gott, wir finden übers Wochenende Zeit genug, daß du dir diese blöde Arbeit einmal anschauen kannst, von der ich dir erzählt habe», sagte er. «Ach, ich weiß nicht, vielleicht tue ich gar nichts damit – ich meine, ich versuche gar nicht, es zu veröffentlichen oder so –, aber es wäre mir lieb, wenn du es einmal durchsähest, solange du hier bist.»

«Oh, gern», sagte Franny und sah ihm zu, wie er Butter auf eine zweite Scheibe Brot strich. «Vielleicht gefällt dir auch das Buch», sagte sie plötzlich, «es ist so einfach, weißt du.»

«Klingt ganz interessant. Nimmst du deine Butter nicht?»

«Nein, nimm du sie ruhig. Ich kann es dir leider nicht leihen, weil ich's schon lange über die Zeit habe, aber du kannst es sicher hier in der Bibliothek bekommen, bestimmt.»

«Du hast dein blödes Sandwich überhaupt noch nicht angerührt», sagte Lane plötzlich. «Weißt du das eigentlich?»

Franny blickte auf ihren Teller, als wäre er gerade jetzt erst vor sie hingestellt worden. «Ich fang gleich an», sagte sie. Sie blieb einen Augenblick ruhig sitzen, hielt ihre Zigarette in der linken Hand, ohne daran zu ziehen, und umfaßte mit der rechten Hand ganz fest den Fuß des Milchglases. «Möchtest du vielleicht etwas über diese einmalige Methode zu beten wissen, von der der Staretz ihm erzählt hat?» fragte sie. «Es ist wirklich irgendwie ganz interessant.»

Lane zerlegte gerade das letzte Paar Froschschenkel. Er nickte. «Gern», sagte er, «gern.»

«Also, ich sagte ja schon, der Pilger – dieser einfache Bauer – geht auf Pilgerschaft, nur um herauszufinden, was das bedeutet, wenn in der Bibel steht, man soll ohne Unterlaß beten. Und dann trifft er diesen Staretz – diesen sehr frommen Menschen, den ich schon erwähnte, der Jahre um Jahre die *Philokalia* studiert hat.» Franny unterbrach sich, um nachzudenken und sich zurechtzufinden. «Nun, der Staretz berichtet ihm von dem Jesus-Gebet ‹Herr Jesus Christus, erbarme dich meiner›. Weißt du, das ist alles. Und er erklärt ihm, daß diese Worte für ein Gebet die besten Worte sind, besonders das Wort Erbarmen, weil es so ein wirklich unermeßlich großes Wort ist und so vieles bedeuten kann, ich meine, es braucht nicht nur *Erbarmen* zu bedeuten.» Franny unterbrach sich wieder, um zu überlegen, sie sah nicht mehr auf Lanes Teller, sondern über seine Schulter hinweg. «Also», fuhr sie fort, «der Staretz sagt dem Pilger, wenn man dieses Gebet immer und immer wieder spricht – zunächst braucht man es nur mit den *Lippen* zu sprechen –, dann passiert es mit einemmal, daß das Gebet selbsttätig wird. Es *passiert* nach einer bestimmten Zeit etwas. Was passiert, weiß man nicht, aber es passiert etwas, und die Worte werden mit den Herzschlägen des Betenden synchronisiert, und dann betet er plötzlich ohne Unterlaß, und das hat eine wirklich verblüffende mystische Wirkung auf die ganze Persönlichkeit. Was ich sagen will: Das ist einfach das *Wesentliche*, mehr oder weniger, man tut es, um seine ganze Persönlichkeit zu reinigen, und man begreift alle Dinge neu.»

Lane war mit dem Essen fertig. Als Franny aufhörte zu sprechen, setzte er sich zurück, zündete eine Zigarette an und betrachtete aufmerksam ihr Gesicht. Sie blickte immer noch vollkommen abwesend vor sich hin, an seiner Schulter vorbei und schien seine Gegenwart kaum zu bemerken.

«Aber das Eigentliche, das wirklich Großartige ist, daß du, wenn du damit anfängst, nicht einmal an das, was du tust, zu *glauben* brauchst. Das bedeutet, es macht nicht einmal was, wenn dir die Sache schrecklich peinlich ist. Du *beleidigst* niemand oder so, weißt du. Oder anders ausgedrückt, niemand verlangt von dir, daß du auch nur ein Wort glaubst, wenn du damit anfängst. Der Staretz sagt, man braucht nicht einmal über das, was man sagt, nachzudenken. Was man am Anfang braucht, ist nur Quantität, und später wird es von selbst Qualität. Durch eigene Kraft oder so. Der Staretz sagt, daß jeder Name Gottes – jeder Name überhaupt – seine ganz besondere, selbsttätige Kraft aus sich selbst hat, und diese Kraft fängt an zu wirken, sobald du sie in Bewegung gesetzt hast.»

Lane hing jetzt zusammengesunken in seinem Stuhl, er rauchte und blickte mit zusammengekniffenen Augen aufmerksam in Frannys Gesicht. Ihr Gesicht war immer noch blaß, aber seit sie bei *Sickler's* waren, war es schon blasser gewesen.

«Und das ist tatsächlich sinnvoll», sagte Franny, «denn in der buddhistischen Sekte der Nembutsu sagen die Leute immer und immer wieder dauernd: ‹Namu Abida Butsu› – das bedeutet: Gepriesen sei Buddha oder so was Ähnliches –, und es passiert *genau* das gleiche, ganz genau das gleiche ...»

«Langsam», sagte Lane, «immer mit der Ruhe. Zunächst mal wirst du dir in der nächsten Sekunde die Finger verbrennen.»

Franny blickte nur ganz nebenher auf ihre linke Hand und warf den Stummel ihrer noch brennenden Zigarette in den Aschenbecher. «Das gleiche passiert auch in der *Wolke des Unwissens* mit dem Wort ‹Gott›, man spricht einfach immer nur das Wort ‹Gott›.» Sie sah Lane etwas aufmerksamer an als vorher. «Was mich interessiert, hast du je in deinem *ganzen Leben* etwas so Faszinierendes gehört? Ich finde, man kann diese völlige Übereinstimmung nicht einfach Zufall nennen und es darauf beruhen lassen – das fasziniert mich so daran.» Sie hielt inne. Lane rutschte unruhig auf seinem Stuhl hin und her, und sein Gesicht zeigte einen Ausdruck – vor allem die hochgezogenen Augenbrauen –, den sie sehr gut kannte. «Was ist denn?» fragte sie.

«Glaubst du tatsächlich dieses Zeug?»

Franny griff nach dem Päckchen Zigaretten und nahm sich eine heraus. «Ich habe nicht gesagt, ich glaubte oder glaubte nicht daran», sagte sie und suchte auf dem Tisch nach der Streichholzschachtel. «Ich sagte, es sei faszinierend.» Lane gab ihr Feuer. «Ich finde aber, es ist ein äußerst merkwürdiges Zusammentreffen», sagte sie, Zigarettenrauch ausstoßend, «wenn du immer wieder auf denselben Rat stößt – ich finde, alle diese wirklich sehr frommen und vollkommen ehrlichen Menschen, die dir sagen, es *passiert* etwas, wenn du den Namen Gottes unaufhörlich aussprichst, sogar in Indien. In Indien sagen sie, man soll über das Om meditieren, das bedeutet dasselbe, wirklich dasselbe, und es soll dasselbe Ergebnis haben. Ich finde, man kann es nicht einfach wegerklären, ohne auch nur...»

«Was *ist* denn nun das Ergebnis?» fragte Lane kurz.

«Wie?»

«Ich möchte wissen, *welches* Resultat die Sache dann hinterher hat. Dieses Synchronisations-Gerede und der andere Hokuspokus. Bekommt man einen Herzanfall danach? Ich weiß nicht, ob du dir klar darüber bist, daß du dir, daß man sich einen wirklichen Schaden...»

«Du bekommst Gott zu sehen, in einem vollkommen unkörperlichen Winkel deines Herzens – dort, wo, wie die Hindus sagen, Atman seinen Wohnsitz hat, wie du wissen müßtest, wenn du je Religion gehört hast – dort passiert etwas und du siehst Gott, das ist es.» Sie schnippte ihre Zigarettenasche so ungeschickt ab, daß sie neben den Aschenbecher fiel, nahm die Asche mit den Fingern auf und tat sie hinein. «Und nun frag mich bitte nicht, wer oder was Gott ist. Ich weiß nicht einmal, ob es Ihn gibt. Als ich klein war, glaubte ich...» Sie verstummte. Der Kellner war gekommen, um die Teller abzuräumen, und legte ihnen noch einmal die Speisekarte hin.

«Möchtest du einen Nachtisch oder Kaffee?» fragte Lane.

«Nein, ich glaube, ich trinke meine Milch aus. Aber nimm du was, Nachtisch und Kaffee», sagte Franny. Sie wagte nicht, den Kellner anzublicken, der gerade ihren Teller mit dem unberührten Sandwich weggenommen hatte.

Lane blickte auf seine Armbanduhr. «Mein Gott, wir haben überhaupt keine Zeit mehr, wir können froh sein, wenn wir noch rechtzeitig zum *Spiel* kommen.» Er sah den Kellner an. «Bitte, einen Kaffee für mich.» Er blickte dem Kellner nach, beugte sich dann vor, stützte die Arme auf den Tisch, vollkommen entspannt, gesättigt und in Erwartung des Kaffees, der jeden Augenblick kommen würde. «Nun, das alles ist natürlich sehr interessant, das ganze Zeug – aber ich glaube, du läßt der Psychologie nicht den geringsten Spielraum. Ich meine, alle diese religiösen

Erfahrungen haben einen so offensichtlich psychologischen Hintergrund – du weißt, was ich meine –, aber interessant ist's. Das kann man nicht abstreiten.» Er sah Franny an und lächelte ihr zu. «Übrigens, falls ich vergessen habe, es zu erwähnen: Ich liebe dich. Bin ich überhaupt dazu gekommen, das zu sagen?»

«Bitte, Lane, entschuldige mich noch einmal für einen Augenblick...» sagte Franny und stand auf, bevor sie den Satz ganz hatte aussprechen können.

Auch Lane stand auf, langsam, er sah sie an. «Fehlt dir was?» fragte er. «Ist dir wieder schlecht?»

«Nur so komisch. Ich bin gleich wieder da.»

Auf demselben Weg, den sie vorher gegangen war, ging sie rasch durch den Speisesaal, aber an der kleinen Cocktail-Bar am Ende des Raumes blieb sie stehen. Der Barmann, der gerade ein Sherryglas trockenrieb, sah sie an. Sie stützte sich mit der rechten Hand auf die Bar, ließ den Kopf sinken – beugte ihn ganz –, griff sich mit der linken Hand an die Stirn, berührte sie nur gerade mit den Fingerspitzen, schwankte ein bißchen und fiel dann ohnmächtig zu Boden.

Es dauerte ungefähr fünf Minuten, ehe Franny wieder vollkommen zu sich kam. Sie lag auf der Couch im Büro des Geschäftsführers, und Lane saß neben ihr. Jetzt, da er sich besorgt über sie beugte, war er selber ziemlich blaß. «Wie geht's dir», fragte er mit Krankenhausstimme, «geht's dir besser?»

Franny nickte. Der Lampe über ihrem Kopf wegen schloß sie noch einmal kurz die Augen, öffnete sie dann wieder. «Jetzt muß ich sicher fragen: Wo bin ich?» sagte sie. «Also: wo bin ich?»

Lane lachte. «Du bist im Büro des Geschäftsführers. Alle rennen rum, suchen nach Salmiakgeist, Ärzten und allem möglichen, um es dir zu bringen... Offenbar ist ihnen der Salmiakgeist ausgegangen. Wie fühlst du dich? Im Ernst.»

«Prima. Blöd, aber prima. Bin ich tatsächlich ohnmächtig geworden?»

«Und wie! Du bist regelrecht aus den Latschen gekippt», sagte Lane. Er nahm ihre Hand. «Sag doch, was ist denn mit dir los? Als ich letzte Woche mit dir telefonierte, klang es – ich weiß nicht

– vollkommen normal. Hast du heute etwa noch nichts gegessen?»

Franny zuckte die Schultern. Sie sah sich im Zimmer um. «Es ist so peinlich», sagte sie. «Mußte mich etwa jemand hier herein *tragen?*»

«Ja, der Barmann und ich. Wir hievten dich sozusagen hier rein. Mein Gott, du hast mir vielleicht einen Schrecken eingejagt – im Ernst.»

Gedankenverloren starrte Franny zur Decke, während Lane ihre Hand hielt. Dann wandte sie sich ihm zu und machte eine Bewegung, als wolle sie mit ihrer freien Hand Lanes Manschette zurückschieben. «Wie spät ist es?» fragte sie.

«Denk nicht dran», sagte Lane, «wir haben Zeit.»

«Aber du wolltest doch zu dieser Cocktail-Party.»

«Ach, zum Teufel damit.»

«Ist es auch schon zu spät für das Spiel?» fragte Franny.

«Hör auf, ich hab gesagt, zum Teufel damit. Du wirst jetzt auf dein Zimmer in das Dingsda – *Zur blauen Jalousie* – gehen und wirst dich hinlegen, das ist das wichtigste», sagte Lane. Er rückte ein bißchen näher zu ihr heran, beugte sich über sie und küßte sie ganz kurz. Er drehte sich um, blickte zur Tür, dann wieder auf Franny. «Ausruhen wirst du dich heute nachmittag und sonst nichts», er streichelte ihren Arm, «und vielleicht später, wenn du dich richtig ausgeruht hast, kann ich zu dir raufkommen. Ich glaub, da gibt's so eine blöde Hintertreppe, das werde ich schon herauskriegen.»

Franny antwortete nicht. Sie blickte weiter zur Decke. «Weißt du, wie lange es her ist?» sagte Lane. «Dieser Freitagabend, wann war der? Verdammt, das muß am Anfang des vergangenen Monats gewesen sein.» Er schüttelte den Kopf. «Nein, das ist gar nicht gut, um es kraß auszudrücken, eine viel zu lange Pause zwischen zwei Zügen.» Er blickte Franny scharf an. «Geht es dir wirklich besser?» Sie nickte und drehte ihm ihren Kopf zu. «Ich bin nur wahnsinnig durstig. Meinst du, ich könnte etwas Wasser bekommen, oder macht das zuviel Mühe?»

«Das fehlte noch! Willst du schön brav sein, wenn ich dich für eine Sekunde allein lasse? Und weißt du, was ich tun werde?»

Als Antwort auf die zweite Frage schüttelte Franny den Kopf.

«Ich werde jemand bitten, dir Wasser zu bringen, dann suche ich den Oberkellner und bestelle den Salmiakgeist ab – und bezahle bei dieser Gelegenheit die Rechnung. Dann sehe ich zu, daß ich ein Taxi kriege, damit wir nicht lange zu suchen und zu warten brauchen. Das wird ein paar Minuten dauern, weil die meisten jetzt unterwegs sind, um Leute ins Stadion zu bringen.» Er ließ Frannys Hand los und stand auf. «Gut so?» fragte er.

«Prima.»

«Also gut. Ich bin gleich wieder da, und bleib schön ruhig liegen.» Er verließ das Zimmer.

Allein gelassen, lag Franny ganz ruhig da und blickte zur Decke. Dann fingen ihre Lippen an, sich zu bewegen, lautlos formten sie Worte, fuhren fort, sich zu bewegen.

Zooey

Die vorliegenden Tatsachen sprechen vermutlich für sich selbst, ich fürchte, sogar aufdringlicher, als es sogar Tatsachen üblicherweise tun. Zum Ausgleich beginnen wir mit der immer wieder neuen und erregenden Gehässigkeit: indem wir den Autor in aller Form vorstellen. Die Vorstellung, die ich im Sinn habe, ist nicht nur wortreicher und ernsthafter als meine kühnsten Träume, sie ist obendrein noch auf eine ziemlich quälende Weise persönlich, und wenn sie mit einigem Glück gelingt, müßte sie mit einer Pflichtführung durch den Maschinenraum vergleichbar sein, bei der ich selbst als Führer in einem alten einteiligen Jantzen-Badeanzug voranginge.

Um sofort das Schlimmste vorwegzunehmen: Was ich anbieten werde, ist nicht eigentlich eine Kurzgeschichte, sondern eher eine Art Heimkino in Prosa, und diejenigen, die die ersten Versuche gesehen haben, haben mir sehr abgeraten, irgendwelche ausgedehnten Vertriebspläne dafür zu hegen. Die Gruppe, die anderer Meinung ist – es ist sowohl mein Vorrecht als auch mein Kummer, das kundzutun –, besteht aus den drei dargestellten Personen selbst, zwei weiblichen und einer männlichen. Nehmen wir zunächst einmal die Dame, die die weibliche Hauptrolle spielt. Ich glaube, sie würde es vorziehen, ganz kurz als eine müde Intellektuelle beschrieben zu werden. Sie meint, ich hätte etwas wegen einer Fünfzehn-, Zwanzig-Minuten-Szene unternehmen sollen, in der sie sich mehrmals die Nase putzt – am liebsten wäre ihr, ich hätte sie gestrichen, vermute ich. Sie sagt, es ist ekelhaft, wenn man zusehen muß, wie sich jemand dauernd die Nase putzt. Die andere Dame aus dem Ensemble, eine schlanke Soubrette, verwahrt sich dagegen, daß ich sie sozusagen in ihrem alten Morgenrock fotografiert habe. Keine von den beiden Hübschen (sie haben zu verstehen gegeben, daß sie gern so genannt werden) hat sich mit sehr schriller Stimme gegen mein kühnes Vorhaben gewehrt, und zwar aus einem sehr einfachen

Grunde, der, was mich betrifft, etwas Beschämendes hat. Sie wissen aus Erfahrung, daß ich beim ersten harten oder vorwurfsvollen Wort in Tränen ausbreche. Wer aber am beredtesten gebeten hat, die ganze Produktion abzublasen, ist der männliche Hauptdarsteller. Er meint, der Angelpunkt meines Stücks sei Mystizismus oder religiöse Mystifikation; jedenfalls – und darauf legt er großen Nachdruck – findet er das transzendente Element zu deutlich gemacht – und das, so fürchtet er, kann den Tag und die Stunde meines beruflichen Niedergangs nur beschleunigen und vorverlegen. Schon schütteln die Leute die Köpfe über mich, und jede weitere, unmittelbar berufliche Anwendung des Wortes «Gott» meinerseits – ausgenommen natürlich, wenn ich das Wort Gott auf die übliche amerikanisch-hygienische Art als Füllwort benutze – wird als eine Anspielung allerübelster Art ausgelegt – oder vielmehr bestätigt – und als ein sicheres Zeichen, daß ich geradewegs vor die Hunde gehe. Solche Einwände veranlassen natürlich jedes normale, kleinmütige Geschöpf, besonders ein schreibendes Geschöpf, innezuhalten. Und das tue ich auch. Aber nur innehalten. Denn ein Einwand, wie beredt er auch vorgebracht wird, gilt nur, wenn er zutrifft. Tatsache ist, daß ich, seitdem ich fünfzehn bin, immer Heimkino in Prosa geschrieben habe. Irgendwo im *Großen Gatsby* (der, als ich zwölf war, mein *Tom Sawyer* war) bemerkt der jugendliche Erzähler, daß jedermann sich selbst wenigstens einer der Kardinaltugenden verdächtigt, und er fährt fort, die seine sei – Gott segne ihn – die Ehrlichkeit. Ich glaube, meine Kardinaltugend ist, daß ich den Unterschied zwischen einer mystischen Geschichte und einer Liebesgeschichte kenne. Ich behaupte, daß das, was ich hier vorlege, weder eine mystische noch eine im Religiösen mystifizierende Geschichte ist. Ich behaupte, es ist eine zusammengesetzte oder vielfältige Liebesgeschichte, rein und kompliziert.

Um zum Ende zu kommen: das Stück selbst ist hauptsächlich das Ergebnis einer ziemlich unfrommen gemeinsamen Anstrengung. Fast alle Tatsachen, die man jetzt verfolgen möge (langsam, *ruhig* verfolgen möge), sind mir von den drei Charakterdarstellern selbst mitgeteilt worden, und zwar in ziemlich anstrengenden privaten Sitzungen. Nicht einer von den dreien, so muß ich noch hinzufügen, zeigte dabei ein überwältigendes Talent für Kürze des Details und Komprimierung der Ereignisse. Diese Unzulänglichkeiten, so fürchte ich, wird man dieser endgültigen, sozusagen drehreifen Fassung anmerken. Ich kann das leider nicht entschuldigen, bestehe aber darauf, es zu erklären: Wir alle vier sind Blutsverwandte, wir sprechen eine Art Familiengeheimsprache, verständigen uns in einer Art Geometrie von Wortbedeutungen, bei der die kürzeste Entfernung zwischen zwei angenommenen Punkten jeweils ein voller Kreis ist.

Noch eine letzte Vorbemerkung: unser Familienname ist Glass. Im nächsten Augenblick wird man den jüngsten männlichen Glass sehen, wie er einen überaus umfangreichen Brief (der hier, wie ich feierlich verspreche, *ungekürzt* abgedruckt werden wird) liest, den ihm sein ältester lebender Bruder, Buddy Glass, geschickt hat. Wie mir gesagt wurde, zeigt der Stil des Briefes eine viel mehr als nur flüchtige Ähnlichkeit mit dem Stil oder dem Schreib-Manierismus des Erzählers dieser Geschichte, und ohne Zweifel wird der einfache Leser den voreiligen Schluß ziehen, daß der Verfasser des Briefes und ich ein und dieselbe Person sind. Er wird diesen Schluß ziehen, und ich fürchte, er soll ihn sogar ziehen. Wir jedenfalls wollen diesen Buddy Glass von hier an in der dritten Person sprechen lassen, denn ich sehe schließlich keinen guten Grund, ihn in eine andere zu versetzen.

Halb elf an einem Montagmorgen im November 1955. Zooey Glass, ein junger Mann von fünfundzwanzig, saß in einer sehr vollen Badewanne und las einen vier Jahre alten Brief. Der Brief sah fast aus, als habe er kein Ende, er war mit der Maschine auf gelbes Durchschlagpapier geschrieben, und Zooey hatte einige Schwierigkeiten, die einzelnen Blätter auf den beiden trockenen Inseln zu halten, die seine Knie bildeten. Rechts von ihm balancierte eine feucht aussehende Zigarette auf der Kante eines eingebauten Emailleseifenhalters, die offensichtlich noch nicht ausgegangen war, denn hin und wieder griff er danach und tat ein paar Züge, ohne von dem Brief aufzusehen. Die Zigarettenasche fiel immer wieder ins Badewasser, entweder senkrecht oder am Briefpapier herunterrutschend. Er schien das Unordentliche der

Szenerie nicht zu bemerken, aber er bemerkte, wenn auch nur noch soeben, daß die Hitze des Badewassers anfing, seinem Körper Wasser zu entziehen. Je länger er da saß, las oder noch einmal las, desto öfter und desto bewußter tupfte er sich mit dem Handrücken die Schweißtropfen von Stirn und Oberlippe.

In Zooey haben wir es, merken Sie sich das jetzt schon, mit einem komplexen Lebewesen zu tun, das einen dämonischen Zug hat und in dem sich vieles überschneidet, und so sollten an dieser Stelle zwei oder drei Abschnitte aus seinen Akten mitgeteilt werden. Fangen wir zunächst damit an, daß er klein und von außerordentlich zartem Körperbau war. Von hinten gesehen, besonders wenn die Rückenwirbel sichtbar wurden, hätte man ihn für eines der bedürftigen Großstadtkinder halten können, die jeden Sommer in staatlich subventionierte Ferienlager geschickt werden, wo sie dick und braun werden sollen. Aus der Nähe besehen, von vorn oder im Profil, sah er wirklich gut aus, sogar außerordentlich gut. Seine älteste Schwester (die bescheidenerweise hier als Hausmütterchen in Ost-Virginia vorgestellt werden möchte) hat mich gebeten, ihn zu beschreiben, als sähe er aus wie «der blauäugige jüdisch-irische Mohikaner-Pfadfinder, der am Roulette-Tisch von Monte Carlo in deinen Armen gestorben ist». Bei objektiverer und sicher weniger familiärer Betrachtung erwies sich, daß sein Gesicht eben noch vor dem Schicksal zu hübsch, um nicht zu sagen, zu strahlend zu sein, bewahrt worden war, und zwar durch die Tatsache, daß das eine Ohr ein bißchen mehr vortand als das andere. Ich selber bin ganz entschieden weder der einen noch der anderen Ansicht. Ich behaupte, daß Zooeys Gesicht ein fast vollkommen schönes Gesicht war, und als solches war es natürlich verletzlich durch die gleiche Vielzahl oberflächlicher und gewöhnlich scheinbar richtiger Beurteilungen, wie es jedes echte Kunstwerk ist. Ich glaube, es bleibt nur noch zu sagen, daß irgendeine der alltäglichen Zufälligkeiten – ein Autounfall, eine Erkältung, eine Lüge vor dem Frühstück – innerhalb eines Tages oder einer Sekunde sein schönes Gesicht hätte entstellen oder vergröbern können. Was aber niemals hätte verringert werden können und was, wie ich schon oberflächlich andeutete, immer wieder an ihm entzückte, war der echte Esprit, der über dem ganzen Gesicht lag – besonders um die Augen herum, *wo* er *oft* haften blieb wie die Maske eines Harlekins und gelegentlich noch verwirrender als eine solche.

Von Beruf war Zooey Schauspieler, seit mehr als drei Jahren spielte er im Fernsehen Hauptrollen. Er war «gefragt», wie es ein junger Hauptdarsteller im Fernsehen sein kann, der nicht gleichzeitig ein Broadway- oder Hollywood-Star mit einer fix und fertigen nationalen Reputation ist (und laut vagen Berichten aus zweiter Hand, die seine Familie erreichten, war er entsprechend hoch bezahlt). Aber möglicherweise führt eine dieser Feststellungen, wenn sie nicht näher erläutert werden, zu trügerischen und vereinfachenden Mutmaßungen. Es war nämlich so, daß Zooey schon im Alter von sieben Jahren sein Debüt in der Öffentlichkeit gegeben hatte. Er war das zweitjüngste von ursprünglich sieben Geschwistern* – fünf Jungen und zwei Mädchen –, die alle in ihrer Kindheit in ziemlich erträglichen Abständen in einer Rundfunkserie mitgewirkt hatten, einer Quizsendung für Kinder, die *Das kluge Kind* hieß. Der Alters-

* Ich fürchte, genau hier scheint mir die Verletzung der Ästhetik durch eine Fußnote berechtigt zu sein. im folgenden werden nur die beiden jüngsten der sieben Kinder unmittelbar zu sehen und zu hören sein. Die fünf übrigen, die fünf älteren also, werden in diesem Stück auf- und abtreten in beachtlich vielen Szenen wie ebenso viele Geister Banquos. Vielleicht liegt dem Leser also daran, gleich zu Anfang zu erfahren, daß das älteste der Glass-Kinder, Seymour, im Jahre 1955 schon fast sieben Jahre tot war. Er beging Selbstmord, während er mit seiner Frau in Florida die Ferien verbrachte. Wenn er noch lebte, wäre er 1955 achtunddreißig Jahre alt gewesen. Der zweitälteste, Buddy, lehrte an einem Mädchen-College im nördlichen Teil des Staates New York, er war dort das, was man in der Campus-Sprache einen «ansässigen Schriftsteller» nennt. Er lebte allein in einem kleinen, nicht winterfesten Haus ohne Elektrizität in der Nähe eines ziemlich populären Skiortes. Das nächstälteste Glass-Kind, Boo Boo, war verheiratet und Mutter von drei Kindern. Im November 1955 bereiste sie mit ihrem Mann und allen drei Kindern Europa. Dem Alter nach kamen hinter Boo Boo die Zwillinge Walt und Waker. Walt war schon über zehn Jahre tot. Er wurde als Besatzungssoldat in Japan durch eine zufällige Explosion getötet. Waker, zwölf Minuten jünger als Walt, war römisch-katholischer Priester und im November 1955 in Ekuador, wo er an irgendeinem Jesuitenkongreß teilnahm.

unterschied von fast achtzehn Jahren zwischen dem ältesten Glass, Seymour, und der jüngsten, Franny, hatte viel dazu beigetragen, der Familie eine Art dynastischen Erbanspruchs auf *Das kluge Kind* zu sichern, das über sechzehn Jahre lang gesendet wurde – von 1927 bis Ende 1943, einer Zeitspanne also, die den Charleston und das Zeitalter der B 17 miteinander verband. (Diese Daten gehören, glaube ich, bis zu einem gewissen Grade zum Stück!) Zur Erklärung all der Lücken und Jahre zwischen den Rundfunktriumphen der einzelnen Kinder muß vielleicht gesagt werden, daß sie alle sieben (mit wenigen und nicht wirklich wichtigen Ausnahmen) es fertiggebracht hatten, über den Äther eine erstaunliche Anzahl von abwechselnd schrecklich-literarischen und schrecklich-neckischen Fragen zu beantworten, die von Hörern eingeschickt wurden und das mit einer Frische und Verve, die im Werbefunk als einmalig angesehen worden war. Die Reaktion des Publikums auf die Glass-Kinder war oft heftig, jedenfalls nie lau. Im allgemeinen teilten sich die Zuhörer in zwei merkwürdigerweise einander widersprechende Lager: die einen hielten die Glass-Kinder für eine unerträgliche Bande «hochnäsiger» kleiner Ekel, die man am besten schon bei der Geburt ertränkt oder vergast hätte, und die anderen hielten sie für glaubwürdig, über ihr Alter hinaus gewitzt und klug, auf eine ungewöhnliche, gar nicht beneidenswerte Art. Während dies geschrieben wird (1957), gibt es noch ehemalige Zuhörer von *Das kluge Kind*, die sich mit erstaunlicher Genauigkeit vieler einzelner Auftritte jedes der sieben Kinder erinnern. In dieser sich lichtenden Gruppe, die etwas merkwürdig Kränzchenhaftes hat, herrscht die Übereinstimmung darüber, daß der älteste Glass, Seymour, in den zwanziger und frühen dreißiger Jahren der «beste» von allen war und man ihm mit Gewinn zuhören konnte. Nach Seymour wird auf Anfrage gewöhnlich Zooey, der jüngste Sohn, als Zweitbester genannt. Und da uns für die vorliegende Arbeit Zooey besonders interessiert, muß wohl hinzugefügt werden, daß er als ehemaliger Mitwirkender bei *Das kluge Kind* unter (oder über) seinen Geschwistern eine ganz besondere Auszeichnung genoß. Immer wieder während ihrer Rundfunkjahre waren alle sieben Kinder leichte Beute für

Kinderpsychologen und professionelle Erzieher gewesen, die sich besonders für überfrühreife Kinder interessieren. In dieser Sache, diesem Dienst besser gesagt, war es Zooey gewesen, an dem sie von allen Glass-Kindern am gierigsten herumgestochert, den sie aufs gefräßigste bis in die letzten Winkel geprüft und befragt hatten. Bemerkenswerterweise waren alle diese Erfahrungen – alle, mir ist jedenfalls keine Ausnahme bekannt – auf den so offensichtlich voneinander abweichenden Gebieten klinischer, sozialer und experimenteller Psychologie Zooey sehr teuer zu stehen gekommen, denn die Orte, wo er getestet worden war, wimmelten auf gleichförmige Weise entweder von sehr ansteckenden Traumata oder ganz einfachen, altmodischen Bazillen. Im Jahre 1942 zum Beispiel war er (trotz der hartnäkkigen Mißbilligung seiner ältesten Brüder, die beide zu dieser Zeit in der Armee waren) allein von einer Bostoner Forschergruppe in fünf verschiedenen Sitzungen getestet worden. (Er war zwölf während der meisten Sitzungen, und es mag sein, daß ihm die Eisenbahnfahrten – zehn im ganzen – wenigstens im Anfang Spaß gemacht haben.) Man kann annehmen, daß der Hauptzweck der fünf Sitzungen darin bestand, Zooeys frühreifen Verstand und seine Einbildungskraft wenn möglich zu isolieren und ihren Ursprung zu studieren. Nach dem fünften Test wurde das Opfer nach New York zurückgeschickt mit drei oder vier Aspirintabletten gegen seinen Schnupfen in einem amtlichen Briefumschlag, aber der Schnupfen stellte sich als eine Lungenentzündung heraus. Ungefähr sechs Wochen später wurde ein Ferngespräch aus Boston angemeldet, viel Kleingeld wurde in einen gewöhnlichen Telefonautomaten geworfen und eine nicht zu identifizierende Stimme, die vermutlich unbeabsichtigt ebenso pedantisch wie schalkhaft klang, erzählte Mr. und Mrs. Glass, der englische Wortschatz ihres Sohnes Zooey käme, wenn man ihn dazu bringen könnte, ihn anzuwenden, dem von Mary Baker Eddy genau gleich.

Um wieder dort anzufangen, wo wir die Erzählung unterbrochen haben: Dem langen, mit der Maschine geschriebenen, vier Jahre alten Brief, den Zooey an diesem Montagmorgen im November 1955 mit in die Badewanne genommen hatte, war deutlich anzusehen, daß er während der vier Jahre bei vielen Gelegenheiten aus dem Umschlag genommen, auseinandergefaltet, wieder zusammengefaltet worden war, so daß er jetzt nicht nur recht *unappetitlich* aussah, sondern an verschiedenen Stellen buchstäblich verschlissen war, besonders in den Falten. Wie schon oben festgestellt wurde, war der Verfasser des Briefes Zooeys ältester lebender Bruder Buddy. Der Brief selbst war endlos lang, in übertriebenem Stil, er war lehrhaft, voller Wiederholungen, festliegender Meinungen und Vorwürfe, er war herablassend und peinlich – und floß über von Zuneigung. Kurz gesagt, es war genau einer von den Briefen, die der Empfänger, ob er will oder nicht, einige Zeit in seiner Jackentasche mit sich herumträgt, und wie Schriftsteller eines bestimmten Typs sie gern wörtlich wiedergeben:

18.3.51

Lieber Zooey
gerade habe ich einen Brief von Mutter, der heute morgen ankam, zu Ende dechiffriert, über Dich und General Eisenhowers Lächeln und über einen kleinen Jungen in den *Daily News*, der in den Aufzugschacht fiel, und wann ich endlich mein Telefon in New York abmelde und mir hier eins anschaffe, auf dem *Land*, wo ich's *wirklich* brauche. Sicher ist sie die einzige Frau auf der ganzen Welt, die es fertigbringt, in unsichtbarer Kursivschrift zu schreiben. Die gute Bessie! Pünktlich bekomme ich alle drei Monate fünfhundert Worte von ihr über mein armes altes Privattelefon, und wie *dumm* es doch ist, jeden Monat *das gute Geld* für etwas zu zahlen, das keiner, aber auch keiner mehr wirklich benutzt. Das ist eine dicke, fette Lüge. Wenn ich in der Stadt bin, sitze ich jedesmal unerbittlich stundenlang da und spreche mit meinem alten Freund Yama, dem Gott des Todes, und ein Privattelefon müssen wir einfach für unser kleines Schwätzchen haben. Also bitte, sage ihr, ich halte daran fest. Ich liebe dieses alte Telefon leidenschaftlich. Es ist der einzig wirkliche Privatbesitz, den Seymour und ich in Bessies ganzem Kibbuz gehabt haben. Und es trägt auch wesentlich zu meiner inneren Harmonie bei, in jeder Neuausgabe des blöden Telefonbuchs Seymours Namen

wiederzufinden. Ich weide nun einmal gern das «G» im Telefonbuch vertrauensvoll ab. Sei also ein guter Junge und überbring diese Botschaft für mich. Nicht gerade wortwörtlich, sondern nett. Wenn Du kannst, Zooey, sei freundlicher zu Bessie! Ich glaube, ich wünsche das nicht, weil sie unsere Mutter ist, sondern weil sie so abgekämpft ist. Wenn Du über dreißig bist, wo jeder ein bißchen langsamer tritt (vielleicht sogar Du), wirst Du es ohnehin sein – aber gib Dir doch jetzt schon mehr Mühe. Es ist nicht genug, wenn Du sie mit der überschwenglichen Brutalität eines Apachentänzers gegenüber seiner Partnerin behandelst – was sie übrigens versteht, ob Du's glaubst oder nicht. Du vergißt, daß sie von Gefühlen lebt, fast so sehr wie Les.

Vom Telefon abgesehen, ist Bessies letzter Brief ein wahrer Zooey-Brief. Ich soll Dir schreiben und Dir vorhalten, daß *Du Dein ganzes Leben noch vor Dir hast* und daß es ein Verbrechen ist, wenn Du nicht Deinen Dr. phil. machst, bevor Du Dich ganz der Schauspielerei widmest. Sie sagt nicht, in welchem Fach sie Dich gern promoviert sähe, aber ich nehme an, Mathe wäre ihr lieber als Griechisch, Du schmutziger kleiner Bücherwurm. Wie dem auch sei, ich nehme an, sie möchte gern, daß Du etwas hast, auf das Du *zurückgreifen* kannst, wenn aus irgendeinem Grund die Schauspielerlaufbahn fehlschlägt. Das ist nicht nur vielleicht, sondern ganz sicher vernünftig, aber ich bin nicht in der Stimmung, es so präzis auszudrücken. Heute ist wieder mal so ein Tag, wo ich jedes einzelne Familienmitglied, mich selbst mit einbegriffen, wie durch ein umgedrehtes Fernrohr sehe. Heute morgen, als ich den Briefkasten leerte und Bessies Namen als Absender auf dem Umschlag sah, hatte ich tatsächlich Mühe, mich zu erinnern, wer Bessie ist. Das hatte einen guten Grund: Der Kurs 24 A «Dichten für Fortgeschrittene» hatte mich mit achtunddreißig Kurzgeschichten versehen, die ich mit Tränen in den Augen heimschleppte, um sie übers Wochenende zu lesen. Siebenunddreißig davon handeln von einer schüchternen, zurückgezogen lebenden pennsylvaniendeutschen Lesbierin, die *gern schreiben möchte*; alles wird in der ersten Person von einem geilen Diener erzählt – dazu noch in Dialekt.

Ich setze voraus, Du weißt, daß ich in all den Jahren, während ich mein literarisches Hurenstübchen von College zu College bewege, nicht einmal meinen B. A. gemacht habe. Es scheint schon ein Jahrhundert her zu sein, aber ich glaube, es hatte ursprünglich zwei Gründe, warum ich kein Examen machte. (Bitte bleib ruhig sitzen – dies ist der erste Brief, den ich Dir seit Jahren schreibe.) Erstens war ich im College ein rechter Snob, wie nur ein ehemaliges «Kluges Kind» es sein kann und einer, der lebenslänglich Englisch als Hauptfach unterrichten wird, und ich wollte keinen akademischen Titel, weil all die halbgebildeten Literaten, Radioansager und pädagogischen Hohlköpfe sie haufenweise hatten. Zweitens hatte Seymour seinen Dr. phil. schon in einem Alter, wo die meisten jungen Amerikaner gerade ihre Hochschulreife bekommen; und weil es zu spät für mich war, es ihm gleich zu tun, machte ich eben gar kein Examen. Natürlich wußte ich auch, als ich in Deinem Alter war, ganz sicher, daß ich nie zum Unterrichten gezwungen sein würde, sondern daß ich, wenn meine Musen mich nicht ernähren würden, wie Booker T. Washington irgendwo Linsen schleifen würde. Und doch habe ich, wie ich glaube, nicht das geringste akademische Ressentiment. An besonders düsteren Tagen rede ich mir ein, daß ich jetzt nicht so etwas ganz und gar Akademisches und Hoffnungsloses wie «Dichten für Fortgeschrittene» in Kurs 24 A lehren müßte, wenn ich mich mit Titeln vollgepackt hätte, als ich noch dazu fähig war. Aber das ist wahrscheinlich Unsinn. Die Karten sind nun einmal (ganz zu Recht, wie mir scheint) so gemischt, daß alle Berufsästheten das Spiel verlieren, und wir alle haben ohne Zweifel den düsteren, wortreichen akademischen Tod verdient, den wir früher oder später sterben.

Dein Fall liegt, glaube ich, sehr viel anders als meiner. Jedenfalls bin ich, glaube ich, wirklich nicht Bessies Meinung. Wenn Du Sicherheit suchst, oder Bessie Sicherheit für Dich sucht – Dein M. A. wird Dich wenigstens immer noch befähigen, an einem langweiligen Jungengymnasium oder an den meisten Colleges auf dem Lande Logarithmentafeln auszuteilen. Dein wunderbares Griechisch andererseits wird Dir auf keinem namhaften Campus viel nützen, wenn Du nicht Deinen Dr. phil. hast, denn wir leben nun einmal in einer Welt der blankpolierten Generalsmützen und blankpolierten Doktorhüte. (Natürlich kannst Du immer noch nach Athen ziehen. Das sonnige *alte* Athen.) Aber je länger ich darüber nachdenke, desto sicherer bin ich: pfeif auf die Examina. Wenn Du es wissen willst: Ich glaube, Du wärst als Schauspieler viel besser zurechtgekommen, wenn Seymour und ich Dir nicht zu Deiner Pflichtlektüre noch die Upanischaden, den Diamanten Sutra, Eckart und all unsere anderen alten Lieblinge aufgedrängt hätten. Mein Gott, ein Schauspieler sollte mit ziemlich leichtem Gepäck reisen. Als wir Kinder waren, aßen S. und ich einmal mit John Barrymore zu Mittag. Er war verdammt gescheit, voller Wissen, aber er war nicht mit dem hinderlichen Gepäck einer zu formalen Bildung belastet. Ich erwähne das, weil ich übers Wochenende mit einem ziemlich eitlen Orientalisten sprach, und an einem bestimmten Punkt der Unterhaltung, während einer völligen metaphysischen Windstille, erzählte ich ihm, ich hätte einen Bruder, der einmal über seinen Liebeskummer hinwegkam, indem er die Mundaka Upanischad in klassisches Griechisch zu übersetzen versuchte (er lachte dröhnend – Du weißt ja, wie Orientalisten lachen).

Ich wünsche zu Gott, ich hätte eine Vorstellung davon, was mit Dir als Schauspieler passieren wird. Du bist ein geborener Schauspieler, das ist sicher. Und sogar unsere Bessie weiß das. Und sicher sind Du und Franny die einzigen Schönheiten der Familie. Aber wo wirst Du spielen? Hast Du schon einmal daran gedacht? Im Film? Wenn ja – dann gruselt mir bei der Vorstellung, Du könntest, wenn Du ein bißchen an Gewicht zunimmst, wie jeder hergelaufene junge Schauspieler in die bewährte Hollywood-Mischung gepreßt werden: Preisboxer und Mystiker, Pistolenheld und armes Kind, Cowboy und *des Menschen Gewissen*, und so weiter. Wird diese Konfektionsschnulze Dich befriedigen? Oder wirst Du davon träumen, mehr kosmische Rollen zu spielen – *zum Beispiel* Pierre oder Andrew in einer Technicolor-Verfilmung von *Krieg und Frieden*, mit umwerfenden Schlachtfeldszenen, wobei alle Nuancen der Charakterisierung ausgelassen werden (mit der Begründung, sie seien novellistisch und unfilmisch) – wo Anna Magnani kühn die Natascha gestaltet (damit die Produktion sowohl klassisch als auch *aufrichtig* bleibt), dann schwülstige Zwischenmusik von Dimitri Popkin, und alle männlichen Hauptdarsteller spannen abwechselnd ihre Kiefermuskeln, um zu zeigen, daß sie unter enormem emotionalem Druck stehen, und die Welturaufführung im Wintergarten, bei Scheinwerferlicht, und Molotow, Milton Berle und Gouverneur Dewey stellen die Berühmtheiten vor, so wie sie ins Theater kommen. (Unter Berühmtheiten verstehe ich natürlich alte Tolstoi-Verehrer wie Senator Dirksen, Zsa Zsa Gabor, Gayelord Hauser, Georgie Jessel und Charles vom Ritz.) Wie klingt das? Und wenn Du zum Theater gehst, hast Du etwa *darüber* noch irgendwelche Illusionen? Hast Du jemals eine wirklich schöne Inszenierung etwa von *Der Kirschgarten* gesehen? Sag nicht, Du hättest es. Die hat noch keiner gesehen. Vielleicht hast Du einmal eine «inspirierte» Inszenierung gesehen, oder eine «kompetente», aber noch nie eine wirklich schöne, nicht eine einzige, bei der Tschechows Talent Nuance um Nuance, Idiosynkrasie um Idiosynkrasie durch jeden einzelnen Mitspieler dargestellt wäre. Ich mache mir *wirklich* Kummer um Dich, Zooey. Entschuldige, wenn ich so pessimistisch und sogar hochtrabend bin. Aber ich weiß, wieviel Du erwartest, Du kleiner Schurke. Ich habe die höllische Erfahrung, neben Dir im Theater gesessen zu haben. Ich weiß ganz genau, Du erwartest etwas von der darstellenden Kunst, das sie einfach nicht geben kann – sei also um Gottes willen vorsichtig.

Selbstverständlich bin ich heute nicht ganz bei mir. Wie alle Neurotiker habe ich ein gutes Gedächtnis, und es ist auf den Tag drei Jahre, seit Seymour sich umbrachte. Hab ich Dir je erzählt, was passierte, als ich nach Florida flog, um den Leichnam zu holen? Im Flugzeug weinte ich fünf volle Stunden lang wie ein Trottel vor mich hin. Vorsichtig zog ich von Zeit zu Zeit meinen Vorhang so zurecht, daß niemand mich über den Gang hinweg sehen konnte – Gott sei Dank saß niemand neben mir. Ungefähr fünf Minuten bevor das Flugzeug landete, wurde ich aufmerksam auf die Leute, die sich in den Sitzen hinter mir unterhielten. Eine Frau, ganz mit Da-oben-bei-uns-in-Boston- und viel Harvard-Square in der Stimme sagte: «Und stellen Sie sich vor, am *nächsten Morgen* holten sie aus ihrem lieblichen jungen Körper vier Liter Eiter heraus.» Mehr erinnere ich mich nicht gehört zu haben, aber als ich dann wenige Minuten später aus dem Flugzeug stieg und die *trauernde Witwe* auf mich zukam, ganz in Schwarz aus dem Salon Bergdorf-Goodman – da hatte ich den *unangemessenen Ausdruck* in meinem Gesicht. Ich grinste, und genauso geht es mir heute, aus keinem ersichtlichen Grund. Gegen mein besseres Wissen bin ich sicher, daß irgendwo ganz in der Nähe – vielleicht schon im Nachbarhaus – ein großer Dichter im Sterben liegt, daß aber auch ganz in der Nähe aus einem lieblichen jungen Körper vier fröhliche Liter Eiter geholt werden, und ich kann nicht für immer zwischen Kummer und höchstem Entzücken hin und her rennen.

Vorigen Monat kam Dekan Sheeter (dessen Name ich nur zu erwähnen brauche, damit Franny außer sich gerät) mit seinem liebenswürdigen Lächeln und dem Ochsenziemer auf mich zu, und so doziere ich jetzt den Fakultätskollegen, deren Frauen und ein paar schrecklich seelenvollen Studenten jeden Freitag über Zen und Mahayana-Buddhismus, ein Kunststück, das mir zweifellos eines Tages den Lehrstuhl für Östliche Philosophie in der Hölle einbringen wird. Die Folge ist, daß ich jetzt anstatt vier fünf Tage in der Woche auf dem Campus verbringe – und dazu meine eigene Arbeit in den Nächten und an den Wochenenden. Ich habe kaum noch Zeit, einem anderen Gedanken nachzugehen. Das ist meine klägliche Art, auszudrücken, welche Sorgen ich mir um Dich und Franny mache, wenn ich noch dazu komme, also nicht annähernd so oft, wie ich gern möchte. Was ich wirklich versuche, Dir klarzumachen, ist, daß Bessies Brief wenig damit zu tun hat, wenn ich hier in einem Meer von Aschenbechern sitze und Dir schreibe. Dringende Neuigkeiten über Dich und Franny läßt sie mir jede Woche zukommen, und ich kümmere mich nie darum. Das ist es also nicht. Was mich in Gang gebracht hat, ist etwas, das ich heute hier im Supermarkt erlebt habe (ich erspare Dir den neuen Abschnitt, der hier fällig wäre). Ich stand an der Fleischtheke und wartete auf die Lammkoteletts, die für mich zurechtgeschnitten wurden. Neben mir wartete eine junge Mutter mit ihrem kleinen Mädchen. Das Mädchen war ungefähr vier, und um sich die Zeit zu vertreiben, lehnte sie sich mit dem Rücken gegen die gläserne Auslage und starrte in mein unrasiertes Gesicht. Ich sagte ihr, sie sei fast das hübscheste kleine Mädchen, das ich an dem ganzen Tag gesehen hätte. Das leuchtete ihr ein, und sie nickte. Ich sagte, ich möchte wetten, daß sie sehr viele *boyfriends* habe, und wieder nickte sie. Ich fragte sie, wie viele Freunde sie denn habe. Sie hob zwei Finger. «Zwei!» sagte ich. «Das sind aber viele Freunde. Wie heißen sie denn, Kind?» Da sagte sie mit durchdringender Stimme: «Bobby und Dorothee.» Ich schnappte meine Lammkoteletts und machte mich davon. Aber genau das veranlaßte mich, Dir diesen Brief zu schreiben, viel mehr als Bessies Bohren, ich solle Dir über Promotion und Schauspielerei Bescheid sagen. Dieses Erlebnis und ein Gedicht im Haiku-Stil, das ich in dem Hotelzimmer fand, wo Seymour sich erschoß. Es war mit Bleistift auf die Löschunterlage des Hotelschreibtischs geschrieben: «Das kleine Mädchen im Flugzeug/Das den Kopf seiner Puppe herumdrehte/damit sie mich ansähe.» Diese beiden Dinge hatte ich im Kopf, als ich vom Supermarkt nach Hause fuhr und mir einfiel, ich könnte Dir endlich schreiben und Dir erklären, warum S. und ich Deine und Frannys Erziehung so früh und so gewaltsam übernahmen. Wir haben es Euch nie erklärt, und ich denke, es ist höchste Zeit, daß einer von uns es tut. Aber ich bin jetzt gar nicht sicher, daß ich der Richtige bin. Das kleine Mädchen von der Fleischtheke ist nicht mehr da, und das höfliche Gesicht des Püppchens im Flugzeug kann ich nicht genau sehen. Und das alte Entsetzen, ein Schriftsteller zu sein, und der dazu gehörige Gestank von Worten, all das fängt an, mich vom Stuhl hochzutreiben, und doch scheint es mir sehr wichtig, es trotzdem zu versuchen.

Der Altersunterschied innerhalb unserer Familie hat unsere Probleme immer auf eine überflüssige und unnatürliche Weise verschärft. Nicht eigentlich zwischen S. und den Zwillingen, oder Boo Boo und mir, aber zwischen der Zweisamkeit von Dir und Franny und S. und mir – Seymour und ich waren schon erwachsen – er hatte schon lange das College hinter sich –, als ihr beide, Du und Franny, gerade anfingt zu lesen. In diesem Alter fühlten wir uns nicht mehr gedrängt, Euch unsere Lieblingsklassiker aufzuzwingen – jedenfalls nicht mit der Leidenschaft, mit der wir sie den Zwillingen und Boo Boo aufgezwungen hatten. Wir wußten, daß es keine Möglichkeit gibt, jemanden, der zum Lernen geboren ist, unwissend zu halten, und in unserem Inneren wollten wir das auch, glaube ich, nicht, aber die Statistiken über pedantische Kinder, hochgebildete Neunmalkluge, die dann zu Lehrerzimmer-Philosophen heranwachsen – diese Statistiken machten uns nicht nur nervös – sie erschreckten uns. Aber viel, viel wichtiger war, daß Seymour schon zu der Überzeugung gekommen war (und ich war einer Meinung mit ihm, soweit ich fähig war, die Sache zu überschauen), daß Bildung jeglicher Art erst dann süß schmecken würde, wenn sie gar nicht mit der Suche nach Wissen anfing, sondern mit der Suche nach, wie Zen es ausdrücken würde, Nichtwissen. Dr. Suzuki sagt irgendwo, nur wer sich im Zustand reiner Bewußtheit – satori – befinde, sei bei Gott, bevor er aussprach: Es werde Licht. Seymour und ich dachten, es wäre gut, dieses Licht von Euch, von Dir und Franny, fernzuhalten (wenigstens soweit wir fähig waren, es fernzuhalten) und auch all die niederen, mehr modischen Beleuchtungseffekte – Künste, Naturwissenschaften, Klassiker, Sprachen –, bis ihr beide wenigstens eine Stufe des Seins erreicht hättet, wo Euer Geist fähig würde, sich einen Zustand vorzustellen, in dem man die Quelle allen Lichts kennt. Wir glaubten, es würde Euch helfen, wenn wir Euch wenigstens (soweit unsere eigene «Begrenztheit» das zuließ) von den Menschen erzählten – den Heiligen, den Arhats, den Bodhissatvas, den Jivanmuktas –, die etwas oder alles über diese Stufe des Seins wußten. Das heißt, Ihr solltet wissen, wer und was Jesus und Gautama, Laotse und Shankaracharya, Huineng und Sri Ramakrishna etc. waren, bevor Ihr zuviel über Homer und Shakespeare oder gar Blake und Whitman wüßtet, ganz zu schweigen von George Washington mit seinem Kirschbaum oder der Definition einer Halbinsel, oder wie man einen Satz zerlegt. Das jedenfalls war unsere erhabene Absicht. Mit alldem möchte ich wahrscheinlich auch sagen, daß ich weiß, wie bitter Du über die Jahre denkst, in denen Seymour und ich zu Hause regelmäßig Seminar abhielten, besonders über die Metaphysiksitzungen. Ich hoffe, wir können eines Tages – am besten wenn wir einmal beide stockbetrunken sind – darüber reden. (Bis dahin kann ich Dir nur sagen, daß damals weder Seymour noch ich die geringste Ahnung hatten, daß Du einmal Schauspieler werden würdest. Natürlich hätten wir das ahnen *müssen*, aber wir ahnten es nicht. Wenn, dann hätte Seymour bestimmt irgend etwas in dieser Richtung Positives getan. Sicher gibt es irgendwo einen Sonderkurs zur Vorbereitung von Schauspielern auf Nirwana und Richtung Osten, und ich glaube, Seymour hätte diesen Kurs ausfindig gemacht.) Hier sollte dieser Abschnitt wohl zu Ende sein, aber ich kann nicht aufhören, vor mich hin zu murmeln. Bei dem, was als nächstes kommt, wirst Du Dich winden, aber kommen muß es. Du weißt gewiß, daß ich nach Seymours Tod die feste Absicht hatte, öfter nach Hause zu kommen und zu sehen, wie Ihr beide, Du und Franny, zurechtkamt. Du warst damals achtzehn, und ich habe mich nicht allzu sehr um Dich gesorgt. Ich hörte von einem geschwätzigen kleinen Schnösel in einem meiner Kurse, was Deine Schlafsaalgefährten im College erzählten: daß Du manchmal abschaltest und zehn Stunden hintereinander meditierst, und *das* machte mich nachdenklich. Aber Franny war damals *dreizehn*. Doch ich konnte mich einfach nicht von der Stelle rühren. Ich hatte Angst, nach Hause zu kommen, nicht Angst, Ihr beide würdet, in Tränen aufgelöst, mir aus einer Zimmerecke die Gesamtausgabe von Max Müllers *Heiligen Büchern des Ostens* Stück für Stück an den Kopf werfen (was mir wahrscheinlich eine masochistische Befriedigung verschafft hätte). Aber ich hatte Angst vor den Fragen (viel mehr als vor den Anklagen), die Ihr hättet an mich richten können. Ich weiß noch sehr genau, daß ich nach der Beerdigung ein ganzes Jahr verstreichen ließ, ehe ich überhaupt wieder nach New York kam. Nach Ablauf dieser Frist war es nicht mehr so schwer, an Geburtstagen und Feiertagen hinüberzukommen, und ich konnte ziemlich sicher sein, daß an mich gestellte Fragen sich nur darauf beziehen würden, wann mein nächstes Buch fertig sei, ob ich in letzter Zeit noch einmal Ski gelaufen sei usw. Ihr beide seid an so manchen Wochenenden in den letzten Jahren hier gewesen, und obwohl wir endlos geredet haben, waren wir uns doch einig, nicht ein Wort auszusprechen. Heute habe ich zum erstenmal den Wunsch, alles auszusprechen. Je tiefer ich in diesen Brief hineingerate, desto mehr verliere ich den Mut. Aber ich schwöre Dir, daß ich eine vollkommen mitteilbare Vision der Wahrheit hatte (Wahrheit Abteilung Lammkoteletts) heute nachmittag in dem Augenblick, als das Kind mir erzählte, die Namen seiner *Freunde* seien Bobby und Dorothee. Seymour sagte einmal zu mir – ausgerechnet auf einer Busfahrt durch die Stadt – jedes echte Studium der Religion *müßte* dazu führen, daß man die Unterschiede, die *fiktiven* Unterschiede zwischen Mädchen und Jungen, Tieren und Steinen, Tag und Nacht, Hitze und Kälte wieder vergißt. Diese Erkenntnis traf mich plötzlich dort an der Fleischtheke, und es wurde für mich eine Frage auf Leben und Tod, mit hundertzehn Stundenkilometern nach Hause zu fahren und diesen Brief an Dich zu schreiben. O Gott, wie sehr wünsche ich, ich hätte mir sofort dort im Supermarkt meinen Bleistift geschnappt und mich nicht auf den Heimweg eingelassen. Aber vielleicht geht es auch so. Es gibt Augenblicke, da glaube ich, Du hast Seymour viel endgültiger vergeben als sonst einer von uns. Waker sagte mir einmal etwas sehr Interessantes darüber – tatsächlich wiederhole ich nur, was er mir sagte: Du seist der einzige, der über Seymours Selbstmord verbittert gewesen sei, und der einzige, der ihm wirklich vergeben habe. Er sagte, wir anderen seien äußerlich ohne Verbitterung, aber innerlich ohne Vergebung. Vielleicht ist das wahrer als wahr. Wie kann ich das wissen? Was ich sicher weiß: Ich hatte Dir etwas Schönes und Aufregendes mitzuteilen – es hätte gerade eine Seite dieses Papiers, in doppeltem Abstand beschrieben, gefüllt – und ich wußte, wenn ich nach Hause käme, würde das meiste oder alles weg sein, und es würde mir nichts anderes übrigbleiben, als alles noch einmal Zug um Zug zu wiederholen, Dir eine Vorlesung über Promotion und das Schauspielerleben zu halten. Wie verworren, wie komisch, und wie würde Seymour selbst darüber gelächelt haben, und gewiß hätte er mir und uns allen geraten, uns keine Gedanken darüber zu machen.

Genug. *Spiele* also, Zacharias Martin Glass, wann und wo immer Du Lust hast, da Du schon das Gefühl hast, daß Du spielen mußt. Aber tu es mit *all Deiner Kraft*. Wenn Dir irgend etwas

Schönes auf der Bühne gelingt, etwas, das namenlos ist und Freude bereitet, etwas, das über bloße theatralische Intelligenz hinausgeht, dann werden wir beide, Seymour und ich, uns einen Smoking leihen und mit Hochglanzzylindern und einem Strauß Löwenmäulchen feierlich an den Bühnenausgang kommen. Aber auf jeden Fall rechne bitte auf meine Zuneigung und meine Unterstützung, wie wenig sie auch wert sein und aus welcher Entfernung sie auch kommen mag.

Buddy

Meine Versuche, zur Allwissenheit vorzustoßen, sind wie immer absurd, aber Du solltest als einziger von allen Menschen zu dem Teil von mir höflich sein, der sich als nur wissend herausstellt. Vor Jahren, in meiner sehr frühen und sehr weit zurückliegenden Zeit als Möchtegern-Schriftsteller habe ich einmal S. und Boo Boo eine Geschichte vorgelesen. Als ich fertig war, sagte Boo Boo nüchtern (aber sie blickte dabei zu Seymour hinüber), die Geschichte sei «zu klug». S. schüttelte den Kopf, strahlte mich an und sagte, Klugheit sei mein immerwährendes Kreuz, mein Holzbein, und es sei sehr geschmacklos, die Aufmerksamkeit der Gruppe auf mein Leiden zu ziehen. So wollen wir also, alter Zooey, ein Hinkender zum andern, höflich und freundlich zueinander sein.

In Liebe B

Das letzte, unterste Blatt des vier Jahre alten Briefes war in den Falten an zwei Stellen zerrissen und mit Flecken bedeckt, die fast lederfarben waren. Zooey, der zu Ende gelesen hatte, behandelte den Brief mit einer gewissen Vorsicht, als er die einzelnen Blätter wieder in der richtigen Reihenfolge legte. Um sie glatt zu streichen, drückte er sie gegen seine trockenen Knie. Er runzelte die Stirn. Dann, als hätte er ihn bei Gott zum letztenmal in seinem Leben gelesen, steckte er den Brief munter und erleichtert in den Umschlag zurück. Er legte den dicken Umschlag auf den Rand der Badewanne und fing an, damit zu spielen. Mit einem Finger schob er den vollen Umschlag auf dem Rand der Badewanne hin und her, offensichtlich, um festzustellen, ob er ihn in Bewegung halten konnte, ohne daß er ins Badewasser fiel. Nachdem er das gut fünf Minuten gemacht hatte, gab er dem Umschlag einen ungeschickten Stoß und mußte ihn rasch auffangen. Damit war das Spiel zu Ende. Den geretteten Briefumschlag in der Hand, setzte er sich niedriger, tiefer ins Wasser, und ließ auch die Knie darin versinken. Ein, zwei Minuten lang starrte er abwesend auf die Kacheln an der Wand am Fußende der Wanne, blickte dann zu seiner Zigarette auf dem Seifenhalter, nahm sie in die Hand, zog ein paarmal versuchsweise daran, aber die Zigarette war ausgegangen. Er setzte sich plötzlich wieder auf, was ein ziemliches Wassergeplätscher verursachte, und griff mit der trockenen linken Hand an der Seite der Badewanne herunter auf den Boden. Ein getipptes Manuskript lag mit dem Titel nach oben auf der Badematte. Er hob es auf, holte es sozusagen an Bord. Er starrte es kurz an, legte dann seinen vier Jahre alten Brief in die Mitte des Manuskriptes, wo die Seiten immer am dichtesten aufeinanderliegen. Dann stützte er das Manuskript auf die jetzt nassen Knie, zwei oder drei Zentimeter oberhalb der Wasseroberfläche, und fing an, die Seiten umzublättern. Als er auf Seite 9 angelangt war, faltete er das Manuskript, wie man eine Zeitschrift faltet, und begann es zu lesen oder zu studieren.

Die Rolle von *Rick* war mit einem weichen Bleistift sehr dick unterstrichen.

TINA (*düster*): «Oh, Liebling, Liebling, Liebling. Ich bringe dir kein Glück.

RICK: Sag das nicht. Das darfst du nie sagen. Hörst du?

TINA: Aber es ist doch wahr. Ich bin ein Unglücksrabe. Ich bin ein schrecklicher Unglücksrabe. Wenn ich nicht gewesen wäre, hätte Scott Kincaid dich schon vor Jahren für den Posten in Buenos Aires bestimmt. Ich habe das alles verdorben. (*Tritt ans Fenster.*) Ich bin eine von den kleinen Füchsinnen, denen die Trauben zu hoch hängen. Ich komme mir vor wie jemand in einem sehr intellektuellen Theaterstück. Das Komische ist nur, ich bin gar nicht intellektuell. Ich bin überhaupt nichts. Ich bin eben ich. (*Dreht sich um.*) Oh, Rick, Rick, ich habe Angst. Was geschieht bloß mit uns? Mir scheint, ich kann *uns* nicht mehr finden. Ich strecke meine Hände aus und greife um mich, aber wir sind einfach nicht mehr da. Ich habe Angst. Ich bin ein verängstigtes Kind. (*Blickt aus dem Fenster.*) Ich hasse diesen Regen. Manchmal sehe ich mich tot in diesem Regen liegen.

RICK (*ruhig*): Aber, Liebling, ist das nicht ein Zitat aus *In einem andern Land?*

TINA (*wendet sich ihm wütend zu*): Mach, daß du raus kommst. Raus. Raus hier, bevor ich aus dem Fenster springe. Hast du mich verstanden?

RICK (*packt sie*): Jetzt höre mir mal zu – du dusselige kleine Schönheit, du anbetungswürdige, kindische, theatralische...

Zooeys Lektüre wurde plötzlich durch die Stimme seiner Mutter unterbrochen – lästig, aber doch sozusagen befreiend. Sie rief vor der Badezimmertür: «Zooey, sitzt du immer noch in der Wanne?»

«Ja, ich bin noch in der Wanne. Warum?»

«Ich möchte gern hereinkommen. Nur für ein winziges Minütchen. Ich habe – was für dich.»

«Mein Gott, Mutter, ich sitze doch in der Wanne.»

«Nur für eine Sekunde. Zieh doch einfach den Duschvorhang vor, mein Gott.»

Zooey warf einen letzten Blick auf die Seite, die er gerade gelesen hatte, klappte das Manuskript zu und ließ es dann neben die Badewanne fallen. «Allmächtiger Himmel», sagte er, «manchmal sehe ich mich tot im Regen liegen.» Am Fußende der Badewanne bauschte sich ein Nylonvorhang, scharlachrot mit einem Muster aus kanariengelben Musikvorzeichen und Notenschlüsseln, der mit Plastikringen an einer Chromstange befestigt war. Zooey beugte sich vor, streckte die Hände danach aus, zog den Vorhang rund um die Wanne zu und entzog sich so der Sicht. «Also gut, wenn du unbedingt reinkommen mußt, dann komm schon», sagte er. Er sprach ohne Schauspielermanier, aber seine Stimme vibrierte ziemlich stark; wenn er sich keine Mühe gab, sie zu kontrollieren, *trug* sie unerbittlich. Vor Jahren, als er noch in *Das kluge Kind* mitwirkte, war er immer wieder angewiesen worden, Abstand vom Mikrofon zu halten.

Die Tür öffnete sich, und Mrs. Glass, eine nicht mehr ganz schlanke Frau mit einem Haarnetz, drückte sich seitwärts in das

[illegible]ter allen Umständen schwierig gewe-
[illegible]mmen, aber wenn sie ein Haarnetz trug,
[illegible]h. Wenn sie ein Zimmer betrat, geschah *es*
[illegible]erlich als auch mit Worten. «Ich verstehe
[illegible] lange in der Wanne aushältst», sagte sie. Sie
[illegible] Tür hinter sich, wie jemand, der um seiner
N[illegible]aft willen einen langjährigen Krieg gegen Zug-
luft[illegible]d geführt hat. «Es ist auch gar nicht gesund»,
sagte[illegible] du, wie lange du in der Badewanne sitzt? Genau
fünfun[illegible]...»

«Sprich's nicht aus, Bessie, sprich's bitte nicht aus.»

«Was soll das heißen, *sprich's* nicht aus?»

«Genau, was ich sage: sprich's nicht aus. Laß mir doch um Gottes willen die Illusion, daß du nicht draußen vor der Tür gestanden und die Minuten gezählt hast, die ich...»

«Keiner hat hier *Minuten* gezählt, junger Mann», sagte Mrs. Glass. Sie war schon ganz mit einem kleinen, länglichen Päckchen beschäftigt, das in weißes Papier eingewickelt und mit einer goldenen Kordel verschnürt war. Es sah aus, als enthielte es einen Gegenstand von ungefähr der Größe des Hope-Diamanten oder einer Klistierspritze. Mrs. Glass hielt es vor die Augen und zupfte mit ihren Fingern an der Kordel: als der Knoten nicht nachgab, wandte sie ihre Zähne an.

Sie trug ihre übliche Hauskleidung – die ihr Sohn Buddy (der ein Schriftsteller, und infolgedessen, wie kein geringerer als Kafka gesagt hat, *kein freundlicher Mensch* war) ihre Todes-Vorankündigungs-Uniform nannte. Sie bestand hauptsächlich aus einem verblaßten mitternachtsblauen japanischen Kimono, den sie unerbittlich tagsüber in der Wohnung trug. Mit seinen vielen geheimnisvollen Falten diente er auch als Behälter für all den Krimskram, wie eine starke Zigarettenraucherin und eine Amateurhandwerkerin ihn braucht; an den Hüften waren zwei übergroße Taschen aufgenäht, die gewöhnlich drei oder vier Päckchen Zigaretten und mehrere Schachteln Streichhölzer, einen Schraubenzieher, einen Hammer mit Nagelklaue, ein Pfadfindermesser, das einmal einem ihrer Söhne gehört hatte, einen oder zwei emaillierte Wasserhähne, außerdem Nägel und Schrauben aller Größen, Türangeln, Kugellagerrollen enthielten – und das Ganze verursachte ein leichtes sanftes Klirren, wenn Mrs. Glass sich in ihrer großen Wohnung bewegte. Seit mehr als zehn Jahren hatten ihre beiden Töchter sich vergebens bemüht, diesen ausgedienten Kimono verschwinden zu lassen. (Ihre verheiratete Tochter Boo Boo hatte angedeutet, man müßte ihm vielleicht, damit er endlich im Papierkorb landete, mit einem stumpfen Gegenstand den Gnadenstoß geben.) Wie orientalisch auch diese Verhüllung ursprünglich hatte wirken sollen, sie zog kein Jota ab von dem einmaligen Eindruck, den Mrs. Glass *chez elle* auf einen bestimmten Typ Besucher machte. Die Glass' lebten in einem alten, aber nicht uneleganten Mietshaus im nordöstlichen Manhattan, wo vielleicht zwei Drittel der reiferen Frauen Pelzmäntel besaßen und, wenn sie an einem sonnigen Alltagmorgen das Haus verließen, so konnte man sich vorstellen, daß sie eine halbe Stunde später bei *Lord und Taylor, Saks* oder *Bonwit Tellers* in den Aufzug stiegen oder diesen verließen. In diesem vornehmen Manhattan-Viertel wirkte Mrs. Glass (jedenfalls vom Straßenjungen-Aspekt aus gesehen) wie ein wohltuender Dorn im Auge. Zunächst einmal sah sie aus, als ob sie nie, niemals das Haus verließ, daß sie aber, *wenn* sie es verließ, ein schwarzes Umschlagtuch tragen und in Richtung O'Connell Street in Dublin gehen würde, um dort die Herausgabe des Leichnams eines ihrer halb irischen, halb jüdischen Söhne zu verlangen, der auf Grund irgendeines Schreibfehlers gerade von den *Black and Tans* erschossen worden war.

Plötzlich hörte man Zooeys mißtrauische Stimme: «Mutter, um Gottes willen, was machst du denn da?» Mrs. Glass hatte das Päckchen ausgepackt, stand jetzt da und las das Kleingedruckte auf der Rückseite eines Zahnpastakartons. «Sei so freundlich und halt mal deinen Mund», sagte sie ziemlich abwesend. Sie trat an das Arzneischränkchen. Es hing über dem Waschbecken an der Wand. Sie öffnete dessen Tür, die außen einen Spiegel trug, überblickte die überfüllten Regale mit dem Auge – oder besser: mit dem Meisterblick – einer hingebenden Hausapothekengärtnerin. Was da buntgedrängt vor ihr lag, war sozusagen ein Heerlager goldener Pharmazeutika, plus einiger technisch nicht ganz dazugehöriger Kleinigkeiten. Die Regale enthielten Jod, Chromquecksilber, Vitaminkapseln, Zahnstocher, Aspirin, Anazin, Bufferin, Argyrol, Musterol, Ex-Lax, Abführmittel, Lebersalz, Aspergum, zwei Gilette-Rasierapparate, einen Schick-Rasierapparat, zwei Tuben Rasiercreme, ein verbogenes und verschlissenes Amateurfoto einer dicken schwarz-weißen Katze, die auf einem Verandageländer schlief, drei Kämme, zwei Haarbürsten, eine Flasche Klettenwurzel-Haaröl, eine Flasche Fitchs Schuppenmittel, eine kleine Dose Glyzerinzäpfchen ohne Etikett, Vicks Nasentropfen, Vicks Vaporub, sechs Riegel Olivenölseife, drei abgerissene Eintrittskarten zu einem Musical, das 1946 gespielt worden war *(Nenn mich Mister)*, eine Tube Enthaarungscreme, eine Schachtel Kleenex, zwei Muscheln, verschiedene Stücke gebrauchtes Schmirgelpapier, zwei Tiegel Reinigungscreme, drei Scheren, eine Nagelfeile, eine vollkommen durchsichtige blaue Murmel, (Murmelspielern, wenigstens in den zwanziger Jahren, als «Reine» bekannt), eine Salbe gegen zu große Poren, eine Pinzette, das bandlose Gehäuse einer goldenen Mädchen- oder Frauenarmbanduhr, eine Dose Bicarbonat, den Klassenring einer Internatschülerin mit einem beschädigten Onyx, eine Flasche Stopette – und, so unbegreiflich es erscheinen mag, enthielt der Schrank noch einiges mehr. Mrs. Glass griff plötzlich zu, nahm einen Gegenstand vom untersten Brett und warf ihn in den Papierkorb, wobei ein gedämpft-blechernes Geräusch entstand. «Ich leg für dich was von der neuen Zahnpasta rein, von der jetzt alle so begeistert sind», kündigte sie an, ohne sich umzudrehen, und tat, wie sie gesagt hatte. «Ich möchte, daß du aufhörst, dieses verrückte Pulver zu benutzen. Es wird den ganzen herrlichen Schmelz von deinen Zähnen kratzen. Du hast so schöne Zähne. Du kannst wenigstens …»

«Wer behauptet das?» Hinter dem Vorhang war das Geräusch bewegten Badewassers zu hören. «Verdammt, wer behauptet, daß das Pulver all den herrlichen Schmelz von meinen Zähnen kratzt?»

«Ich behaupte das.» Mrs Glass warf einen letzten kritischen Blick auf ihren Hausgarten. «Bitte, benutz die Zahnpasta.» Sie gab einer ungeöffneten Schachtel Lebersalz einen kleinen

Schubs, damit sie mit dem andern «Immervorhandenen» in einer Reihe stand, und schloß dann die Tür des Schränkchens. Sie drehte den Kaltwasserhahn auf. «Ich möchte doch mal wissen, wer sich die Hände wäscht, ohne nachher das Becken zu säubern», sagte sie grimmig. «Diese Familie besteht ja angeblich aus Erwachsenen.» Sie verstärkte den Wasserdruck und säuberte das Becken kurz, aber gründlich mit einer Hand. «Ich nehme an, du hast noch nicht mit deiner kleinen Schwester gesprochen», sagte sie, drehte sich um und blickte auf den Duschvorhang.

«Nein, ich habe noch nicht mit meiner kleinen Schwester gesprochen. Verdammt, wie wär's, wenn du jetzt endlich hier verschwändest?»

«Warum hast du nicht mit ihr gesprochen?» fragte Mrs. Glass. «Ich finde das nicht nett, Zooey. Ich finde das *ganz und gar* nicht nett. Ich habe dich extra gebeten, zu ihr zu gehen und zu sehen, ob irgend etwas...»

«Erstens, Bessie, bin ich erst vor einer Stunde aufgestanden. Zweitens habe ich gestern abend zwei geschlagene Stunden lang mit ihr gesprochen, und ich glaube, daß sie heute einfach mit keinem von uns Idioten sprechen möchte. Und drittens, wenn du jetzt nicht aus dem Badezimmer verschwindest, stecke ich diesen blöden, häßlichen Vorhang in Brand. Es ist mir Ernst, Bessie.»

Irgendwo in der Mitte dieser drei eindrucksvollen Aufzählungen hatte Bessie aufgehört zuzuhören und sich hingesetzt. «Manchmal könnte ich Buddy umbringen, weil er kein Telefon hat», sagte sie, «es ist so *unnötig*. Wie kann ein erwachsener Mann nur so leben – kein *Telefon*, kein *gar* nichts. Keiner hat doch den Wunsch, in sein *Privatleben* einzudringen, wenn es das ist, was er fürchtet. Deshalb braucht er doch nicht wie ein *Eremit* zu leben.» Sie schüttelte sich gereizt und schlug die Beine übereinander. «Und, mein Gott, wie gefährlich das ist. Angenommen, er bricht sich ein Bein oder was, draußen im *Wald*, wo er da lebt. Ich mache mir immer Sorgen deswegen.»

«So, wirklich? Worüber machst du dir nun Sorgen – daß er sich ein Bein bricht oder daß er kein Telefon hat, wenn du ihn gern anriefest?» – «Ich mache mir um beides Sorgen, junger Mann, damit Sie Bescheid wissen.»

«Ach – tu's nicht. Verschwende doch nicht deine Zeit damit. Du bist so dumm, Bessie. Warum bist du bloß so dumm? Mein Gott, du kennst doch Buddy. Und wenn er dreißig Kilometer tief im Wald läge, beide Beine gebrochen und einen Pfeil im Rükken, er würde in seine Höhle zurückkriechen, nur um sich davon zu überzeugen, daß keiner in seiner Abwesenheit seine Überschuhe anprobiert hat.» Hinterm Vorhang war ein kurzes, vergnügtes, wenn auch ein bißchen gespenstisches Gewieher zu hören. «Ich geb dir mein Wort drauf. Der hat zuviel Angst um sein verdammtes Privatleben, um in irgendwelchen Wäldern zu sterben.»

«Von *Sterben* hat keiner was gesagt», sagte Mrs. Glass. Mit einer kurzen und völlig überflüssigen Geste rückte sie ihr Haarnetz zurecht. «Schon den *ganzen* lieben Morgen lang hab ich versucht, die Leute ans Telefon zu kriegen, die im Haus neben ihm wohnen. Sie melden sich einfach nicht. Es macht mich rasend, daß ich ihn nicht erreichen kann. Wie oft habe ich ihn *angefleht*, dieses verrückte Telefon abzumelden, das in seinem und Seymours altem Zimmer steht. Es ist einfach nicht *normal*. Wenn wirklich etwas passiert, und er *braucht* eins – es macht mich wahnsinnig. Gestern abend hab ich's zweimal probiert, und heute ungefähr viermal –»

«Was soll das ganze Rasend-Werden-Getue? Erstens einmal: warum sollen irgendwelche fremden Leute in seiner Straße uns auf Anruf zur Verfügung stehen?»

«Keiner spricht hier von irgend jemand, der uns *auf Anruf* zur Verfügung stehen soll. Bitte, sei nicht so frech. Damit du Bescheid weißt, ich mache mir große Sorgen um das Kind, und ich *finde*, Buddy sollte von der ganzen Sache wissen. Nur damit du Bescheid weißt, ich glaube, er würde es mir nie verzeihen, wenn ich in einer solchen Situation nicht mit ihm in Verbindung träte.»

«Also gut. Warum rufst du dann nicht das College an, anstatt seine Nachbarn zu belästigen? Um diese Tageszeit ist er sowieso nicht in seiner Höhle – das weißt du doch.»

«Bitte, seien Sie doch so freundlich, junger Mann, und schreien Sie nicht so. Hier ist keiner taub; und damit Sie Bescheid wissen, das College habe ich schon angerufen. Ich weiß aus Erfahrung, daß das nicht den geringsten Zweck hat. Sie hinterlassen einfach einen Zettel auf seinem Schreibtisch, und ich glaube nicht, daß er sich seinem Schreibtisch jemals auch nur *nähert!*» Mrs. Glass beugte sich plötzlich vor und nahm ohne aufzustehen irgend etwas vom Deckel des Wäschekorbs. «Hast du da drinnen eigentlich einen Waschlumpen?» fragte sie.

«Es muß heißen Waschlappen, nicht Waschlumpen, und weißt du, wonach ich mich sehne, Bessie – verdammt, ich möchte gern in diesem Badezimmer allein sein. Das ist mein einziges, schlichtes Verlangen. Wenn ich den Wunsch hätte, daß sich das Zimmer hier mit jeder fetten irischen Rose füllte, die zufällig vorüberkommt, dann würde ich das sagen. Los jetzt! Geh raus!»

«Zooey», sagte Mrs. Glass geduldig. «Ich habe hier einen sauberen Waschlumpen in meiner Hand. Möchtest du ihn haben, oder möchtest du ihn nicht haben. Bitte: Ja oder nein?»

«Oh, du lieber Himmel. Ja. Ja. Ja. Lieber als alles in der Welt möchte ich ihn haben. Schmeiß ihn rüber.»

«Ich werde ihn nicht *rüberschmeißen*, sondern ihn dir in die Hand geben, immer wird in dieser Familie alles geschmissen.» Mrs. Glass stand auf, machte drei Schritte auf die Badewanne zu und wartete, bis eine körperlose Hand sich nach dem Waschlappen ausstreckte.

«Tausend Dank, und jetzt mach bitte, daß du rauskommst. Ich habe schon zehn Pfund abgenommen.»

«Das ist kein *Wunder*. Du sitzt in der Wanne, bis du fast blau im Gesicht bist, und dann wunderst – Was ist denn das?» Mit großer Neugierde bückte sich Mrs. Glass und nahm das Manuskript vom Boden, in dem Zooey gelesen hatte, ehe sie ins Badezimmer kam. «Ist das das neue Manuskript, das Le Sage geschickt hat?» fragte sie. «Auf dem *Boden?*» Sie bekam keine Antwort. Es war, als hätte Eva Kain gefragt, ob das nicht seine schöne neue Hacke sei, die da draußen im Regen verrostete. «Ich muß schon sagen, das ist die richtige Stelle für ein Manuskript.» Sie trug das Manuskript zum Fenster und legte es vorsichtig auf den Heizkörper. Sie betrachtete es genau, als wolle sie es auf Feuchtigkeit hin prüfen. Die Jalousie war heruntergelassen – Zooey hatte in der Badewanne beim Licht der dreiteiligen Dekkenbeleuchtung gelesen –, aber ein Streifen Morgenlicht fiel durch einen zwei Zentimeter breiten Spalt unter der Jalousie auf die Titelseite des Manuskriptes. Mrs. Glass legte den Kopf ein wenig auf die Seite, um den Titel besser lesen zu können, nahm gleichzeitig ein Päckchen Kingsize-Zigaretten aus ihrer Kimonotasche. *Das Herz ist ein Wanderer im Herbst*, las sie laut und überlegte: «Ein ungewöhnlicher Titel.»

Die Antwort hinter dem Duschvorhang her kam etwas verspätet, klang aber entzückt. «Das ist was? Das ist was für ein Titel?»

Mrs. Glass war schon auf der Hut. Sie richtete sich auf, setzte sich mit der angezündeten Zigarette wieder hin. «Ich sagte: *ungewöhnlich*, ich habe nicht gesagt: schön oder so, nur...»

«Oh, du meine Güte, man muß schon hübsch früh am Morgen aufstehen, wenn man dir etwas wirklich Klassisches vorenthalten wollte, mein Bessiekind. Weißt du, was dein Herz ist? *Dein Herz*, Bessie, ist eine Garage im Herbst. Wie wäre das als ins Auge springender Titel? Mein Gott, viele Leute, – viele *schlechtinformierte* Leute – glauben, Seymour und Buddy seien die einzigen Literaten in dieser Familie. Wenn ich nachdenke, wenn ich mich einen Augenblick hinsetze und nach einem gefühlvollen Ausdruck suche, fallen mir Garagen ein, ich verschwende jeden einzelnen Tag meines Lebens...»

«Schon gut, schon gut, junger Mann», sagte Mrs. Glass. Wie immer ihr Geschmack für Fernsehtitel oder ihr Geschmack im allgemeinen sein mochte, ein Funke glomm in ihren Augen auf – nicht mehr als ein Funke, aber ein Funke der genießerischen, vielleicht etwas perversen Freude an dem Stil, in dem ihr jüngster und einzig hübscher Sohn sie neckte. Für den Bruchteil einer Sekunde vertrieb er den Ausdruck allgemeiner Müdigkeit und ganz besonderer augenblicklicher Sorge, der auf ihrem Gesicht zu sehen gewesen war, seit sie das Badezimmer betreten hatte. Aber sofort wieder war sie in der Defensive. «Was ist denn mit dem Titel? Er *ist* sehr ungewöhnlich. Du, du findest gar nichts ungewöhnlich oder schön, nicht *einmal* habe ich gehört, daß du etwas...»

«Was sagst du? Wer findet nichts schön? Sag doch deutlich, was ich nicht schön finde.» Das Geräusch einer schwachen Brandung drang hinter dem Vorhang hervor, als wäre dort ein ungezogener Tümmler am Werk. «Hör zu, Dicke, es ist mir egal, was du über meine Rasse, mein Bekenntnis, meine Religion sagen magst, aber sag nur nicht, ich sei unempfänglich für Schönheit. Das ist meine Achillesferse, vergiß es nicht! Ich finde *alles* schön. Zeig mir einen rosigen Sonnenuntergang, und ich werde schwach – bei Gott. Alles und jedes. Sogar *Peter Pan*. Schon bevor der Vorhang aufgeht, bin ich eine Tränenpfütze. Und da hast du die Nerven und willst mir klarmachen...»

«Ach, hör auf», sagte Mrs. Glass abwesend. Sie seufzte tief, zog dann mit gequältem Gesicht heftig an ihrer Zigarette, blies den Rauch durch die Nasenlöcher und sagte – oder besser: stieß aus: «Oh, ich *wünschte*, ich wüßte, was ich mit diesem Kind machen soll.» Sie atmete schwer. «Ich bin vollkommen am Ende mit meinem Latein.» Sie warf einen Röntgenblick auf den Duschvorhang. «An keinem von euch habe ich die geringste Stütze. Nicht an einem einzigen. Dein Vater will über solche Sachen nicht einmal *sprechen*. Du weißt ja, wie er ist. Natürlich, er macht sich auch seine Sorgen – ich merke es doch –, aber er will den Dingen einfach nicht ins Gesicht sehen.» Mrs. Glass' Mund straffte sich. «Solange ich ihn kenne, hat er noch nie einer Sache ins Gesicht gesehen. Er glaubt, alles Sonderbare und Unangenehme ist einfach nicht mehr da, wenn er das Radio aufdreht und irgendeine kleine Schnucke fängt an zu singen.» Von dem unsichtbaren Zooey kam ein einzelnes lautes Prusten, das sich kaum von seinem dröhnenden Wiehern unterschied, aber doch *anders* war.

«Aber so ist es doch», sagte Mrs. Glass beharrlich und vollkommen ernst. Sie beugte sich vor. «Möchtest du gern wissen, was ich wirklich denke?» fragte sie. «Ja? Möchtest du es wissen?»

«Aber, liebe Bessie, erzählen wirst du's mir auf jeden Fall, was macht es also aus, wenn ich...»

«Ich glaube wirklich – und ich meine es ernst –, ich glaube, daß er *wirklich* immer noch hofft, euch Kinder alle wieder im Radio zu hören. Ich mache keinen Spaß.» Sie atmete wieder sehr tief. «Ich glaube wirklich, daß er jedes, aber auch jedes Mal, wenn er das Radio andreht, erwartet, *Das kluge Kind* einzuschalten und euch Kinder alle, eins nach dem anderen, zu hören, wie ihr die Fragen beantwortet.» Sie preßte ihre Lippen aufeinander und machte unbewußt, des größeren Nachdrucks wegen, eine Pause. «Und ich meine euch alle», sagte sie und richtete sich plötzlich auf. «Einschließlich Seymour und Walt.» Sie tat einen raschen und doch tiefen Zug an ihrer Zigarette. «Er lebt ganz und gar in der Vergangenheit. Aber auch ganz und gar. Kaum daß er sich mal das Fernsehprogramm *ansieht*, wenn du nicht gerade drin bist. Lach nicht, Zooey, das ist gar nicht komisch.»

«Wer lacht denn hier, um Gottes willen?»

«Ja, genauso ist es. Er hat aber auch nicht die geringste Ahnung, was da mit Franny nicht stimmen könnte. Nicht die geringste. Weißt du, was er mich gestern abend direkt nach den Elf-Uhr-Nachrichten gefragt hat? Ob ich nicht glaube, Franny hätte gerne eine Mandarine. Da liegt das Kind nun Stunde um Stunde, weint sich die Augen aus, wenn einer nur ‹Piep› zu ihr sagt, und murmelt weiß der Himmel *was* vor sich hin, und euer Vater fragt sich, ob sie wohl gerne eine Mandarine möchte. Ich hätte ihn umbringen können. Das nächste Mal meint er sicher...» Sie hielt inne und starrte auf den Duschvorhang. «Was ist daran so komisch?» fragte sie.

«Nichts. Nichts, nichts, gar nichts. Die Mandarine gefällt mir. Also gut; wer sonst ist keine Stütze für dich? Ich, Les, Buddy. Wer sonst? Sei nicht zurückhaltend, Bessie, schütte mir dein Herz aus. Das ist das schlimmste in dieser Familie – wir sind alle viel zu zugeknöpft.»

«Oh, *Ihr* Witz geht ziemlich auf Krücken, junger Mann», sagte Mrs. Glass. Sie schob sorgfältig eine lose Haarsträhne unter das Gummiband des Haarnetzes. «Ich *wünsche* nur, ich könnte Buddy für ein paar Minuten an dieses verrückte Telefon bekommen. Er ist der einzige, von dem man annehmen kann, daß er etwas von dieser verrückten Geschichte *versteht*.» Ohne ihren Groll zu verbergen, dachte sie nach. «Es regnet nie, es gießt nur in Strömen.» Sie schnippte ihre Zigarettenasche in ihre hohle Hand. «Boo Boo kommt erst am *zehnten* zurück. Es Waker zu erzählen, hätte ich *Angst*, selbst wenn ich wüßte, wie ich ihn erreichen könnte. Eine solche Familie habe ich in meinem ganzen Leben noch nicht gesehen. Im Ernst. Ihr alle werdet für so intelligent gehalten und so, ihr Kinder alle, und nicht an einem von euch hat man die geringste Stütze, wenn etwas in die Brüche geht. Nicht an einem von euch. Ach, ich hab's einfach satt, daß...»

«*Was* geht in die Brüche, um Himmels willen? *Wer* geht in die Brüche? Was erwartest du denn von uns, Bessie? Sollen wir ins Wohnzimmer gehen, Franny ihr Leben abnehmen und es für sie leben?»

«Ach, hör doch auf damit! Keiner redet davon, daß irgendeiner ihr *Leben* für sie leben soll. Ich möchte ganz einfach, daß einer *nur* in dieses Wohnzimmer geht und herauskriegt, was los ist – das ist es, was ich möchte. Ich möchte ganz einfach wissen, ob das Kind vorhat, ins College zurückzugehen und sein *Semester* zu beenden. Und ich möchte gern wissen, wann sie vorhat, ihrem Körper etwas auch nur halbwegs Nahrhaftes zuzuführen. Sie hat praktisch nichts gegessen, seit sie Samstag abend nach Hause gekommen ist – aber auch gar nichts! Noch vor einer halben Stunde hab ich versucht, ihr eine gute Tasse Hühnerbrühe zu geben. Sie hat genau zwei Schluck davon genommen – nicht mehr. Alles, was ich ihr gestern zu essen brachte, hat sie praktisch erbrochen.» Mrs. Glass hielt inne, gerade lange genug, um Atem zu holen. «Sie sagte, sie würde später vielleicht ein Käsebrot essen. Was soll bloß dieses ganze Käsebrot-Getue? Soweit ich sehe, hat sie das ganze Semester von Käsebrot und Cola gelebt. Ernährt man damit heutzutage die jungen Mädchen im College? Eins weiß ich sicher, *ich* werde einem jungen Mädchen, das so herunter ist wie dieses Kind, nur Dinge zu essen geben, die...»

«So ist's richtig! Entweder Hühnerbrühe oder gar nichts. Notfalls mit Gewalt! Wenn sie schon einen Nervenzusammenbruch haben muß, dann wollen wir wenigstens dafür sorgen, daß sie ihn nicht in Ruhe hat.»

«Werd nur nicht frech, junger Mann – ach, dein Mundwerk! Damit du Bescheid weißt, ich halte es nicht für unmöglich, daß die Nahrung, die dieses Kind seinem Körper zuführt, viel mit der ganzen verrückten Geschichte zu tun hat. Schon als sie noch ein *Kind* war, mußte man dieses Kind praktisch zwingen, ihr Gemüse und all das anzurühren, was *gut* für sie war. Man kann nicht seinen Körper rücksichtslos jahraus, jahrein mißbrauchen – ganz gleich, was du davon hältst.»

«Du hast vollkommen recht. Du hast vollkommen recht. Es ist geradezu aufregend, wie du geradewegs, ohne links und rechts zu gucken, zum Kern einer Sache vorstößt. Mich überläuft es – wahrhaftig, du inspirierst mich, Bessie! Weißt du, was du getan hast? Bist du dir klar darüber, was du getan hast? Du hast die ganze verfluchte Angelegenheit in ein frisches, ganz neues, in ein *biblisches* Licht gerückt. – Im College habe ich vier – eigentlich fünf Aufsätze über die Kreuzigung geschrieben... und über jeden einzelnen davon habe ich mir bis zum Wahnsinn Gedanken gemacht, weil ich glaubte, es fehlte etwas darin. Jetzt weiß ich, was fehlte. Jetzt wird mir alles klar. Ich sehe Christus in einem *vollkommen anderen Licht*. Seinen gesundheitsschädlichen Fanatismus und seine Roheit gegen diese netten, normalen, konservativen Steuerzahler, die Pharisäer. Oh, es ist aufregend. In deiner einfachen, geraden, blindgläubigen Art, Bessie, hast du den fehlenden Schlüssel zum ganzen Neuen Testament gefunden. Falsche Ernährung! Christus lebte von Käsebroten und Coça-Cola. Soweit wir wissen, gab er der Menge wahrscheinlich...»

Mrs. Glass unterbrach ihn, ihre Stimme klang ruhig, aber gefährlich. *«Hör sofort auf damit.* Ach, am liebsten würde ich dir eine Windel in den Mund stopfen.»

«Du lieber Himmel! Ich versuche ja nur, eine höfliche Badezimmerkonversation in Gang zu halten.»

«Oh, du bist ja witzig; du bist ja so witzig! Aber zufälligerweise, junger Mann, kann ich Ihre Schwester nicht in genau dem gleichen Licht sehen wie unseren Heiland. Vielleicht bin ich darin komisch, aber ich kann nun mal nicht anders. Ich finde nun mal nichts Vergleichbares zwischen dem *Erlöser* und einer überanstrengten, durchgedrehten kleinen Studentin, die zu viele religiöse Bücher und so etwas gelesen hat. Du kennst deine Schwester sicher so gut, wie ich sie kenne – jedenfalls *soll-*

test du es. Sie ist so *schrecklich* empfänglich, ist es immer gewesen, das weißt du ganz genau...»

Für einen Augenblick wurde es im Badezimmer merkwürdig still.

«Mutter? Du sitzt doch noch da draußen? Ich habe das schreckliche Gefühl, daß du draußen sitzt mit fünf gleichzeitig brennenden Zigaretten. Stimmt das?» Er wartete, aber Mrs. Glass zog es vor, zu schweigen. «Aber ich *will* nicht, daß du da draußen sitzt, Bessie. Ich möchte gern aus dieser verdammten Badewanne raus – hörst du, Bessie?»

«Ja, ich höre, ich höre», sagte Mrs. Glass. Eine neue Welle des Kummers war über ihr Gesicht geglitten, und sie richtete sich gequält auf. «Und dann hat sie diesen verrückten Blomberg im Bett, bei sich auf der Couch», sagte sie, «es ist einfach unhygienisch.» Sie stieß einen gewaltigen Seufzer aus. Einige Minuten lang hatte sie ihre Zigarettenasche in ihrer linken hohlen Hand gesammelt, jetzt streckte sie die Hand aus und leerte sie, ohne daß sie hätte aufstehen müssen, in den Papierkorb. «Ich *weiß* nicht, was ich tun soll», verkündete sie. «Ich weiß es einfach nicht. Im ganzen Haus geht es drunter und drüber. Die Anstreicher sind in Frannys Zimmer fast fertig, und nach dem Mittagessen wollen sie sicher sofort im Wohnzimmer anfangen. Ich weiß nicht, soll ich sie nun aufwecken, oder was soll ich tun? Sie hat fast überhaupt nicht geschlafen. Ich fange an, den Verstand zu verlieren. Weißt du überhaupt, wann ich zuletzt die *Zeit* hatte, die Wohnung anstreichen zu lassen? Es ist fast zwan...»

«Aha! Die Anstreicher! Jetzt dämmert's mir. An die Anstreicher hab ich gar nicht gedacht. Aber hör mal, warum hast du sie denn nicht hier herein gebeten? *Hier* ist doch Platz genug für sie. Mein Gott, sie müssen mich ja für einen netten Gastgeber halten, daß ich sie nicht ins Badezimmer bitte, wenn ich gerade..»

«Bitte, halten Sie mal einen Augenblick den Mund, junger Mann. Ich denke nach.»

Als gehorche er aufs Wort, fing Zooey an, seinen Waschlappen zu benutzen. Während einer ziemlich langen Pause war das schwache Reiben des Lappens das einzige Geräusch im Badezimmer. Mrs. Glass, die zwei bis drei Meter vom Vorhang entfernt saß, starrte über die Fliesen auf die blaue Badematte, die neben der Wanne lag. Ihre Zigarette war bis auf den letzten Zentimeter heruntergebrannt. Sie hielt sie zwischen zwei Fingerspitzen ihrer rechten Hand, und die Art, wie sie sie hielt, schien den ersten starken (und immer noch vollkommen zutreffenden) Eindruck, daß ein unsichtbares schwarzes Dubliner Umhängetuch ihre Schultern bedeckte, in die Wüste der Literatur zu schicken. Ihre Finger waren nicht nur außergewöhnlich lang und feingeformt – wie man sie, ganz allgemein gesprochen, nicht an einer etwas fülligen Frau erwartet hätte –, sondern sie zeigten auch ein irgendwie majestätisches Zittern. Die Finger einer abgesetzten Balkan-Königin oder einer pensionierten Lieblings-Kurtisane hätten so elegant zittern können.

Und das war nicht der einzige Gegensatz zum Dubliner-Umhängetuch-Motiv. Auch beim Anblick von Bessie Glass' Beinen hätte man erstaunt die Augenbrauen hochgezogen – denn ihre Beine waren über jeden Tadel erhaben. Es waren die Beine einer einst sehr bekannten Varietéschönheit, einer Vaudevilletänzerin, einer sehr leichten Tänzerin. Als sie jetzt dasaß und auf die Badematte starrte, hatte sie die Beine übereinandergelegt, das linke über das rechte, und es sah aus, als könnte ihr abgetragener weißer Plüschpantoffel jeden Augenblick von dem ausgestreckten Fuß rutschen. Die Füße waren außergewöhnlich klein, die Fesseln noch immer schlank, und, was vielleicht am bemerkenswertesten war, ihre Waden waren noch immer fest und offensichtlich nie knotig gewesen.

Plötzlich stieß Mrs. Glass einen Seufzer aus, der weit über ihre Gewohnheiten hinaus tief war – es schien fast, als gebe sie einen Teil ihrer Lebenskraft von sich. Sie stand auf, ging mit ihrer Zigarette zum Waschbecken, ließ kaltes Wasser darüber laufen, warf den ausgelöschten Stummel in den Papierkorb und setzte sich wieder hin. Sie war immer noch so in ihre Gedanken versunken, als hätte sie sich gar nicht von der Stelle bewegt.

«In drei Sekunden steige ich hier raus, Bessie, ich warne dich rechtzeitig. Komm, Mädchen, wir wollen unsere Freundschaft nicht zu sehr strapazieren.»

Mrs. Glass, die wieder auf die blaue Badematte starrte, nickte nur abwesend zu dieser «rechtzeitigen Warnung». Und hätte Zooey in diesem Augenblick ihr Gesicht genau sehen können, besonders ihre Augen, dann hätte er vielleicht den heftigen, wenn auch nur vorübergehenden Wunsch verspürt, sich die größere Hälfte seines Anteils an dem Gespräch mit ihr in Erinnerung zu rufen, zu rekonstruieren, neu zu bedenken, zu mäßigen, zu mildern. Aber vielleicht hätte er das auch nicht getan. Denn im Jahr 1955 war es reine Glückssache, sich über Mrs. Glass' Gesichtsausdruck, besonders über den Ausdruck ihrer großen blauen Augen klarzuwerden. Einst, ein paar Jahre früher, hatten ihre Augen allein (Menschen wie Badematten) sofort und eindringlich mitgeteilt, daß zwei ihrer Söhne tot waren, einer durch Selbstmord (ihr Lieblingssohn, der tiefste und schwierigste, der begabteste und freundlichste ihrer Söhne) und einer im Zweiten Weltkrieg gefallen (ihr einzig wirklich leichtherziger Sohn) – während einst Bessie Glass' Augen nur diese Geschehnisse mit einer Ausdrucksfähigkeit und besonderen Leidenschaft für Einzelheiten mitteilten, deren Anblick weder ihr Mann noch ihre überlebenden erwachsenen Kinder ertragen, geschweige denn annehmen konnten, war sie jetzt, im Jahre 1955 schon fähig, dieselbe schreckliche keltische Begabung zu benutzen, um einem schon an der Haustür zu berichten, daß der neue Botenjunge das Lammbein nicht rechtzeitig fürs Mittagessen gebracht hat oder irgendeines obskuren Hollywood-Starlets Ehe in die Brüche zu gehen drohte.

Sie zündete sich abrupt eine von ihren langen Zigaretten an, zog daran, stand auf, während sie den Rauch ausstieß. «Ich bin gleich wieder da», sagte sie, und diese Feststellung klang unbeabsichtigt wie ein Versprechen. «Bitte tritt auf die Badematte, wenn du aus der Wanne steigst», fügte sie hinzu, «dazu liegt sie da.» Sie verließ das Badezimmer und schloß vorsichtig die Tür hinter sich.

Es war, als wäre die *Queen Mary*, nachdem sie einige Tage in einem Behelfsdock verbracht hatte, plötzlich unnatürlicherweise in, sagen wir, den See aus Thoreaus *Walden oder Leben in den Wäldern* hinein- und wieder hinausgedampft. Hinter dem Duschvorhang schloß Zooey für einige Sekunden die Augen, als läge sein eigenes kleines Boot gefährlich schwankend im Kielwasser des großen. Dann zog er den Vorhang zurück und starrte auf die geschlossene Tür. Es war ein ernstes Starren, in dem nicht sehr viel Erleichterung enthalten war. Mehr als irgend etwas anderes war es der Blick eines Menschen, der seine Privatsphäre liebt, der es aber – so paradox es klingt – nicht gern sieht, wenn der Eindringling so ohne weiteres aufsteht und geht.

Nicht ganz fünf Minuten später stand Zooey barfuß am Waschbecken, er trug eine dunkelgraue, gürtellose Kammgarnhose, hatte das nasse Haar gekämmt, sich ein Handtuch um die bloßen Schultern gehängt, und das Ritual der Vor-Rasur war schon vollzogen. Die Jalousie am Fenster war halb hochgezogen, die Badezimmertür stand halb offen, damit der Dampf abziehen und der Spiegel wieder klar werden konnte; Zooey hatte sich eine Zigarette angezündet, schon daran gezogen und sie in leicht erreichbarer Nähe auf das Milchglasbord unterhalb des Spiegels des Medizinschränkchens gelegt. In diesem Augenblick hatte er gerade aus einer Tube Rasiercreme in den Rasierpinsel gedrückt und schob die Tube, ohne den Deckel aufzuschrauben, irgendwo in den Emaille-Hintergrund. Seine flache Hand fuhr mit quietschendem Geräusch ein paarmal über den Spiegel des Medizinschränkchens und wischte den größten Teil der niedergeschlagenen Feuchtigkeit weg. Dann fing er an, sein Gesicht einzuseifen. Seine Einseifmethode war sehr ungewöhnlich, wenn auch demselben Geist entsprungen wie seine Rasiermethode. Das bedeutete: obwohl er während des Einseifens in den Spiegel sah, beobachtete er nicht die Bewegung des Pinsels, sondern blickte statt dessen unmittelbar in seine Augen, als wären diese neutrales Gelände, eine Art Niemandsland in einem privaten Krieg gegen Narzißmus, den er kämpfte, seitdem er sieben oder acht Jahre alt war. Jetzt, mit fünfundzwanzig, wandte er diese Kriegslist wohl nur noch gewohnheitsmäßig an, so wie ein alter Baseballspieler, wenn er am Mal steht, mit der Keule erst gegen seine Spikes tippt, ob er will oder nicht. Immerhin hatte er, als er sich ein paar Minuten vorher das Haar kämmte, den Spiegel nur zu einem allernotwendigsten Minimum benutzt, und davor hatte er es fertiggebracht, sich vor einem mannshohen Spiegel abzutrocknen, ohne auch nur einmal hineinzusehen.

Er hatte sich gerade fertig eingeseift, als er plötzlich im Rasierspiegel seine Mutter erblickte. Sie stand in der offenen Tür, kaum einen Meter hinter ihm, den Türgriff in der Hand – ein wahres Abbild geheuchelten Zögerns, als wäre sie tatsächlich noch nicht ganz entschlossen, wieder ins Badezimmer zu kommen.

«Oh, welch eine freudige und liebenswürdige Überraschung!» sagte Zooey zu ihrem Spiegelbild. «Komm herein, komm herein.» Er lachte oder wieherte, öffnete die Hausapotheke und nahm seinen Rasierapparat heraus.

Mrs. Glass trat mit nachdenklichem Gesicht näher. «Zooey», sagte sie, «ich habe mir alles überlegt.» Sie machte Miene, sich auf ihrem gewohnten Platz unmittelbar links neben Zooey niederzulassen.

«Nein, setz dich noch nicht. Laß dich erst mal anschauen», sagte Zooey. Nachdem er aus der Wanne gestiegen war, seine Hose angezogen und sich gekämmt hatte, war er offenbar besser gelaunt. «Wir haben so selten Besuch in unserer kleinen Kapelle hier, und wenn mal einer kommt, dann möchten wir doch gern, daß er sich wohl...»

«Jetzt sei mal still», sagte Mrs. Glass bestimmt und setzte sich. Sie schlug ihre Beine übereinander. «Ich habe nachgedacht. Glaubst du, es hätte Sinn, wenn ich Waker zu erreichen versuchte? *Ich* persönlich halte nichts davon, aber was meinst du? Ich bin der Meinung, daß das Kind einen guten Psychiater braucht, keinen Priester oder so, aber ich *kann* ja unrecht haben.»

«Oh, nein. Nein, nein. Nicht *unrecht*, ich habe noch nie erlebt, daß du *unrecht* hast, Bessie. Deine Feststellungen sind immer entweder unwahr oder übertrieben, aber *unrecht* hast du nie – nein, nein.» Mit großem Vergnügen feuchtete er seinen Rasierapparat an und fing an, sich zu rasieren.

«Zooey, ich bitte dich um einen *Rat* – bitte, laß jetzt mal die Witzeleien. Hältst du es für richtig oder nicht, wenn ich versuche, Waker zu erreichen? Ich könnte diesen Bischof Pinchot, oder wie er heißen mag, anrufen, und er könnte mir bestimmt sagen, wo ich Waker wenigstens *telegrafisch* erreichen kann, wenn er noch auf irgendeinem blöden Schiff ist.» Mrs. Glass streckte ihre Hand aus und zog den blechernen Papierkorb näher zu sich heran, um ihn als Aschenbecher für die brennende Zigarette zu benutzen, mit der sie hereingekommen war.

«Ich habe *Franny* gefragt, ob sie gern mit ihm sprechen möchte, *wenn* ich ihn erreichen kann», sagte sie. «Und was hat sie gesagt?» fragte Zooey, während er seinen Rasierapparat kurz abspülte.

Mrs. Glass setzte sich zurecht, indem sie ein wenig nach rechts rückte. «*Sie* sagt, sie will mit *niemandem* sprechen.»

«Aha. Aber wir wissen es besser, wie? Wir nehmen eine so klare Antwort nicht so einfach hin und lassen es auf sich beruhen, nicht wahr?»

«Damit Sie Bescheid wissen, junger Mann, ich nehme heute keine Antwort, gleich welcher Art, von diesem Kind einfach hin», sagte Mrs. Glass, die ihre Truppen wieder sammelte. Sie sprach auf Zooeys eingeseiftes Profil ein.

«Wenn man ein junges Mädchen seit achtundvierzig Stunden da liegen hat, weinend und vor sich hinmurmelnd, dann erwartet man doch keine Antwort.»

Ohne diese Äußerung zu kommentieren, rasierte sich Zooey weiter.

«Bitte, beantworte jetzt meine Frage. Hältst du es für richtig, wenn ich Waker zu erreichen versuche, oder nicht? Offen gestanden – *ich* habe Angst davor. Priester oder nicht Priester – er ist so emotionell. Wenn man ihm nur sagt, es sähe nach Regen *aus*, werden seine Augen schon feucht.»

Zooey teilte sein Vergnügen über diese Bemerkung mit dem Spiegelbild seiner Augen. «Du berechtigst noch zu Hoffnungen, Bessie», sagte er.

«Also, wenn ich Buddy nicht ans Telefon bekomme, und auch *du* mir nicht hilfst, muß ich wohl irgend etwas unternehmen», sagte Mrs. Glass. Für einen langen Augenblick saß sie vollkommen verwirrt da und rauchte vor sich hin. Dann sagte sie: «Wenn es irgend etwas ganz Katholisches wäre, oder so, dann könnte ich selber ihr ja helfen. Ich hab ja nicht *alles* vergessen. Aber von euch Kindern ist ja keines katholisch erzogen, und so weiß ich wirklich nicht...»

Zooey schnitt ihr das Wort ab. «Du bist im Irrtum», sagte er und wandte ihr sein eingeseiftes Gesicht zu, «im Irrtum, ganz und gar im Irrtum. Ich hab dir schon gestern abend gesagt, daß diese Sache mit Franny vollkommen un-sektiererisch ist.» Er tauchte seinen Rasierapparat ins Wasser und rasierte sich weiter. «Bitte, glaub mir doch!»

Mrs. Glass starrte erwartungsvoll auf sein Profil, als erwarte sie, daß er noch etwas sage, aber er sagte nichts mehr. Schließlich seufzte sie und sagte: «Ich wäre für den Augenblick fast schon zufrieden, wenn ich diesen schrecklichen Blomberg von ihrer Couch herunter hätte. Es ist einfach unhygienisch!» Sie zog an ihrer Zigarette. «Und was ich mit den Anstreichern anfangen soll, weiß ich einfach nicht. Genau in diesem Augenblick sind sie in Frannys Zimmer fertig und sozusagen auf dem Sprung, ins Wohnzimmer zu gehen.»

«Daß ich der einzige in der Familie bin, der keine Probleme hat, weißt du», sagte Zooey, «aber weißt du auch, warum? Weil ich immer dann, wenn ich mich elend fühle oder *verwirrt*, mir einfach ein paar Leute ins Badezimmer einlade – da bügeln wir dann alles gemeinsam wieder aus, und die Sache hat sich.»

Mrs. Glass schien nahe daran, sich durch die Art, wie Zooey die Probleme anfaßte, ablenken zu lassen, aber an diesem Tag war sie offenbar nicht für Spaß zu haben. Sie blickte ihn einen Moment lang an, dann kam langsam ein ganz neuer Ausdruck in ihre Augen – listig, verschmitzt und ein bißchen verzweifelt. «Ich bin nicht so dumm, wie Sie vielleicht denken mögen, junger Mann», sagte sie. «Ihr Kinder seid alle so geheimnisvoll. Wenn du es wissen willst, ich weiß zufällig besser, was dahinter steckt, als du glaubst.» Nachdrücklich, mit zusammengepreßten Lippen, fegte sie ein paar imaginäre Tabakflusen von ihrem Schoß. «Damit du Bescheid weißt, zufällig weiß ich genau, daß das kleine Buch, das sie gestern durchs ganze Haus hin und her geschleppt hat, die *Wurzel* der ganzen Geschichte ist.»

Zooey drehte sich zu ihr und sah sie an. Er grinste. «Wie hast du das rausgekriegt?» fragte er.

«Es geht dich nichts an, *wie* ich das rausgekriegt habe», sagte Mrs. Glass. «Wenn du es wissen willst, Lane hat ein paarmal hier angerufen. Er macht sich so *schreckliche* Sorgen um Franny.»

Zooey spülte seinen Rasierapparat ab. «Verdammt, wer ist denn Lane?» fragte er. Es war unzweifelhaft eine von den Fragen, wie sie ein noch sehr junger Mann gern stellt, der gelegentlich nicht zugeben will, daß er die Vornamen gewisser Leute kennt.

«Sie wissen sehr genau, wer das ist, junger Mann», sagte Mrs. Glass nachdrücklich. «Lane Coutell. Er ist ja *erst* seit einem Jahr Frannys Freund, und du hast ihn, soweit ich weiß, mindestens ein halbes dutzendmal getroffen, tu also nicht so, als wüßtest du nicht, wer er ist.»

Zooey stieß ein herzliches Lachen aus, als erfrische es ihn, irgendeiner Ziererei, seine eigene einbegriffen, auf die Spur zu kommen. Immer noch entzückt, rasierte er sich weiter. «Es muß heißen Frannys ‹junger Mann›», sagte er. «Nicht ihr ‹Freund›. Warum bist du so altmodisch, Bessie, warum. Hm?»

«Kümmere dich nicht drum, es geht dich nichts an, warum ich so altmodisch bin. Vielleicht interessiert es dich zu erfahren, daß er fünf- oder sechsmal hier angerufen hat, seitdem Franny nach Hause gekommen ist – schon zweimal heute morgen, bevor du überhaupt aufgestanden warst. Er war sehr lieb, und er ist schrecklich *besorgt* und betroffen Frannys wegen.»

«Nicht so wie gewisse Leute, die wir kennen, was? Nun, ich tu's sehr ungern, aber ich muß dir deine Illusionen nehmen: mit dem habe ich über eine Stunde zusammengesessen, und es ist nichts Liebes an ihm dran. Der Junge hat einen falschen Charme – übrigens irgend jemand hier hat sich mit meinem Apparat die Achselhöhlen oder seine verdammten Beine rasiert – oder hat ihn hingeschmissen, das Vorderteil ist ganz...»

«Keiner hat Ihren Rasierapparat angerührt, junger Mann. Darf ich vielleicht fragen, warum sein Charme falsch ist?»

«Warum? Weil er falsch ist, und damit basta. Wahrscheinlich, weil es sich lohnt. Eins will ich dir sagen: ich wette mit dir, wenn der sich Sorgen um Franny macht, dann aus den windigsten Gründen. Wahrscheinlich macht er sich Sorgen, weil es ihn ärgerte, vom Fußballplatz wegzumüssen, bevor das Spiel zu Ende war – weil er sich wahrscheinlich anmerken ließ, daß es ihn ärgerte, und er weiß, daß Franny helle genug ist, es zu merken. Ich kann mir genau vorstellen, wie dieses kleine Schwein sie in ein Taxi steckt, an den Zug bringt und die ganze Zeit über daran denkt, ob er wohl vor der Halbzeit wieder zurück sein kann.»

«Ach, mit dir kann man nicht reden. Es ist vollkommen unmöglich, mit dir zu reden, vollkommen. Ich weiß gar nicht, warum ich's trotzdem immer wieder versuche. Du bist genau wie Buddy. Du meinst, jeder tue das und das aus einem merkwürdigen Grund. Du kannst dir gar nicht vorstellen, daß einer einen anruft, ohne einen häßlichen, egoistischen Grund dafür zu haben.»

«Genau – in neun von zehn Fällen. Und du kannst dich drauf verlassen, dieser Lane, diese bittere Pille, ist nicht die Ausnahme. Also, bitte, ich habe eines abends, als Franny sich zum Ausgehen fertigmachte, mich zwanzig gottverdammte tödliche Minuten mit ihm unterhalten, und ich sage dir, er ist ein großes Nichts.» Er hielt im Rasieren inne und überlegte. «Verdammt, was hat er mir noch erzählt? Irgend etwas sehr *Gewinnendes*. Was war es?... Ach, ja. *Ja*. Er erzählte mir, er habe mich und Franny jede Woche im Radio gehört, als er noch klein war – und weißt du, was er getan hat, dieses kleine Mistvieh? Er lobte mich auf Frannys Kosten. Aus *keinem anderen Grund*, als um sich beliebt zu machen und mit seinem scharfen kleinen Akademiker-Intellekt anzugeben.» Zooey streckte die Zunge heraus und stieß einen Schrei aus, nicht ganz so laut, aber doch so ähnlich, wie man ihn auf Sportplätzen in Bronx hören kann. «Pfui Teufel», sagte er und fing wieder an, sich zu rasieren. «Pfui Teufel, sage ich dir, alle diese hochgestochenen Collegeboys, die die literarische Zeitschrift ihres Campus herausgeben. Da ziehe ich jederzeit einen redlichen Gangster vor.»

Mrs. Glass richtete einen langen und merkwürdig verstehenden Blick auf Zooeys Profil. «Er ist ja noch ein Junge und noch in der Ausbildung, und Sie machen die Leute nervös, junger Mann», sagte sie – ruhiger und fester, als es sonst ihre Art war. «Entweder magst du jemanden oder nicht. Wenn du jemanden magst, dann redest *du* die ganze Zeit, und keiner findet Gelegenheit, auch nur ein Wort dazwischenzuquatschen. Und wenn du jemanden *nicht* magst – was meistens der Fall ist –, dann sitzt du einfach wie der leibhaftige Tod da, läßt den Betreffenden die ganze Zeit über reden, bis er in der Klemme sitzt. – Ich hab's schon erlebt.»

Zooey drehte sich ganz herum, um seine Mutter anzusehen. In diesem Augenblick drehte er sich auf dieselbe Weise um und sah sie genauso an, wie irgendwann einmal in den Jahren davor alle seine Brüder und Schwestern (aber besonders seine Brüder) sich umgedreht und sie angesehen hatten. Es war nicht nur Verwunderung in diesem Blick über das Auftauchen einer wenn auch fragmentarischen Wahrheit aus dem, was oft wie ein Dschungel aus Vorurteilen, Klischees und Binsenwahrheiten erschien. Es lag auch herzliche Zuneigung in diesem Blick, Bewunderung und nicht zuletzt Dankbarkeit. Und – es mag noch so seltsam erscheinen – Mrs. Glass nahm diesen «Tribut», wenn er kam, in würdiger Haltung entgegen. Mit Anmut und Bescheidenheit pflegte sie den Blick des Sohnes oder der Tochter, der ihr gezollt wurde, zu erwidern. Jetzt hielt sie Zooey diese anmutige und bescheidene Miene entgegen. «Ja, so ist es», sagte sie ohne jeden anklägerischen Ton in der Stimme, «du und Buddy, ihr beide wißt nicht, mit Leuten zu sprechen, die ihr nicht leiden könnt.» Sie dachte über den letzten Satz nach. «Die ihr nicht liebt, müßte es eigentlich heißen.» Und Zooey, ohne sich weiter zu rasieren, stand immer noch da und staunte sie an. «Das ist nicht recht», sagte sie ernst und traurig. «Du bist genau, wie Buddy in deinem Alter war. Sogar dein Vater hat das festgestellt. Wenn du jemanden innerhalb der ersten zwei Minuten nicht magst, ist er für immer für dich erledigt.» Gedankenverloren blickte Mrs. Glass über die Fliesen des Fußbodens zu der blauen Matte hinüber. Um ihre Stimmung nicht zu zerstören, stand Zooey so unbewegt wie möglich. «Mit so heftigen Zuneigungen und Abneigungen kann man in dieser Welt nicht leben», sagte Mrs. Glass zu der Badematte, wandte sich dann wieder Zooey zu und sah ihn lange an, aber fast ohne jeden Vorwurf. «Was Sie darüber denken mögen, ist vollkommen gleichgültig, junger Mann», sagte sie.

Zooey erwiderte standhaft ihren Blick, lächelte dann und wandte sich dem Spiegel zu, um seine Rasur zu begutachten. Mrs. Glass, die ihn beobachtete, seufzte. Sie beugte sich vor und drückte ihre Zigarette an der Innenseite des blechernen Papierkorbs aus. Sie zündete sich fast sofort eine neue Zigarette an und sagte mit soviel Schärfe, wie sie zustande bringen konnte: «Immerhin sagt deine *Schwester*, daß er ein brillanter Junge ist, dieser Lane.»

«Ach ja, so reden verliebte Mädchen», sagte Zooey. «Ich kenne den Ton, ach, wie ich den Ton kenne!» Er hatte jetzt die letzte Spur Seife von Gesicht und Hals rasiert, prüfte kritisch mit einer Hand seine Kehle, nahm den Rasierpinsel in die andere und begann, bestimmte strategische Punkte seines Gesichts zum zweitenmal einzuseifen. «Also gut, was hatte Lane denn am Telefon zu sagen?» fragte er. «Was ist denn nach Lanes Ansicht die Ursache von Frannys Schwierigkeiten?»

Mrs. Glass beugte sich ein wenig zu eifrig vor und sagte: «Nun, Lane sagte – diese ganze Sache – hat mit dem kleinen Buch zu tun, das sie die ganze Zeit bei sich hat. Du weißt doch. Das kleine Buch, in dem sie gestern den ganzen Tag gelesen hat und das sie überall mit sich herumschleppt...»

«Ich kenne das kleine Buch. Weiter.»

«Nun, er sagt, also Lane sagt, es ist ein schrecklich religiöses kleines Buch – fanatisch und so weiter – und daß sie es aus der Collegebibliothek hat und daß sie jetzt vielleicht glaubt, sie...» Mrs. Glass verstummte. Zooey hatte sich mit einer irgendwie bedrohlichen Behendigkeit zu ihr umgedreht.

«Was ist denn?» fragte sie.

«Was sagte er, wo sie's her hat?»

«Aus der Bibliothek im College. Warum?»

Zooey schüttelte den Kopf und wandte sich wieder dem Waschbecken zu. Er legte seinen Rasierpinsel hin und öffnete das Medizinschränkchen.

«Was soll das?» fragte Mrs. Glass. «Was ist los? Warum dieser Blick, junger Mann?»

Zooey antwortete erst, als er ein neues Päckchen Rasierklingen geöffnet hatte. Dann sagte er, während er seinen Rasierapparat auseinanderschraubte: «Du bist dumm, Bessie.» Er nahm die gebrauchte Klinge aus seinem Apparat heraus.

«Warum bin ich dumm? Übrigens hast du zufällig gestern eine neue Klinge genommen.»

Mit ausdruckslosem Gesicht schraubte Zooey die neue Klinge in seinem Rasierapparat fest und begann seine zweite Rasur.

«Ich habe Sie etwas gefragt, junger Mann. Warum bin ich dumm? Hat sie nun das kleine Buch aus ihrer Collegebibliothek, oder nicht?»

«Nein, Bessie, eben nicht», sagte Zooey, der sich weiter rasierte. «Das kleine Buch heißt: *Der Pilger setzt seinen Weg fort*, und es ist die Fortsetzung eines anderen kleinen Buches, das heißt: *Der Weg eines Pilgers*, das sie auch mit sich herumschleppt, und *beide* Bücher hat sie aus Seymours und Buddys alter Bude, wo sie, soweit ich zurückdenken kann, auf Seymours Schreibtisch gestanden haben. Allmächtiger Himmel.»

«Ach, schimpf doch nicht gleich deswegen. Wäre es denn so schrecklich, wenn sie die Bücher aus der Collegebibliothek hierhergebracht hätte.»

«Ja, das *ist* schrecklich. Es ist *schrecklich*, weil beide Bücher jahrelang auf Seymours Schreibtisch gestanden haben. Es ist deprimierend.»

Mrs. Glass' Stimme klang plötzlich merkwürdig wehrlos. «Du weißt, daß ich das Zimmer nicht betrete, wenn ich es eben vermeiden kann», sagte sie. «Und ich sehe Seymours alte... seine Sachen nicht an.»

«Gut, entschuldige bitte», sagte Zooey rasch. Ohne seine Mutter anzusehen, zog er, obwohl er seine zweite Rasur noch nicht beendet hatte, das Handtuch von den Schultern und wischte sich den restlichen Seifenschaum aus dem Gesicht. «Komm», sagte er, «reden wir nicht mehr davon.» Er warf das Handtuch auf den Heizkörper, wo es auf dem Titel des Rick-Tina-Manuskriptes landete. Zooey nahm seinen Rasierapparat auseinander und hielt ihn unter den Kaltwasserhahn.

Seine Entschuldigung war ernst gemeint gewesen, und Mrs. Glass wußte es, aber offensichtlich konnte sie – vielleicht, weil es so selten vorkam – sich nicht verkneifen, die Situation auszunutzen. «Du bist nicht gerade freundlich», sagte sie, während sie zusah, wie Zooey seinen Rasierapparat abspülte. «Du bist überhaupt nicht freundlich. Du bist alt genug, wenigstens irgendeine Form der Freundlichkeit zu versuchen, wenn du so schlecht gelaunt bist. Wenn Buddy sich so fühlt, versucht er wenigstens...» Sie fuhr zusammen und hielt den Atem an, als Zooeys Rasierapparat, mit der neuen Klinge und allem, was dazu gehörte, mit heftigem Krach in den blechernen Papierkorb geknallt wurde.

Wahrscheinlich hatte Zooey seinen Rasierapparat nicht absichtlich in den Papierkorb geknallt, sondern nur seine linke Hand so plötzlich und heftig nach unten gerissen, daß ihm der Apparat aus der Hand gerutscht war. Jedenfalls hatte er bestimmt nicht absichtlich mit seiner Hand gegen die Kante des Waschbeckens geschlagen. «Buddy, Buddy, *Buddy*», sagte er. «Seymour, Seymour, *Seymour.*» Er hatte sich seiner Mutter zugewandt, die durch das Hinfallen des Rasierapparates aufgescheucht und alarmiert, aber nicht wirklich erschreckt worden war. «Ich würde mir am liebsten die Kehle durchschneiden, so satt habe ich es, diese Namen immer wieder zu hören.» Sein Gesicht war sehr blaß, aber fast vollkommen ausdruckslos. «Diese ganze verfluchte Wohnung stinkt nach Gespenstern. Es macht mir nicht so viel aus, vom Geist eines Toten heimgesucht zu werden, aber ich hasse es wie die Pest, vom Geist eines Halbtoten heimgesucht zu werden. Ich wünsche bei Gott, Buddy würde sich endlich entschließen. Er tut alles, was Seymour getan hat – jedenfalls versucht er es. Verdammt, warum bringt er sich nicht um, dann hat er es hinter sich.»

Mrs. Glass kniff die Augen zu, nur ganz kurz, aber Zooey blickte sofort von ihrem Gesicht weg. Er bückte sich und fischte seinen Rasierapparat aus dem Papierkorb. «Wir sind Monstren, wir beide, Franny und ich», verkündete er, als er sich wieder aufrichtete. «Ich bin ein fünfundzwanzigjähriges Monstrum – und Franny ist ein einundzwanzigjähriges Monstrum – und dafür sind diese beiden Hunde verantwortlich.» Er legte den Rasierapparat auf die Kante des Waschbeckens, aber er rutschte hartnäckig wiedei ins Becken hinein. Rasch nahm er ihn heraus und hielt ihn diesmal fest. «Bei Franny zeigen sich die Symptome ein bißchen später als bei mir, aber auch sie ist ein Monstrum – vergiß das nicht. Ich schwöre dir, ich könnte sie beide umbringen, ohne auch nur mit der Wimper zu zucken. Die großen Erzieher! Die großen Befreier! O Gott. Ich bin ja nicht einmal fähig, mich mit irgend jemand beim Mittagessen halbwegs anständig zu unterhalten. Entweder langweile ich mich, oder ich fange auf eine so verfluchte Art an zu predigen, daß der Kerl, wenn er noch einen Rest von Selbstgefühl hätte, mir eigentlich den Stuhl über den Kopf hauen müßte.» Er öffnete plötzlich das Medizinschränkchen. Er starrte einige Augenblicke ratlos hinein, als hätte er vergessen, warum er es geöffnet hatte, legte dann den noch nassen Rasierapparat an seinen Platz ins Fach.

Mrs. Glass saß ganz still da und beobachtete ihn, während die Zigarette zwischen ihren Fingern herunterbrannte. Sie sah ihm auch zu, wie er den Deckel auf die Rasiercremetube schraubte – es machte ihm einige Schwierigkeiten, das Gewinde zu finden.

«Wahrscheinlich interessiert es dich nicht besonders – aber ich bin nicht einmal fähig, mich zu irgendeinem blöden *Essen* hinzusetzen, ohne daß ich vorher die *vier großen Gelübde* still vor mich hingesagt habe – und ich wette mit dir, um was du willst, daß auch Franny nicht anders kann. Verdammt, sie haben uns so gedrillt, daß...»

«Die vier großen Was?» Mrs. Glass unterbrach ihn, aber sehr vorsichtig.

Zooey packte mit beiden Händen das Waschbecken, lehnte sich mit dem Oberkörper ein bißchen vor, die Augen auf den üblichen Emaille-Hintergrund gerichtet. Trotz seines schmächtigen Körpers sah er in diesem Augenblick aus, als wäre er durchaus fähig und bereit, das Waschbecken durch den Fußboden hindurchzudrücken. «Die *vier großen Gelübde*», sagte er und schloß voller Groll die Augen. Wie *unzählig* viele Wesen es auch geben mag, ich gelobe, sie zu retten; wie *unzähmbar* auch seine Leidenschaften sein mögen, ich gelobe, sie zu tilgen; wie unermeßlich die Dharmas auch sein mögen, ich gelobe, sie zu meistern; wie unerreichbar Buddhas Wahrheit auch sein mag, ich gelobe, dorthin zu *gelangen*. Ja, nehmt mich in eure Mannschaft auf. Ich weiß, ich schaffe es. Nehmt mich nur auf und trainiert mich.» Zooey hielt die Augen geschlossen. «O Gott, das habe ich seit meinem elften Lebensjahr Tag für Tag meines Lebens vor allen drei Mahlzeiten vor mich hin gemurmelt. Ich kann einfach nichts *essen*, bevor ich's gesagt habe. Einmal als ich mit Le Sage zu Mittag aß, wollte ich es weglassen, aber prompt blieb mir so eine verdammte Muschel im Hals stecken.» Er öffnete die Augen, runzelte die Stirn, behielt aber seine sonderbare Haltung bei. «Wie wär's, wenn du jetzt verschwändest, Bessie?» sagte er. «Im Ernst. Laß mich meine verdammten Waschungen in Frieden absolvieren, bitte.» Er schloß die Augen wieder, und es sah wieder so aus, als wolle er das Waschbecken durch den Fußboden drücken. Obwohl er seinen Kopf ein wenig gebeugt hielt, war sein Gesicht fast blutleer.

«Ich wünschte, du würdest heiraten», sagte Mrs. Glass plötzlich versonnen.

Jedes Mitglied der Familie – und Zooey vielleicht am besten – kannte diese Gedankensprünge bei Mrs. Glass; diese Inkonsequenz trieb ihre seltsamen Blüten mitten in Gefühlsausbrüchen dieser Art. Trotzdem war Zooey diesmal nicht im geringsten darauf gefaßt. Er stieß, hauptsächlich durch die Nase, einen explosiven Laut aus, der entweder Lachen oder das Gegenteil von Lachen war. Rasch und besorgt beugte sich Mrs. Glass vor, um festzustellen, was von beiden es war. Es war mehr oder weniger doch Lachen, und sie setzte sich erleichtert wieder zurück. «Ja», sagte sie beharrlich, «ich wünschte es. Warum *tust* du's nicht?»

Zooey veränderte seine Stellung, zog ein zusammengefaltetes Leinentaschentuch aus seiner Hüfttasche, schnippte es auf und benutzte es dann, um sich einmal, zweimal, dreimal die Nase zu putzen. Als er das Taschentuch wieder wegsteckte, sagte er: «Ich fahre zu gern mit der Eisenbahn, und wenn man verheiratet ist, bekommt man nie mehr einen Fensterplatz.»

«Das ist doch kein Grund.»

«Es ist ein vollkommen überzeugender Grund. Geh jetzt, Bessie, und laß mich hier in Frieden. Warum machst du nicht einen netten kleinen Ausflug mit dem Aufzug? Du wirst dir die Finger verbrennen, wenn du deine verdammte Zigarette nicht ausmachst.»

Mrs. Glass drückte ihre Zigarette wieder am Innenrand des Papierkorbs aus, blieb dann für ein paar Augenblicke ruhig sitzen, ohne nach ihren Zigaretten und Streichhölzern zu tasten. Sie sah Zooey zu, wie er einen Kamm nahm und sich einen Scheitel zog. «Sie könnten sich auch mal die Haare schneiden lassen, junger Mann», sagte sie, «Sie sehen fast schon aus wie einer von diesen verrückten Ungarn oder so, der gerade aus dem Schwimmbecken heraussteigt.»

Zooey lächelte merklich, kämmte sich ein paar Sekunden lang weiter, drehte sich plötzlich um und drohte seiner Mutter kurz mit dem Kamm. «Noch etwas, Bessie, bevor ich's vergesse, und *höre* mir gut zu», sagte er, «wenn du noch mal daran denkst wie gestern abend, Frannys wegen Philly Byrnes' verdammten Psychoanalytiker anzurufen, dann versprich mir nur eins, bitte: denk daran, was die Analyse bei Seymour angerichtet hat.» Er machte eine Pause, um seinen Worten Nachdruck zu verleihen. «Hörst du? Willst du daran denken?»

Mrs. Glass griff sofort, überflüssigerweise, an ihr Haarnetz, um es zurechtzurücken, zog dann ihre Zigaretten und die Streichhölzer aus der Tasche, hielt sie aber nur für einen Augenblick in der Hand. «Damit du Bescheid weißt», sagte sie, «ich habe *nicht* gesagt, ich würde Philly Byrnes' Psychoanalytiker *anrufen*, ich habe *gesagt*, ich *überlegte* mir, ob ich's tun sollte. *Erstens* ist er nicht irgendein gewöhnlicher Psychoanalytiker, er ist zufällig ein *sehr* frommer *katholischer* Psychoanalytiker, und ich dachte, anstatt da herumzusitzen und auf das Kind aufzupassen, wäre es *vielleicht* besser, wenn...»

«Verdammt, Bessie, ich warne dich zum letztenmal. Und wenn er ein sehr frommer buddhistischer Tierarzt ist. Wenn du so einen zu Rate ziehst, dann...»

«Das ist kein Anlaß zum Sarkasmus, junger Mann. Ich kenne Philly Byrnes, seit er ein winzig kleiner Junge war. Dein Vater und ich sind jahrelang mit seinen Eltern zusammen im gleichen *Programm* aufgetreten. Und zufällig weiß ich genau, daß der Gang zum Psychoanalytiker aus diesem Jungen tatsächlich eine *neue* und *liebenswürdige* Persönlichkeit gemacht hat. Ich habe mit seinem...»

Zooey knallte seinen Kamm in das Medizinschränkchen und schlug ungeduldig die Tür des Schränkchens zu. «Oh, wie dumm du doch bist, Bessie», sagte er. «Philly *Byrnes*. Philly Byrnes ist ein armer, kleiner impotenter, verschwitzter Kerl, über *vierzig*, der jahrelang mit einem Rosenkranz und einem Heft von *Variety* unterm Kopfkissen geschlafen hat. Wir sprechen über zwei Dinge, die so verschieden voneinander sind wie Tag und Nacht. Jetzt höre mir mal zu, Bessie», er wandte sich seiner Mutter ganz zu, sah sie vorsichtig an und legte die flache Hand auf das Waschbecken, als ob er eine Stütze suche. «Hörst du mir zu?»

Bevor sie sich ergab, zündete Mrs. Glass eine neue Zigarette an, stieß den Rauch aus und fegte imaginäre Tabakflusen aus ihrem Schoß, dann sagte sie grimmig: «Ja, ich höre dir zu.»

«Gut. Es ist mir jetzt *sehr* ernst. Wenn du – hör jetzt mal zu! – wenn du nicht an Seymour denken willst oder denken kannst, dann rufe sofort irgendeinen Ignoranten von Psychoanalytiker. Bitte, tu's! Ruf so einen Analytiker, der Erfahrung darin hat, Leute so zurechtzuanalysieren, daß sie die Wonnen des Fernsehens, jeden Mittwoch die Neuausgabe von *Life*, Reisen nach Europa, die H-Bombe, Präsidentenwahlen, die Titelseite der *Times* so zu würdigen wissen, wie die große Verantwortung der ‹Lehrer-und-Eltern-Vereinigung der Westport und Oyster Bay› und was es sonst noch an glorreichen normalen Wonnen geben mag – also bitte, ruf so einen, und ich schwöre dir, in spätestens einem Jahr ist Franny entweder im Irrenhaus, oder sie zieht mit einem brennenden Kreuz in der Hand in irgendeine verfluchte Wüste hinaus...»

Mrs. Glass fegte noch mehr imaginäre Tabakflusen von ihrem Kimono weg. «Gut – schon gut – reg dich doch nicht so *auf*», sagte sie. «Um Himmels willen, keiner hat jemanden gerufen.»

Zooey riß die Tür des Medizinschränkchens auf, blickte hinein, zog dann eine Nagelpfeile heraus und schloß die Tür wieder. Er nahm die Zigarette, die er auf die Kante des Milchglasbordes gelegt hatte, zog daran, aber sie war aus. Seine Mutter sagte: «Hier», und gab ihm ihr Zigarettenpäckchen und die Zündhölzer.

Zooey nahm eine Zigarette aus dem Päckchen, aber er kam nur

so weit, sie zwischen die Lippen zu stecken und das Zündholz anzustreichen, dann machten seine Gedanken es ihm unmöglich, die Zigarette wirklich anzuzünden, er blies das Streichholz wieder aus, nahm die Zigarette aus dem Mund und schüttelte kurz und ungeduldig den Kopf. «Ich weiß nicht», sagte er, «mir scheint, es *muß* irgendwo in der Stadt ein Psychoanalytiker in seiner Höhle hocken, der gut für Franny wäre – ich habe gestern abend darüber nachgedacht.» Er verzog das Gesicht ein wenig. «Aber ich weiß von keinem. Um als Psychoanalytiker gut für Franny zu sein, müßte er schon ein merkwürdiger Typ sein. Ich weiß nicht. Erstens müßte er glauben, daß er durch Gottes Gnade zum Studium der Psychoanalyse berufen worden ist. Er müßte glauben, daß er es Gottes Gnade verdankt, wenn er nicht von einem verdammten Lastwagen überfahren worden ist, bevor er die Zulassung bekam zu praktizieren. Er müßte davon überzeugt sein, daß er die angeborene Intelligenz, die ihn befähigt, seinen Patienten *überhaupt* zu helfen, Gottes Gnade verdankt. Und ich kenne keinen *guten* Analytiker, dessen Gedanken ungefähr in diese Richtung gehen. Aber das wäre die einzige Art Psychoanalytiker, der imstande wäre, Franny zu helfen. Wenn sie einem in die Finger geriete, der schrecklich freudianisch wäre oder schrecklich eklektisch, oder einfach schrecklich routiniert – einem, der nicht die geringste verrückte, mysteriöse Dankbarkeit für seine Einsichten und seine Intelligenz empfindet –, dann käme sie in einer noch schlimmeren Verfassung aus der Analyse heraus als Seymour. Es macht mich wahnsinnig, wenn ich daran denke. Wenn du nichts dagegen hast, wollen wir nicht mehr darüber sprechen.» Er nahm sich Zeit, seine Zigarette anzuzünden, legte sie dann auf das Milchglasbord neben die alte Zigarette, die ausgegangen war, und stellte sich etwas bequemer hin. Dann fing er an, mit der Nagelfeile unter den Nägeln herumzufahren – die schon vollkommen sauber waren. «Wenn du mich nicht anbellst», sagte er nach einer Weile, «will ich dir erzählen, worum es in den beiden kleinen Büchern geht, die Franny bei sich hat. Interessiert es dich, oder nicht? Wenn es dich nicht interessiert – ich bin nicht darauf aus ...»

«*Ja*, es interessiert mich. *Natürlich* interessiert es mich. Denkst du vielleicht, ich bin ...»

«Also gut. Dann belle mich mal eine Minute lang nicht an», sagte Zooey und lehnte sich mit der Hüfte gegen die Kante des Waschbeckens. Er säuberte sich weiter die Fingernägel. «In beiden Büchern geht es um einen russischen Bauern. Es spielt ungefähr um die Jahrhundertwende.» Er sprach mit einer Stimme, die im Gegensatz zu seiner sonst nüchternen Sprechweise einen fast erzählerischen Klang hatte. «Er ist ein sehr lieber, sehr einfacher kleiner Kerl mit einem verkrüppelten Arm, und damit ist er natürlich für Franny mit ihrem verdammten Raste-hier-ein-Weilchen-Herzen wie geschaffen.» Er drehte sich um sich selbst, nahm seine Zigarette von dem Milchglasbord, zog daran und fing an, seine Fingernägel zu feilen. «Am Anfang erzählt der Bauer, daß er eine Frau und einen Hof hatte, aber sein schwachsinniger Bruder steckt den Hof in Brand – und dann – danach, glaube ich – stirbt eben die Frau. Jedenfalls, er macht sich auf die Pilgerschaft. Und etwas beschäftigt ihn. Sein ganzes Leben lang hat er die Bibel gelesen, und er möchte gern wissen, was es bedeutet, was da im Brief an die Thessalonicher steht: ‹Betet ohne Unterlaß.› Dieses Wort läßt ihn nicht los.» Zooey streckte wieder die Hand nach seiner Zigarette aus, zog an ihr und fuhr fort: «Es gibt ein weiteres, ähnliches Zitat aus dem Thimotheusbrief – ‹Und deshalb erwarte ich, daß der Mensch immerfort bete.› Und Christus selber hat übrigens gesagt, ‹die Menschen sollten immerfort beten, ohne nachzulassen›.» Einen Augenblick lang feilte sich Zooey schweigend mit eigenartig starrem Gesichtsausdruck die Nägel. «Also, er begibt sich auf Pilgerschaft, um einen Lehrer zu finden», sagte er, «einen, der ihn lehren kann, *wie* und *warum* er ohne Unterlaß beten kann und soll. Er wandert und wandert und wandert, von Kirche zu Kirche, von Schrein zu Schrein, fragt diesen Priester und jenen, bis er schließlich einem einfachen alten Mönch begegnet, der offenbar weiß, worum es geht. Der alte Mönch sagt ihm, das einzige Gebet, das Gott jederzeit annimmt und ‹wünscht›, sei das Gebet zu Jesus… ‹Herr Jesus Christus, erbarme dich meiner.› *Eigentlich* lautet das vollständige Gebet: ‹Herr Jesus Christus, erbarme dich meiner, eines elenden Sünders›, aber – Gott sei Dank – legt in beiden Büchern des Pilgers keiner der Adepten Wert auf den Nachsatz vom elenden Sünder.

Gut, also der alte Mönch erklärt ihm, was geschieht, wenn das Gebet ohne Unterlaß gebetet wird. Zur Einübung hält er ein paar Gebetstunden mit ihm und schickt ihn wieder nach Hause. Und *dann* – um es kurz zu machen – spürt der kleine Pilger nach einer gewissen Zeit, daß er mit dem Gebet weiterkommt, daß das Gebet anfängt zu wirken. Er meistert es. Er ist voller Freude über sein spirituelles Leben, und dann zieht er durch ganz Rußland – durch dichte Wälder, Städte, Dörfer und so weiter –, spricht, während er dahingeht, sein Gebet und erzählt jedem, den er zufällig trifft, wie er es beten muß.» Zooey blickte plötzlich auf und fixierte seine Mutter scharf. «Hörst du mir auch zu, du fette alte Druidenhexe?» fragte er. «Oder bestaunst du nur mein prachtvolles Gesicht?»

Mrs. Glass fuhr gekränkt hoch: «Natürlich höre ich zu.»

«Schön... ich will nämlich hier keine Party-Gänse um mich haben.» Er lachte wiehernd, zog an seiner Zigarette und behielt sie dann zwischen den Fingern, während er sich weiter die Nägel feilte. «Das erste der beiden kleinen Bücher, *Der Weg des Pilgers»*, sagte er, «handelt hauptsächlich von den Abenteuern des kleinen Pilgers auf der Landstraße. Wen er trifft, was er zu ihnen sagt, was sie zu ihm sagen – und er trifft manchmal verdammt nette Leute. Der zweite Band, *Der Pilger setzt seinen Weg fort*, ist überwiegend eine Dissertation in Dialogform über das Warum und Wozu des Jesus-Gebets. Der Pilger, ein Professor, ein Mönch und eine Art Eremit treffen sich und reden darüber, und das ist wirklich alles.» Zooey blickte kurz auf, sah seine Mutter an und schaltete mit der Nagelfeile auf die linke Hand über. «Falls es dich interessiert, die Absicht *beider* kleinen Bücher besteht darin, jedermann von der Notwendigkeit und den Wohltaten des Jesus-Gebets zu überzeugen. Zunächst unter der Aufsicht eines geeigneten Lehrers – einer Art christlichen Gurus –, und dann, wenn die betreffende Person bis zu einem gewissen Grad die Sache meistert, soll sie allein weitermachen. Und das wichtigste ist: es soll nicht nur für Frömmler und An-die-Brust-Klopfer sein. Du kannst ruhig den Opferstock ausräumen, aber du mußt weiter das Gebet sagen, während du ihn ausräumst. Erleuchtungen sollen mit dem Gebet kommen, nicht vorher.»

Zooey runzelte die Stirn, aber eher wie ein Dozent. «Es wird angenommen, daß das Gebet früher oder später vollkommen selbsttätig wird, sich von den Lippen und dem Kopf ins Innerste des Herzens bewegt und im Menschen zu einer Art automatischer Funktion wird, im gleichen Rhythmus wie der Herzschlag. Und wenn dann nach einer gewissen Zeit das Gebet *wirklich* automatisch ist, dann soll die betreffende Person in die sogenannte Wirklichkeit der Dinge eintreten. Das wird in keinem der beiden Bücher wörtlich ausgesprochen, aber nach der östlichen Terminologie hat der Körper sieben empfindsame Zentren, die *chakras* heißen, und das dem Herzen am nächsten liegende heißt *Anahata*, und es soll geradezu höllisch empfindlich und mächtig sein, und wenn es in Bewegung gerät, setzt es seinerseits ein anderes dieser Zentren in Bewegung, das seinen Sitz zwischen den Augenbrauen hat und *Ajna* heißt – es ist eigentlich die Zirbeldrüse, oder vielleicht eine Aura um die Zirbeldrüse herum – und dann, mein Schatz, öffnet sich, was Mystiker ‹das dritte Auge› nennen. Um Himmels willen – das ist gar nichts Neues – es hat nicht erst mit der kleinen Pilgergruppe angefangen. In Indien ist dieser Vorgang schon seit Gott weiß wie vielen Jahrhunderten als *Japam* bekannt. *Japam*, das ist einfach irgendeiner der Namen, die die Menschen Gott geben. Oder die Namen seiner Inkarnationen – oder Avatars, wenn man den Terminus technicus anwenden will. Es wird angenommen, daß du, wenn du den Namen lang genug und regelmäßig genug aussprichst und buchstäblich aus dem Herzen heraus, früher oder später Antwort bekommst. Nicht einfach nur eine *Antwort*, sondern eine *Offenbarung.*» Zooey wandte sich um, öffnete das Medizinschränkchen und nahm einen hölzernen Nagelreiniger heraus. «Wer hat an meinem Nagelreiniger geknabbert?» sagte er. Er tupfte sich mit dem Handrücken kurz den Schweiß von der Oberlippe und fing an, mit dem Stäbchen die Nagelhaut zurückzuschieben.

Mrs. Glass tat einen tiefen Zug an ihrer Zigarette, kreuzte ihre Beine, und während sie Zooey beobachtete, fragte sie streng: «Das ist es also, was Franny anscheinend hat? Ich meine, das tut sie also jetzt und so?»

«Ich nehme es an. Aber frag nicht mich, sondern *sie!*»

Es entstand eine kurze, ziemlich ratlose Pause. Dann fragte Mrs. Glass abrupt und ziemlich beherzt: «Und wie lange muß man es tun?»

Zooeys Gesicht strahlte wieder vor Vergnügen. Er wandte sich ihr zu und sagte: «Wie lange? Oh, nicht lange. Nur solange, bis die Anstreicher in dein Zimmer wollen. Dann kommt eine ganze Prozession von Heiligen und Bodhisatas hereinmarschiert, und sie alle tragen Töpfe voll Hühnerbrühe. Im Hintergrund hört man den Hall Johnson-Chor singen, die Kameras nähern sich und richten ihre Objektive auf einen netten alten Herrn im Lendenschurz, der gegen einen Hintergrund von Bergen, blauem Himmel und weißen Wolken postiert ist, und alle Gesichter bekommen plötzlich einen friedlichen Ausdruck, und ...»

«Hör auf ...» sagte Mrs. Glass.

«Mein Gott, ich will dir ja nur helfen. Erbarmen, du lieber Gott. Ich möchte nicht, daß du den Eindruck behältst, daß das religiöse Leben mit irgendwelchen – verstehst du – auch nur irgendwelchen Unbequemlichkeiten verbunden ist. Ich meine, viele Leute scheuen davor zurück, weil sie glauben, daß ein gewisses Maß an lästigen Anforderungen und Konsequenzen damit verbunden ist – du verstehst mich schon.»

Es war klar, daß der Sprecher jetzt mit offenbarem Genuß dem Höhepunkt seiner Ansprache zustrebte. Er drohte seiner Mutter feierlich mit dem Nagelreiniger. «Ich hoffe, Sie werden, sobald wir aus dieser kleinen Kapelle hier hinaustreten, von mir ein kleines Buch annehmen, das ich immer schon bewundert habe. Ich glaube, es beantwortet einige der wichtigen Fragen, die wir heute morgen diskutiert haben. Es heißt *Gott ist mein Hobby* von Dr. Homer Vincent Claude Pierson jr. In diesem kleinen Buch erzählt Dr. Pierson uns sehr überzeugend, wie er im Alter von einundzwanzig Jahren damit anfing, jeden Tag ein wenig Zeit weg zu tun – wenn ich mich recht erinnere, waren es zwei Minuten morgens und zwei Minuten abends –, und als das *erste Jahr* zu Ende ging, hatte er, nur durch diese kleinen zwanglosen Besuche bei Gott, sein jährliches Einkommen um vierundsiebzig Prozent gesteigert. Ich glaube, ich kann Ihnen ein Exemplar überlassen, und wenn Sie die Güte hätten ...»

«Ach, du bist unmöglich», sagte Mrs. Glass, aber nicht sehr laut. Ihre Augen waren wieder zu ihrer alten Freundin zurückgekehrt, der blauen Badematte auf der anderen Seite des Raums. Sie saß da und starrte sie an, während Zooey – grinsend und mit reichlich Schweiß auf der Oberlippe – weiter seinen Nagelreiniger benutzte. Schließlich brachte Mrs. Glass einen ihrer bewährten Seufzer zustande und wandte ihre Aufmerksamkeit Zooey zu, der sich, weiter an seiner Nagelhaut arbeitend, halb dem Tageslicht zugewandt hatte. Als ihr Blick auf die Linien und Flächen von Zooeys ungewöhnlich schmalem unbekleidetem Rükken fiel, bekamen ihre Augen etwas immer weniger Abwesendes. Innerhalb weniger Sekunden schienen sie alles Schwere und Düstere zu vergessen und fingen an zu leuchten wie die eines Fan-Club-Teenagers. «Du wirst so schön breit und hübsch», sagte sie laut und streckte die Hand nach seinem Rücken aus, «ich hatte Angst, all diese verrückten Übungen mit den Hanteln könnten dir...»

«Laß das bitte, ja», sagte Zooey ziemlich scharf und entzog sich ihr.

«Was lassen?»

Zooey öffnete die Tür des Medizinschränkchens und legte den Nagelreiniger wieder an seinen Platz. «Laß es, und damit basta. Himmele nicht meinen verfluchten Rücken an», sagte er und schloß das Schränkchen. Er nahm ein Paar schwarze seidene Socken vom Handtuchhalter und ging damit zum Heizkörper. Er setzte sich auf den Heizkörper, obwohl, oder gerade weil er so heiß war – und fing an, sich die Socken anzuziehen.

Mrs. Glass stieß ein ziemlich verspätetes Schnaufen aus. «Nicht deinen Rücken anhimmeln – das hab ich gern», sagte sie beleidigt, fast ein bißchen verletzt. Sie sah ihm zu, wie er die Socken anzog, und in ihrem Gesichtsausdruck mischte sich Gekränktheit mit dem unwillkürlichen Interesse jemandes, der sehr viele Jahre lang gewaschene Socken auf Löcher hin untersucht hat. Dann stand sie plötzlich auf und ging mit einem ihrer lautesten Seufzer grimmig und pflichtversessen zum Waschbecken, wo Zooey Platz gemacht hatte. Ihr erster, auf deutliche Weise märtyrerhafter Akt bestand darin, den Kaltwasserhahn aufzudrehen. «Ich wünschte, du lerntest endlich, die Deckel wieder richtig aufzuschrauben, wenn du etwas gebraucht hast», sagte sie in einem Ton, der mit voller Absicht zänkisch klang.

Zooey warf ihr vom Heizkörper her, wo er gerade seine Sokkenhalter befestigte, einen Blick zu. «Und ich wünschte, du würdest nach Hause gehen, wenn die Party vorüber ist», sagte er. «Jetzt ist's wirklich ernst, Bessie. So *roh* es klingen mag – eine Minute wenigstens möchte ich gern hier drinnen ganz für mich allein sein. Erstens hab ich's eilig. Ich muß um halb drei in Le Sages Büro sein, und *vorher* möchte ich gern noch ein paar Sachen in der Stadt erledigen. Los, raus jetzt – wenn es dir nichts ausmacht.»

Mrs. Glass ließ von ihren harten Pflichten ab, um ihn anzusehen und um eine der Fragen zu stellen, mit denen sie jedes einzelne ihrer Kinder im Laufe der Jahre zur Verzweiflung gebracht hatte: «Aber bevor du gehst, *ißt* du doch etwas?»

«Ich esse was in der Stadt – verdammt, wo ist mein zweiter Schuh?»

Mrs. Glass starrte ihn entschlossen an. «Wirst du nun mit deiner Schwester sprechen oder nicht, bevor du gehst?» fragte sie.

«Ich *weiß* noch nicht, Bessie», antwortete Zooey nach merklichem Zögern. «Bitte hör auf, mich danach zu fragen. Wenn ich ihr heute morgen wirklich etwas zu sagen gehabt hätte, dann hätte ich es getan. Hör bloß auf, mich danach zu fragen.» Er hatte einen Schuh angezogen und zugeschnürt, der andere fehlte immer noch, und er ging plötzlich auf Hände und Knie hinunter und tastete unter den Heizkörper. «Aha, da bist du, du kleines Biest», sagte er. Er setzte sich mit dem wiedergefundenen Schuh auf eine kleine Badezimmerwaage, die neben dem Heizkörper stand.

Mrs. Glass sah ihm zu, wie er den Schuh anzog, dennoch wartete sie nicht ab, bis er ihn zugeschnürt hatte, sondern verließ das Badezimmer vorher, aber sie ging sehr langsam, bewegte sich fast schleppend mit einer bei ihr ungewöhnlichen Schwerfälligkeit, die Zooey auffiel. Er blickte auf und sah sie aufmerksam an. «Ich weiß einfach nicht mehr, was mit euch Kindern los ist», sagte Mrs. Glass matt, ohne sich umzudrehen. Sie blieb an einem der

Handtuchhalter stehen und zog ein Handtuch glatt. «In den alten Rundfunk-Zeiten, als ihr alle noch klein wart, da wart ihr immer so – da wart ihr immer so munter und froh – und einfach entzückend. Morgens, mittags und abends, den ganzen Tag über.» Sie bückte sich und hob von den Bodenfliesen etwas auf, das wie ein langes, geheimnisvollerweise blondes menschliches Haar aussah. Über einen kleinen Umweg brachte sie es zum Papierkorb und sagte: «Ich weiß nicht, wozu es gut ist, wenn man so viel weiß und einen so scharfen Verstand hat und so, wenn es einen nicht glücklich macht.» Als sie sich wieder zur Tür hin bewegte, drehte sie Zooey den Rücken zu. «Immerhin», sagte sie, «wart ihr alle immer so lieb und hattet einander so gern, daß es eine Freude war, es anzusehen.» Sie öffnete die Tür, schüttelte den Kopf und sagte mit fester Stimme: «Es war einfach eine Freude», und schloß die Tür hinter sich.

Zooey holte tief Atem, stieß ihn langsam wieder aus und blickte auf die geschlossene Tür. «Das war ein unglaublicher Abgang, Mädchen», rief er – aber erst dann, als er sie außer Hörweite wußte.

Kein Zimmer hätte weniger auf die Anstreicher vorbereitet sein können als das Wohnzimmer der Glass. Unter einer Kaschmirdecke lag Franny Glass schlafend auf der Couch. Der Teppich, der den ganzen Boden bedeckte, war weder aufgerollt noch an den Rändern hochgeschlagen; und die Möbel – offenbar ein kleines Warenlager voll – standen in ihrer gewohnten statisch-dynamischen Anordnung. Der Raum war nicht besonders groß, nicht einmal für die Maßstäbe eines Manhattan-Mietshauses, aber die angehäuften Möbel hätten einer Bankettthalle in Walhalla einen gemütlichen Anstrich verliehen. Da waren ein großer Steinway-Flügel (der immer offenstand), drei Radioapparate (ein Freshman von 1927, ein Stromberg-Carlson von 1932 und ein RCA von 1941), ein Fernsehgerät (neunundfünfziger Bildschirm), vier Tischgrammophone (einschließlich eines Victrola von 1920, mit noch funktionierendem Schalltrichter), viele Rauchtischchen und Zeitschriftenständer, ein Pingpongtisch von vorschriftsmäßiger Größe (glücklicherweise zusammenklappbar und hinter dem Flügel verstaut), vier bequeme Sessel, acht unbequeme Stühle, ein Fünfzig-Liter-Aquarium für tropische Fische (in jedem Sinne des Wortes war sein Fassungsvermögen voll ausgenutzt, und es war durch zwei Vierzig-Watt-Glühbirnen erleuchtet), ein Sofa, dann die Couch, auf der Franny lag, zwei leere Vogelkäfige, ein Kirschbaumschreibtisch, eine ganze Sammlung von Stehlampen, Tischlampen und Stehlampen mit Schwenkarmen, die wie Sumpfblüten allenthalben zwischen den zusammengepferchten Einrichtungsgegenständen hervorsprossen. Hüfthohe Bücherregale bedeckten drei Wände, die Bretter vollgestopft und buchstäblich zusammenbrechend unter Büchern – Kinderbücher, Textbücher, antiquarisch gekaufte Bücher, Buchklubbücher und dazu noch, was an Büchern verschiedenster Art aus den der «Gemeinschaft» weniger zugänglichen Nebenräumen der Wohnung hierhergespült worden war. (Da stand *Dracula* neben *Pali für Anfänger*, *Unsere alliierten Jungen an der Somme* neben Emily Dickinsons Gedichten, *Mordfall Scarab* und *Der Idiot* standen nebeneinander und *Nancy Drew und die verborgene Treppe* lagen quer über *Furcht und Zittern*.) Vielleicht wäre ein resolutes und ungewöhnlich dickfelliges Aufgebot von Anstreichern noch mit den Bücherregalen fertig geworden, aber die Wände unmittelbar darüber hätten wahrscheinlich jeden selbstbewußten Handwerker veranlaßt, seine Gewerkschaftskarte zurückzugeben. Von der Kante der Bücherregale bis knapp dreißig Zentimeter unterhalb der Decke war der Verputz – ein blasiges Wedgwood-Blau – fast vollkommen bedeckt mit etwas, das man ziemlich generell «Wandschmuck» nennen könnte; hier bedeutete es eine Sammlung gerahmter Fotografien, vergilbender persönlicher und Vereinsvorsitzender-Korrespondenz, Bronze- und Silberplaketten, eine üppig wuchernde Mischung von wandspruchähnlichen Dokumenten und Gegenständen verschiedener Form und Größe, die nach Trophäen aussahen und die alle auf die eine oder andere Weise die fragwürdige Tatsache bekundeten, daß von 1927 bis weit ins Jahr 1943 hinein ein Rundfunkprogramm mit dem Titel *Das kluge Kind* selten ausgestrahlt worden war, ohne daß wenigstens eins (öfter zwei) von den sieben Glass-Kindern mitgewirkt hatten.

(Buddy Glass, der mit sechsunddreißig der älteste frühere Mitwirkende war, bezeichnete nicht selten die Wände im Wohnzimmer seiner Eltern als eine bildgewordene Hymne auf die erwerbstätige Kindheit und frühe Jugend in Amerika. Oft drückte er sein Bedauern über die Tatsache aus, daß er nur so selten und in so großen zeitlichen Abständen vom Land in die Stadt zu Besuch kam, und erklärte – meist mit ungeheurem Wortaufwand –, wieviel glücklicher doch seine Brüder und Schwestern seien, von denen die meisten noch in New York oder Umgebung wohnten.) Der Plan zu dieser Wanddekoration stammte von Mr. Les Glass, dem Vater der Kinder; Mrs. Glass hatte ihn innerlich immer gebilligt, ihre formelle Zustimmung aber immer versagt. Mr. Les Glass war einmal ein international bekannter Varietéstar gewesen und zweifellos ein jahrelanger stiller Bewunderer der Wanddekorationen in Sardis Theaterrestaurant. Mr. Glass' bester Einfall als Dekorateur war hinter und über der Couch verwirklicht, wo die junge Franny Glass jetzt lag und schlief. Dort waren, auf fast blutschänderische Weise nah beieinander sieben Alben mit Zeitungs- und Zeitschriftenausschnitten befestigt. Man hatte einfach durch die Buchrücken hindurch Klammern in den Putz geschlagen. Jahr für Jahr standen die sieben Alben deutlich sichtbar bereit, um von guten alten Freunden der Familie und gelegentlichen Besuchern, wahrscheinlich auch der Putzfrau, die manchmal halbtags kam, durchgesehen und eifrig studiert zu werden.

Es muß noch erwähnt werden, daß Mrs. Glass am frühen Morgen schon das Zimmer durch zwei symbolische Gesten auf die Anstreicher vorbereitet hatte. Man konnte das Zimmer sowohl von der Diele als auch vom Eßzimmer aus betreten, und beide Türen waren verglast. Sofort nach dem Frühstück hatte Mrs. Glass die beiden Türen ihrer plissierten Seidenvorhänge beraubt, und später, während Franny angeblich von der Hühnerbrühe kostete, hatte Mrs. Glass die Gelegenheit wahrgenommen, mit der Behendigkeit einer Gemse auf die Fensterbänke zu klettern und die Fenster ihrer schweren Damastvorhänge zu entkleiden.

Das Zimmer hatte nur einen Ausblick nach Süden. Direkt gegenüber in der Seitenstraße lag eine vierstöckige private Mädchenschule – ein langweiliges und ziemlich abweisend wirkendes Gebäude, das selten vor halb vier Uhr nachmittags Leben zeigte, wenn Schulkinder aus der Zweiten und Dritten Avenue Würfeln oder Völkerball auf seinen steinernen Stufen spielten. Die Glass wohnten im fünften Stock, einen Stock höher als das Schuldach, und zu dieser Tageszeit schien die Sonne über das Dach hinweg in die nackten Wohnzimmerfenster der Glass. Sonnenschein wirkte nicht günstig auf das Zimmer. Die Möbel waren nicht nur alt und an sich häßlich, sie klebten von Erinnerungen und Gefühlen, der Raum hatte auch in vergangenen Zeiten bei unzähligen Spielen als Hockey- und Fußballplatz gedient (mit einem Tor oder mit zweien), und kaum ein Bein an irgendeinem der Möbelstücke war nicht gebrochen oder schwer beschädigt. Ungefähr in Augenhöhe waren überall Schrammen zu sehen, die von einer Vielzahl ziemlich furchteinflößender fliegender Objekte herrührten – von Bohnensäckchen, Baseballbällen, Murmeln, Schlittschuhschlüsseln, Seifenstücken und sogar von einer Porzellanpuppe ohne Kopf, die anläßlich eines unvergeßlichen Vorfalls in den frühen dreißiger Jahren durch die Luft geflogen war. Noch unfreundlicher ging der Sonnenschein mit dem Teppich um. Er war ursprünglich einmal portweinrot gewesen – war es sogar bei Lampenlicht immer noch –, zeigte aber jetzt eine Anzahl bauchspeicheldrüsenförmiger verblichener Flecke, alle Andenken an die Respektlosigkeit einer Serie von Haustieren. Um diese Tageszeit schien die Sonne so weit, so tief, so gnadenlos in den Raum, daß sie das Fernsehgerät mitten in sein viereckiges glanzloses Zyklopenauge traf.

Mrs. Glass, der die besten und senkrechtesten Einfälle vor offenen Wäscheschränken kamen, hatte ihr jüngstes Kind auf der Couch zwischen rosa Leintücher gebettet und es mit einer blaßblauen Kaschmirdecke zugedeckt. Franny schlief jetzt auf der linken Seite, mit dem Gesicht zur Wand und zur Rückenlehne der Couch, und ihr Kinn ragte kaum aus einem der Kissen, die um sie herumgestopft worden waren, heraus. Ihr Mund war geschlossen, aber nur soeben. Ihre rechte Hand auf der Bettdecke aber war nicht nur geschlossen, sondern geballt; die Finger hatten den eingesteckten Daumen fest umschlossen – als hätte sie sich mit zwanzig Jahren in die stumme, faustbewehrte Verteidigung des Kinderzimmers zurückbegeben. Und es sollte erwähnt werden, daß sich die Sonne hier auf der Couch, so gnadenlos sie mit dem übrigen Zimmer umging, wunderbar anständig benahm. Sie schien voll auf Frannys kohlrabenschwarzes, hübsch geschnittenes Haar, das dreimal innerhalb genauso vieler Tage gewaschen worden war. In Sonnenschein getaucht war auch die ganze Kaschmirdecke, und es lohnte allein schon zu sehen, wie das Licht leuchtend und warm auf der blaßblauen Wolle spielte.

Zooey kam fast direkt aus dem Bad mit einer brennenden Zigarre im Mund ins Zimmer, blieb ziemlich lange am Fußende der Couch stehen, zunächst damit beschäftigt, sein weißes Hemd in die Hose zu stecken, dann seine Manschetten zuzuknöpfen – und dann stand er nur noch da und blickte auf die Couch. Er runzelte über seiner Zigarre die Stirn, als wären die verblüffenden Lichteffekte «der schöpferische Einfall» eines Regisseurs, dessen Geschmack er mehr oder weniger verdächtig fand. Trotz der außerordentlichen Zartheit seines Gesichts, trotz seines Alters und seiner Figur – in Kleidern hätte er gut für einen jungen, untergewichtigen *danseur* gelten können – stand ihm die Zigarre ganz gut, erstens, weil er nicht zu kurznasig war und zweitens, weil er Zigarren nicht aus jugendlicher Affektiertheit rauchte. Er hatte sie schon mit sechzehn geraucht und rauchte sie regelmäßig – ein ganzes Dutzend pro Tag und meistens teure Panatelas –, seitdem er achtzehn war.

Nahe an der Couch und parallel zu ihr stand ein ziemlich langer rechteckiger Kaffeetisch aus Vermont-Marmor, auf den Zooey plötzlich zutrat. Er schob einen Aschenbecher, eine silberne Zigarettendose und eine Nummer von *Harpers Bazar* beiseite, setzte sich unmittelbar auf die schmale, kalte Marmoroberfläche und blickte auf Frannys Kopf und Schultern hinunter – sein Gesicht schwebte fast darüber. Er blickte kurz auf die fest verschlossene Hand auf der Kaschmirdecke, faßte dann ganz vorsichtig mit der Zigarre in der Hand Franny an der Schulter. «Franny», sagte er, «Frances. Komm, Mädchen. Komm, wir wollen nicht den schönsten Teil des Tages hier vertrödeln – los, Mädchen.»

Franny schreckte auf – sie fuhr tatsächlich hoch, als hätte die Couch gerade ein Schlagloch passiert. Sie stützte sich auf einen Ellbogen, sagte «Huh» und blinzelte in die Mittagssonne. «Warum scheint die Sonne so hell?» Sie nahm Zooeys Gegenwart nicht ganz wahr. «Warum scheint die Sonne so hell?» wiederholte sie.

Zooey beobachtete sie aus der Nähe. «Wohin ich komme, bring ich die Sonne mit, Mädchen», sagte er. Immer noch blinzelnd starrte Franny ihn an. «Warum hast du mich geweckt?» fragte sie. Sie war noch zu verschlafen, als daß ihre Stimme gereizt klingen konnte, aber offensichtlich fühlte sie, daß ihr Unrecht bevorstand.

«Also... es ist folgendes. Bruder Anselmo und mir ist eine neue Pfarre angeboten worden. Oben in Labrador, siehst du. Und wir dachten, ob du uns vielleicht deinen Segen geben würdest, bevor wir...»

«Huh», sagte Franny wieder und legte eine Hand flach auf ihren Kopf. Ihr modisch kurz geschnittenes Haar hatte den Schlaf gut überstanden. Sie trug es – eine wahre Augenweide – in der Mitte gescheitelt. «Oh, ich habe einen ganz schrecklichen Traum gehabt», sagte sie. Sie setzte sich ein bißchen auf und hielt mit einer Hand die Aufschläge ihres Morgenrocks zusammen. Es war ein maßgeschneiderter Morgenrock aus beigefarbener Krawattenseide mit einem hübschen Muster aus winzig kleinen rosa Teerosen.

«Los, erzähl ihn –» sagte Zooey und zog an seiner Zigarre, «ich werde ihn dir deuten.»

Sie schauderte. «Es war einfach schrecklich. So *spinnig*. In meinem ganzen Leben habe ich noch nicht einen so spinnigen Alptraum gehabt.»

«Was, Spinnen? Das ist sehr interessant. Sehr bedeutungsvoll. Vor einigen Jahren hatte ich einen sehr interessanten Fall in Zürich – ein junger Mensch, der dir sehr glich, sie hatte tatsächlich...»

«Sei mal einen Augenblick ruhig, sonst vergesse ich ihn», sagte Franny. Wie Menschen, die sich Träume ins Gedächtnis zurückrufen wollen, blickte sie suchend ins Ungewisse. Sie hatte Ringe unter den Augen und andere (weniger deutliche) Zeichen, wie sie junge Mädchen kennzeichnen, die ernsthafte Sorgen haben, und doch hätte jeder, der sie sah, sofort festgestellt, daß sie sehr schön war. Sie hatte eine wundervolle Haut, und ihre Gesichtszüge waren zart und sehr ausgeprägt. Ihre Augen hatten fast genau dasselbe, ganz erstaunlich tiefe Blau wie Zooeys Augen, standen aber (wie es die Augen von Schwestern zweifellos tun sollten) weiter auseinander, und es war sozusagen nicht die Arbeit eines ganzen Tages, in sie hineinzusehen, wie es bei Zooey der Fall war. Als sie vor etwa vier Jahren aus dem Internat entlassen wurde und ihm bei der Abschlußfeier von der Tribüne aus zugrinste, hatte Buddy sich selbst auf seine morbide Art prophezeit, daß sie mit aller Wahrscheinlichkeit eines Tages einen Mann mit einem harten Husten heiraten würde. *Das* war also auch in ihrem Gesicht. «O Gott, jetzt fällt es mir ein», sagte sie, «es war einfach gräßlich. Ich stand irgendwo an einem *Schwimm*bassin, und eine ganze Gruppe von Leuten zwang mich dauernd, nach einer Büchse Medaglia d'Oro-Kaffee zu tauchen, die auf dem Boden des Beckens lag. Jedesmal, wenn ich hochkam, zwangen sie mich, wieder runterzugehen. Ich weinte und sagte dauernd zu jedem einzelnen von ihnen: ‹Ihr habt eure Badeanzüge an, warum taucht ihr nicht auch ein bißchen?› Aber sie lachten alle nur und machen ihre schrecklich schneidenden Bemerkungen – und ich ging wieder runter.» Sie schüttelte sich wieder. «Die beiden Mädchen, mit denen ich zusammen schlafe, waren da. Stephanie Logan, und ein Mädchen, das ich kaum *kenne* – eine, die mir eigentlich immer sehr *leid* tut, weil sie einen so schrecklichen Namen hat. Sharmon Sherman. Sie hatten beide ein langes Paddel in der Hand und versuchten, mich damit zu schlagen, jedesmal, wenn ich hochkam.» Franny legte kurz die Hände vors Gesicht. «Huh.» Sie schüttelte den Kopf und dachte nach. «Die einzige Person, die irgendwie in den Traum *paßte*, war Professor Tupper. Er war der einzige Mensch dort, von dem ich *weiß*, daß er mich *verabscheut.*»

«Dich verabscheut? Ach. Sehr interessant», sagte Zooey mit der Zigarre im Mund. Er drehte sie langsam zwischen den Fingern, wie ein Traumdeuter, der nicht alle Einzelheiten eines Falles mitgeteilt bekommt. Er sah sehr zufrieden aus. «Warum verabscheut er dich?» fragte er. «Du begreifst, wenn wir nicht vollkommen offen miteinander reden, sind meine Hände...»

«Er verabscheut mich, weil ich in diesem verrückten Seminar für Religion bin, das er leitet, und weil ich es einfach nicht über mich bringe, ihn anzulächeln, wenn er charmant und oxfordisch ist. Er ist ein Austauschprofessor, oder so ähnlich, aus Oxford, und er ist einfach nur ein schrecklich trauriger selbstzufriedener Schwindler mit wildem und wolligem weißen Haar. Ich glaube, bevor er in den Hörsaal kommt, geht er in den Männerwaschraum und wuschelt es durcheinander – im Ernst. Er hat nicht eine Spur von Enthusiasmus für sein Fach. Ego, ja. Enthusiasmus, nein. Das ginge ja noch – ich meine, das wäre nichts besonderes *Neues* – aber er macht immer so idiotische Andeutungen, daß er ein Mann ist, der *sich selbst verwirklicht* hat und daß wir von Glück sagen könnten, weil wir ihn hier bei uns im Lande hätten.» Franny schnitt eine Grimasse. «Das einzige, was er mit einem gewissen *Pfiff* tut, wenn er nicht gerade angibt – ist, daß er jemanden korrigiert, der etwas in Sanskrit sagt, was in Wirklichkeit Pali ist. Er *weiß* einfach, daß ich ihn nicht ausstehen kann. Du müßtest die Gesichter sehen, die ich schneide, wenn er nicht hinschaut.»

«Und was tat er an dem Schwimmbecken?»

«Das ist es ja gerade! Nichts. Gar nichts tat er. Er stand nur da herum, lächelte und *sah zu*. Er war der Schlimmste von allen.»

Zooey sah sie durch seinen Zigarrenrauch hindurch an und sagte unbewegt: «Du siehst fürchterlich aus. Weißt du das?»

Franny blickte ihn an. «Das hättest du nicht zu sagen brauchen», sagte sie, «und wenn du den ganzen Morgen da gesessen hättest», und sie fügte eindringlich hinzu: «Bitte, fang nicht wieder an, Zooey, so früh an diesem sonnigen Morgen, bitte – es ist mir Ernst.»

«Keiner fängt mit dir an, Mädchen», sagte Zooey im gleichen unbewegten Ton. «Du siehst eben fürchterlich aus, das ist alles – Warum ißt du nicht etwas? Bessie sagt, sie hat da draußen etwas Hühnerbrühe...»

«Wenn noch einmal einer das Wort Hühnerbrühe in meiner Gegenwart ausspricht...»

Aber Zooeys Aufmerksamkeit war schon abgelenkt. Er blickte auf die ganz in Sonne getauchte Kaschmirdecke hinunter, dorthin, wo sie Frannys Waden und Fesseln bedeckte. «Wen haben wir denn da?» sagte er. «Blomberg.» Er stocherte mit einem Finger vorsichtig in einen ziemlich großen und seltsam bewegt wirkenden Buckel unter der Kaschmirdecke: «Bist du's, Blomberg?»

Der Buckel bewegte sich. Franny blickte jetzt auch dorthin. «Ich kann ihn nicht loswerden», sagte sie. «Er ist plötzlich ganz *verrückt* nach mir.»

Von Zooeys forschendem Finger aufgeweckt, streckte Blomberg sich plötzlich, bohrte sich dann langsam einen Tunnel ins Freie auf Frannys Schoß. In dem Augenblick, als sein wenig einnehmender Kopf ins Tageslicht, ins Sonnenlicht, tauchte, faßte Franny ihn unter den Schultern und zog ihn so nahe zu sich heran, wie es für eine innige Begrüßung erforderlich war. «Guten *Morgen*, lieber Blomberg», sagte sie und küßte ihn leidenschaftlich zwischen die Augen. Er zwinkerte widerwillig. «Guten *Morgen*, du alter, fetter stinkender Kater, guten Morgen, guten Morgen, guten Morgen!» Sie küßte ihn immer wieder, aber von ihm kam kein Zeichen der Gegenliebe. Er machte einen ungeschickten und ziemlich gewaltsamen Versuch, sich an Frannys Schlüsselbein zu flüchten. Er war ein sehr großer graugesprenkelter kastrierter Kater. «Ist er nicht zärtlich?» fragte Franny erstaunt. «So zärtlich habe ich ihn noch nie gesehen.» Sie blickte Zooey an, wahrscheinlich, um Bestätigung zu finden, aber Zooeys Gesichtsausdruck hinter der Zigarre verriet nicht, was er dachte. «Streichele ihn mal, Zooey. Sieh doch, wie süß er aussieht, los, streichele ihn.»

Zooey streckte eine Hand aus und strich Blomberg über den gekrümmten Rücken, einmal, zweimal, ließ dann ab, stand vom Kaffeetisch auf und schlängelte sich quer durchs Zimmer zum Flügel. Der Flügel, mit all seiner schwarzen Steinway-Wucht, stand der Couch gegenüber, seitwärts, weit offen, die Bank davor quer zu Franny. Zooey setzte sich zögernd auf die Bank, blickte dann mit sehr deutlichem Interesse auf das Notenblatt auf dem Ständer. «Er ist so voller Flöhe, daß es keinen Spaß mehr macht», sagte Franny. Sie rang kurz mit Blomberg und versuchte, ihn in die Position eines braven Schoßkaters zu zwingen. «Gestern abend habe ich allein auf einer Seite vierzehn gefunden.» Sie drückte Blombergs Hinterteil kräftig nach unten, sah dann zu Zooey hin. «Wie ist denn das Manuskript?» fragte sie. «Ist es gestern abend noch gekommen?»

Zooey gab ihr keine Antwort. Er blickte immer noch auf das Notenheft auf dem Ständer. «Mein Gott», sagte er, «wer hat das denn hervorgeholt?» Das Notenheft trug den Titel «Du brauchst nicht so gemein zu sein, Baby.» Es war ungefähr vierzig Jahre alt, und eine sepiabraune Fotografie von Mr. und Mrs. Glass schmückte das Titelblatt. Mr. Glass war in Frack und Zylinder und Mrs. Glass ebenfalls. Sie lächelten strahlend in die Kamera und stützten sich beide mit weit gespreizten Beinen auf ihre Spazierstöcke.

«Was hast du da?» fragte Franny. «Ich kann nichts sehen.»

«Bessie und Les. ‹Du brauchst nicht so gemein zu sein, Baby.›»

«Oh», sagte Franny kichernd. «Les kramte gestern abend Erinnerungen aus. Um mich zu trösten. Er meinte, ich hätte Magenschmerzen. Er hat jedes, aber auch jedes einzelne Notenheft aus der Bank geholt.»

«Verdammt, ich möchte doch mal gern wissen, wie wir überhaupt in diesem verfluchten Dschungel gelandet sind. Mit ‹Du brauchst nicht so gemein zu sein, Baby› hat es angefangen. Kannst du dir das vorstellen?»

«Nein», sagte Franny, «ich hab's schon versucht. Wie ist das Manuskript denn? Ist es noch gekommen? Du sagtest doch, Dingsda – Mr. Le Sage oder wie er heißt – wollte es noch durch den Pförtner bringen lassen, bevor er...»

«Ja, es ist noch gekommen», sagte Zooey, «aber ich habe keine Lust, darüber zu sprechen.» Er steckte die Zigarre in den Mund und fing an, mit der rechten Hand in den höchsten Lagen die Melodie eines Schlagers in Oktaven zu greifen. Er hieß «Der Kinkajou» und es war ganz deutlich zu hören, daß er irgendwie populär gewesen und wieder vergessen worden war, längst bevor Zooey geboren wurde. «Das Manuskript ist nicht allein gekommen», sagte er, «sondern Dick Hess rief noch um ein Uhr heute nacht an – kurz nach *unserem* kleinen Spektakel –, und dieser Idiot bat mich, mit ihm doch noch einen zu trinken. Obendrein im ‹San Remo›. Er entdeckt Greenwich Village! Du lieber Himmel!»

«Hau nicht so auf die Tasten», sagte Franny, die ihm zusah. «Wenn du dort sitzen bleiben willst, werde ich dein Regisseur sein. Meine erste Regieanweisung lautet: Hau nicht so auf die Tasten.»

«*Erstens* weiß er, daß ich überhaupt nicht trinke. Zweitens weiß er, daß ich in New York geboren bin und daß ich eins einfach nicht ausstehen kann, und das ist *Atmosphäre*. Drittens weiß er, daß ich ungefähr siebzig Häuserblocks weit vom Village entfernt wohne, und *viertens* habe ich ihm dreimal erklärt, daß ich schon in Pyjama und Pantoffeln bin.»

«Hau nicht so auf die Tasten», wies Franny ihn an und streichelte Blomberg.

«Aber nein, es hatte keine Zeit. Er mußte mich sofort sehen. Sehr wichtig. Ganz im Ernst. Sei einmal im Leben ein guter Junge, spring in ein Taxi und komm rüber.»

«Bist du hingefahren? Auch den Deckel sollst du nicht zuknallen. Das ist meine zweite...»

«Natürlich bin ich hingefahren. Ich habe ja keinen Funken Willenskraft.» Ungeduldig, aber ohne den Deckel zu knallen, schloß er den Flügel. «Mein Kreuz ist, daß ich Nicht-New-Yorkern einfach nichts zutraue, ganz gleich, wie lange sie schon hier sind. Ich habe immer Angst, daß sie überfahren oder überfallen werden, während sie unterwegs sind, irgendein kleines armenisches Restaurant in der Zweiten Avenue zu entdecken, oder irgend etwas anderes Blödes.» Mürrisch blies er einen Strahl Zigarrenrauch über «Du brauchst nicht so gemein zu sein, Baby». «Also bin ich hingefahren», sagte er, «und da saß der gute alte Dick. Vollkommen hinüber, niedergeschlagen und so voll von wichtigen Neuigkeiten, die nicht bis nachmittags warten konnten. Sitzt da am Tisch in Bluejeans und einem grausigen Sportsakko. Der typische Emigrant aus Des Moines in New York. Ich schwöre dir, ich hätte ihn umbringen können. Was für eine

Nacht! Ich saß da zwei geschlagene Stunden lang, während er mir einen Vortrag darüber hielt, was für ein hochmütiger Hundesohn ich bin, aus welch einer Familie von Psychotikern und psychopathischen Wunderkindern ich stamme. Dann, nachdem er mich durch und durch analysiert hat – *und* Buddy *und* Seymour, die er beide nie gesehen hat –, und nachdem er in eine Bewußtseinssackgasse geraten ist, nicht mehr weiß, ob er für den Rest des Abends eine Art Colette mit geballten Fäusten oder eine Art zu kurz geratenen Thomas Wolfe spielen soll, da zieht er plötzlich diese prachtvolle Diplomaten-Aktentasche mit seinem Monogramm drauf unterm Tisch hervor und schiebt mir ein neues Manuskript zu einem einstündigen Drama unter den Arm.» Zooey fegte mit einer Hand durch die Luft, als wollte er den Gesprächsgegenstand wegschieben, stand aber dann zu widerwillig von der Bank am Flügel auf, als daß es eine Geste endgültiger Entlassung hätte sein können. Er hatte die Hände in den Hüfttaschen, die Zigarre im Mund und sagte: «Jahrelang habe ich Buddy zugehört, wie er sich über Schauspieler erging. Mein Gott, ich könnte ihm mein Teil erzählen über Autoren, *die ich kennengelernt habe.*» Er stand einen Augenblick gedankenverloren still, wurde dann von einer ziellosen Unruhe ergriffen. Er blieb vor dem Victrola-Grammophon von 1920 stehen, sah es verdutzt an und bellte dann zu seinem eigenen Vergnügen zweimal in den Lautsprecher hinein. Franny sah ihm zu, kicherte, aber er runzelte die Stirn und ging weiter. An dem Aquarium, das auf dem Freshman Radio von 1927 stand, bückte er sich plötzlich und nahm die Zigarre aus dem Mund. Mit unverkennbarem Interesse spähte er in das Bassin.

«Meine Black Mollies sterben alle aus», sagte er und griff automatisch nach der Fischfutterbüchse, die neben dem Bassin stand.

«Bessie hat ihnen heute morgen schon Futter gegeben», sagte Franny, um ihn zurückzuhalten. Immer noch streichelte sie Blomberg, drängte ihm ihren Beistand in dieser komplizierten und schwierigen Welt außerhalb warmer Kaschmirdecken auf.

«Sie sehen halbverhungert aus», sagte Zooey, zog aber die Hand von der Fischfutterbüchse zurück. «Dieser Bursche hier sieht schon ganz eingefallen aus.» Er tippte mit dem Fingernagel gegen die Scheibe. «Was dir fehlt, mein Junge, das ist ein bißchen Hühnerbrühe.»

«Zooey», sagte Franny, um ihn abzulenken. «Wie steht es denn nun? Du hast also *zwei* neue Manuskripte. Wie ist das eine, das Le Sage noch mit dem Taxi rübergeschickt hat?»

Zooey blickte noch einen Augenblick lang auf den Fisch, streckte sich dann ganz plötzlich, offenbar einem inneren Zwang folgend, rücklings auf dem Teppich aus. «In dem Manuskript, das Le Sage geschickt hat», sagte er und legte seine Beine übereinander, «soll ich den Rick Chalmers spielen, es ist eine Gesellschaftskomödie streng nach Frenchs Schauspielführer, Jahrgang 1928! – ungelogen. Der Unterschied besteht nur darin, daß sie prächtig auf modern frisiert ist mit viel Spezialjargon über Komplexe und Verdrängungen, die der Autor von seinem Psychiater mit nach Hause gebracht hat.»

Franny blickte dorthin, wo etwas von ihm zu sehen war. Sie konnte von der Couch aus seine Schuhsohlen und seine Hacken sehen. «Und», sagte sie, «was ist denn mit Dicks Ding? Hast du es schon gelesen?»

«In Dicks Ding kann ich den Bernie spielen, einen sehr sensiblen jungen U-Bahn-Schaffner, im mutigsten und ausgefallensten Fernsehopus, das du je gesehen hast.»

«Im Ernst? Ist es wirklich gut?»

«Ich habe nicht gesagt *gut*, ich habe gesagt *mutig*. Komm, wir wollen mit den Füßen auf der Erde bleiben, Mädchen. Am Morgen, nachdem es gesendet worden ist, werden sie alle im Haus herumrennen und einander in einer wahren Orgie gegenseitiger Hochachtung auf die Schultern hauen. Le Sage. Hess. Pomeroy. Und die Auftraggeber. Die ganze mutige Bande. Heute nachmittag wirds schon losgehen, wenn sie nicht schon heute morgen damit anfangen... Hess wird in Le Sages Büro gehen und sagen: ‹Mr. Le Sage, hier, mein Herr, habe ich ein neues Manuskript mit einem sensiblen jungen U-Bahn-Schaffner drin, das von Mut und Integrität nur so stinkt. Und ich weiß, mein Herr, daß nach den Manuskripten, die *zart* und *eindringlich* sind, Sie die Manuskripte am liebsten haben, die voll *Mut* und *Integrität* sind. Und dieses Manuskript hat, wie ich sage, beides. Es ist voller Schmelztiegel-Charaktere. Es ist sentimental. Es ist an den richtigen Stellen grausam. Und genau in dem Augenblick, wo der sensible junge U-Bahn-Schaffner mit seinen Problemen nicht mehr fertig wird, wo diese Probleme seinen Glauben an die Menschheit und an die kleinen Leute zu zerstören drohen, da kommt seine neunjährige Nichte aus der Schule und gibt ihm ein wenig von der netten, chauvinistischen Patent-Philosophie, wie sie uns durch die Nachwelt und Psych. für Fortgeschr. 564 von Andrew Jacksons Frau aus dem Hinterwald unversehrt überliefert worden ist. Das kann nicht schiefgehen. Es ist volkstümlich, einfach, unwahr, und es ist banal genug, um von unseren geizigen, nervösen, ungebildeten Auftraggebern verstanden zu werden.›»

Zooey setzte sich ganz plötzlich auf. «Ich komme gerade aus dem Bad», sagte er, «und schwitze wie ein Schwein.» Er sprang auf die Füße und warf dabei gegen seine Absicht einen kurzen Blick zu Franny hin. Er wollte wegsehen, sah sie aber statt dessen noch genauer an. Sie hielt den Kopf gebeugt, die Augen auf Blomberg gerichtet, den sie die ganze Zeit über gestreichelt hatte. Aber irgend etwas war anders. «Aha», sagte Zooey, ging näher auf die Couch zu, offensichtlich auf Streit aus. «Das gnädige Fräulein bewegt die Lippen. Das Gebet steigt empor. Verdammt», sagte Zooey, «was machst du da? Suchst du etwa Zuflucht vor meiner unchristlichen Haltung gegenüber den volkstümlichen Kunstgattungen?»

Franny blickte jetzt auf, schüttelte den Kopf, blinzelte und lächelte ihn an. Sie hatte tatsächlich die Lippen bewegt und bewegte sie noch immer.

«Bitte, lächle mich nicht an», sagte Zooey ungerührt und entfernte sich aus ihrer Nähe. «Auch Seymour hat mich immer angelächelt. Das ganze verdammte Haus ist von Lächlern verpestet.» Er rückte durch einen kleinen Stoß mit dem Daumen ein Buch zurecht, das aus der Reihe gerutscht war, dann ging er weiter. Er trat an das mittlere Fenster, das durch eine Sitzbank von dem Kirschbaumschreibtisch getrennt war, an dem Mrs. Glass Briefe schrieb und Rechnungen erledigte. Mit dem Rücken zu Franny, die Hände in den Hüfttaschen und die Zigarre im Mund blickte er aus dem Fenster. «Weißt du schon, daß ich diesen Sommer vielleicht nach Frankreich gehe, um zu filmen?» fragte er gereizt. «Hab ich's dir schon erzählt?»

Franny blickte interessiert auf seinen Rücken: «Nein», sagte sie, «ist das dein Ernst? Was für ein Film?»

Zooey blickte zu dem geteerten Schuldach hinüber und sagte: «Ach, das ist eine lange Geschichte. Irgend so ein französischer Witzbold ist gerade hier, und er hat die Schallplatten gehört, die ich mit Phillippe gemacht habe. Vor ein paar Wochen habe ich einmal mit ihm zu Mittag gegessen. Ein richtiger *Schnorrer*, aber irgendwie ganz nett, und offenbar ist er da drüben jetzt sehr im Kommen.» Er stellte einen Fuß auf die Fensterbank. «Noch nichts Endgültiges. Bei diesen Burschen ist ja nie etwas endgültig – aber ich glaube, es ist mir gelungen, ihn halb besoffen zu machen mit der Idee, den Roman von Lenormandel zu verfilmen. Weißt du, der, den ich dir geschickt habe.»

«Ja. Oh, das ist aufregend, Zooey. Wann wirst du denn rüberfahren – wenn du fährst.»

«Aufregend ist das *nicht*. Das ist es ja gerade. Ich würde das gern machen. Ja, mein Gott, ja. Aber der Gedanke, von New York wegzumüssen – ist mir schrecklich. Wenn du es genau wissen willst: ich hasse alle sogenannten schöpferischen Menschen, die irgendeine Art von Schiff besteigen. Und es ist mir vollkommen gleichgültig, welche Gründe sie dafür haben mögen. Hier bin ich geboren. Hier bin ich zur *Schule* gegangen. Hier bin ich *überfahren* worden – genau zweimal und zweimal in derselben gottverdammten Straße. Um Gottes willen, was habe ich als Schauspieler in Europa verloren!»

Franny betrachtete gedankenvoll Zooeys weißen Hemdenrücken. Ihre Lippen bewegten sich immer noch und formten lautlos Worte. «Warum gehst du denn überhaupt», fragte sie, «wenn du es so ungern tust?»

«Warum ich gehe?» fragte Zooey, ohne sich umzudrehen. «Ich gehe hauptsächlich deswegen, weil ich es nicht mehr aushalten kann, jeden Morgen wütend aufzustehen und jeden Abend wütend ins Bett zu gehen. Ich gehe, weil ich dauernd zu Gericht sitze über jeden armen, magenkranken Hund, den ich kenne. Was mich an sich nicht allzusehr bedrückt. Immerhin kommt jedes Urteil bei mir unmittelbar aus dem Dickdarm, und ich weiß, daß ich für jedes Urteil, das ich spreche, teuer werde bezahlen müssen, so oder so, früher oder später. *Das* bedrückt mich nicht gar so sehr. Aber ich stelle irgend etwas – lieber Heiland – ja, irgend etwas mit der Moral der Leute unten in der Stadt an, das ich nicht länger mit ansehen kann. Ich kann dir sogar genau sagen, was ich anstelle. Ich überzeuge jeden davon, daß er nicht wirklich gute Arbeit leistet, sondern nur etwas, das von jedem, den er kennt, für gut gehalten wird – von den Kritikern, den Auftraggebern, dem Publikum und sogar vom Lehrer seiner Kinder. *Das* stelle ich an, und das ist das Schlimmste.» Er blickte mit gerunzelter Stirn auf das Schuldach, tupfte sich dann mit den Fingerspitzen ein paar Schweißtropfen von der Stirn. Er wandte sich ganz plötzlich nach Franny um, weil er sie sprechen hörte. «Was?» sagte er. «Ich hab es nicht verstanden.»

«Nichts. Ich sagte nur: ‹O Gott.›»

«Warum o Gott?» fragte Zooey ungeduldig.

«Nichts. Bitte, geh doch nicht gleich so auf mich los. Ich hab einfach nur nachgedacht. Ich wünsche nur, du hättest mich am Samstag sehen können. Du sprichst davon, daß du die Moral der Leute unterminierst. *Ich* habe Lane den ganzen Tag verdorben, einfach vollkommen ruiniert. Ich bin nicht nur jede Stunde pünktlich ohnmächtig geworden, dabei war ich den ganzen weiten Weg da oben hingefahren, um ein nettes, freundliches, *normales* und dem Anschein nach glückliches Fußballwochenende mit ihm zu verbringen, mit Cocktailparty und allem Drum und Dran – und bei jedem Satz, den er sagte, fuhr ich ihn an oder widersprach ihm, oder – ach, ich weiß nicht – ich hab ihm einfach alles verdorben.» Franny schüttelte den Kopf. Immer noch streichelte sie Blomberg, aber ohne sich dessen bewußt zu sein. Der Flügel schien der Punkt zu sein, an dem sich ihr Blick festhielt. «Ich mußte einfach *alles* aussprechen, was ich dachte», sagte sie, «es war schrecklich. Fast von dem Augenblick an, als er mich am Bahnhof abholte, hackte und hackte und hackte ich auf jeder seiner Ansichten und jedem seiner Wertmaßstäbe herum – einfach auf allem, aber auch auf allem. Er hatte irgendeinen vollkommen harmlosen Reagenzglas-Aufsatz über Flaubert geschrieben, und er war so stolz darauf und hätte so gern gehabt, wenn ich's gelesen hätte, aber es klang mir alles so nach ‹Englischem Seminar›, so gönnerhaft und nach viertem Semester, daß ich nur...» Sie hielt inne, schüttelte wieder den Kopf und Zooey, der ihr immer noch halb zugewandt stand, blickte sie genauer an. Sie sah noch blasser, noch erschöpfter aus, als sie beim Erwachen ausgesehen hatte. «Ich wundere mich nur, daß er mich nicht erschossen hat», sagte sie. «Ich hätte ihn geradezu beglückwünscht, wenn er's getan hätte.»

«Du hast mir das schon gestern abend erzählt. Ich möchte heute morgen keine aufgewärmten Erinnerungen hören, Mädchen», sagte Zooey und blickte wieder aus dem Fenster. «Vor allen Dingen ist es ganz falsch, wenn du anfängst, auf *Sachen* und Leute zu schimpfen, anstatt auf dich selbst. Darin sind wir uns gleich. Ich mache es genauso mit dem Fernsehen – und ich bin mir klar darüber. Aber es ist falsch. Es liegt an uns. Ich habe dir das immer wieder gesagt; warum bist du so verdammt borniert in diesem Punkt?»

«Ich bin gar nicht *so* verdammt borniert, aber du redest ständig...»

Zooey ließ sie nicht aussprechen. «Es liegt an uns», wiederholte er. «Wir sind Wunderkinder – das ist es. Diese beiden Hunde haben uns ganz nett früh in die Finger gekriegt und haben uns zu Wunderkindern gemacht mit Wundermaßstäben – das ist es. Wir sind die Tätowierte Dame, und wir werden für den Rest unseres Lebens nicht eine Minute Ruhe haben, bis jeder, der uns über den Weg läuft, auch tätowiert ist.» Grimmig führte er seine Zigarre zum Mund, zog daran, aber sie war ausgegangen. «Aber noch viel schlimmer», sagte er rasch, «sind unsere *Das kluge Kind*-Komplexe. Wir haben nie mit den verdammten Sendungen aufgehört. Nicht einer von uns. Wir sprechen nicht einfach, sondern wir legen dar. Jedenfalls ich. In dem Augenblick, wo ich ein Zimmer betrete, in dem jemand sitzt, der mit der üblichen Anzahl Ohren ausgestattet ist, verwandle ich mich in einen verdammten Propheten oder in eine Hutnadel in Menschengestalt. Der König der Langweiler. Gestern *abend* zum Beispiel, da unten im San Remo, habe ich die ganze Zeit über darum *gebetet*,

Hess möge mir nicht den Inhalt seines neuen Manuskriptes erzählen. Ich wußte ganz genau, *daß* er eins bei sich hatte, und ich wußte ebenso, daß ich nicht ohne das neue Manuskript in der Tasche aus der Bude herausgehen würde, aber ich betete die *ganze* Zeit über, er möge mir eine mündliche Vorschau ersparen. Er ist nicht dumm. Er weiß, daß es mir unmöglich ist, den Mund *nicht* aufzumachen.» Ohne den Fuß von der Fensterbank zu nehmen, machte Zooey plötzlich eine scharfe Wendung und nahm – schnappte sich vielmehr – ein Briefchen Zündhölzer vom Schreibtisch seiner Mutter, drehte sich dann wieder dem Fenster mit einem Blick auf das Schuldach zu, steckte die Zigarre in den Mund – nahm sie aber sofort wieder heraus. «Ach, zum Teufel mit ihm», sagte er. «Er ist so dumm, daß er dir das Herz bricht. Er ist, wie sie alle im Fernsehen sind. Und in Hollywood. *Und* am Broadway. Alles, was sentimental ist, hält er für *zart*, alles, was brutal ist, ist für ihn ein *Stück Realismus*, und alles, was auf körperliche Gewaltanwendung hinausläuft, ist ein legitimes Mittel der Steigerung von etwas, das nicht einmal...»

«Hast du ihm das gesagt?»

«Natürlich habe ich ihm das gesagt. Ich habe doch gerade erklärt, daß ich den Mund nicht halten kann. Und natürlich habe ich ihm alles gesagt. Als ich wegging, saß er da und wünschte, er wäre tot. Oder *einer* von uns beiden wäre tot – und verdammt, ich hoffe, er meinte mich. Jedenfalls war es ein richtiger San-Remo-Abgang.»

Zooey nahm seinen Fuß von der Fensterbank, drehte sich um, zog den Stuhl unter dem Kirschbaumschreibtisch seiner Mutter hervor und setzte sich. Er zündete seine Zigarre wieder an. Mit gequältem Gesicht und gekrümmtem Rücken stützte er beide Arme auf die Kirschbaumplatte. Neben dem Tintenfaß stand ein Gegenstand, den seine Mutter als Briefbeschwerer benutzte: eine kleine Glaskugel auf einem schwarzen Plastikfuß, die einen Schneemann mit einem Zylinder enthielt. Zooey nahm das Ding in die Hand, schüttelte es und beobachtete scheinbar interessiert, wie die Schneeflocken umherwirbelten.

Franny sah zu ihm hin. Sie beschattete die Augen mit einer Hand, denn Zooey saß mitten in dem Streifen Sonnenlicht, der ins Zimmer fiel. Um Zooey weiter ansehen zu können, hätte sie ihre Stellung ändern müssen, aber das hätte Blomberg gestört, der in ihrem Schoß lag und zu schlafen schien. «Hast du wirklich ein Magengeschwür?» fragte sie plötzlich. «Mutter sagt, du hättest ein Magengeschwür.»

«Um Himmels willen ja – ich habe ein Magengeschwür. Wir leben im Kaliyuga, Kind, in der Eisenzeit, und jedermann über sechzehn, der kein Magengeschwür hat, ist ein verdammter Spion.» Er schüttelte den Schneemann noch einmal heftig. «Das Komische ist», sagte er, «ich mag Hess. Oder sagen wir, ich mag ihn, wenn er mir nicht gerade schaufelweise seine künstlerische Armseligkeit zu fressen gibt. Immerhin trägt er mitten in diesem ängstlichen überkonservativen Narrenhaus seine gräßlichen Schlipse und seine komischen Anzüge mit Wattepolstern. Und ich mag seinen Dünkel. Der verrückte Hund ist so eingebildet, daß er schon wieder demütig ist. Ich meine, *ganz* offensichtlich glaubt er, daß das Fernsehen sein großes, künstlich-mutiges ‹Hinhau›-Talent verdient hat. Und wenn du es dir genau überlegst, ist das eine verrückte Art von Bescheidenheit.» Er blickte auf die Glaskugel, bis der Schneesturm sich ein wenig gelegt hatte. «Und irgendwie mag ich auch Le Sage. Alles, was ihm gehört, ist von bester Qualität – sein Mantel, seine Zwei-Kabinen-Yacht, die Examina seines Sohnes in Harvard, sein elektrischer Rasierapparat, *alles* beste Qualität. Einmal nahm er mich zum Abendessen mit nach Hause, und in der Einfahrt hielt er an, um mich zu fragen, ob ich mich der ‹verstorbenen Carole Lombard, der Filmschauspielerin›, erinnerte. Er warnte mich und sagte, ich würde einen Schock erleben, wenn ich seiner Frau begegnete, sie gleiche Carole Lombard aufs Haar. Und ich glaube, ich werde ihn deswegen mögen, bis ich sterbe. Seine Frau erwies sich als eine erschöpfte, persisch aussehende Blondine mit ziemlichem Busen.» Zooey drehte sich ganz plötzlich zu Franny um, die irgend etwas sagte. «Was?» fragte er.

«Ja», wiederholte Franny – blaß, aber strahlend und offenbar vom Schicksal ausersehen, auch ihrerseits Le Sage bis zu ihrem Tode gern zu haben.

Zooey rauchte für einen Augenblick schweigend vor sich hin.

«Was mich an Dick Hess so bedrückt», sagte er dann, «was mich so traurig macht, so wütend, oder was ich um Himmels willen sein mag – ist, daß sein erstes Manuskript für Le Sage ziemlich gut war. Tatsächlich war es fast *gut*. Es war das erste, das wir als Film gedreht haben – ich glaube, du hast den Film nicht gesehen, du warst auf der Schule oder irgendwo. Ich spielte darin einen Bauernjungen, der mit seinem Vater ganz allein lebt. Der Junge bildet sich ein, daß er das Bauernleben haßt, und er und sein Vater haben es schrecklich schwer, sich durchzuschlagen, und als der Vater stirbt, verkauft er das ganze Vieh und macht große Pläne: er will in die Stadt gehen und dort sein Brot verdienen.» Zooey nahm wieder den Schneemann in die Hand, schüttelte ihn aber nicht, sondern drehte ihn nur am Fuß. «Ich hatte ein paar nette Auftritte», sagte er. «Nachdem ich alle Kühe verkauft habe, gehe ich trotzdem weiter auf die Weide, um nach ihnen zu sehen. Und als ich einen Abschiedsspaziergang mit meinem Mädchen mache, kann ich nicht anders, ich muß mit ihr zu der leeren Weide gehen. Und als ich dann in die große Stadt komme und Arbeit bekomme, verbringe ich meine ganze freie Zeit auf den Viehmärkten. Und schließlich: auf der Hauptstraße der großen Stadt biegt bei dichtem Verkehr ein Auto links ein und verwandelt sich in eine Kuh. Ich renne hinterher, genau in dem Augenblick wechselt die Ampel auf Rot, und ich werde überfahren – zerstampft.» Er schüttelte den Schneemann. «Wahrscheinlich war das nicht gerade ein Stück, das man sich ansehen kann, während man die Fußnägel schneidet, aber immerhin, nach den Proben *schlich* man nicht nach Hause. Es war ganz originell, und es war von ihm selbst, und du spürst darin nichts von dieser Lohnschreiberei, wie in den meisten Manuskripten. Verdammt, ich wünsche, er würde nach Hause gehen und sich wieder aufladen. Verdammt, ich wünsche, sie alle würden nach Hause gehen. Ich habe es stinksatt, in jedermanns Leben das nasse Handtuch zu sein. Mein Gott, du müßtest einmal dabei sein, wenn Hess und Le Sage über eine neue Produktion sprechen. Über *irgend etwas* Neues. Sie sind glücklich wie kleine Schweinchen, bis ich auftauche. Ich komme mir vor wie diese miesen Vögel, vor denen Seymours geliebter Chuang-izu jedermann warnte. ‹Nimm dich in acht, wenn die sogenannten weisen Männer in deinen Gesichtskreis hinken.›» Er saß ganz ruhig da und sah den wirbelnden Schneeflocken zu. «Manchmal wäre ich froh, wenn ich mich hinlegen und sterben könnte», sagte er.

Franny blickte in diesem Augenblick auf eine verblichene Stelle des Teppichs in der Nähe des Flügels, auf die die Sonne fiel; es war sehr deutlich zu erkennen, daß sie ihre Lippen bewegte. «Du kannst dir gar nicht vorstellen, wie komisch das alles ist», sagte sie. Ihre Stimme zitterte ein ganz klein wenig, und Zooey wandte ihr den Blick zu. – Ihre Blässe wurde noch deutlicher, weil ihre Lippen vollkommen ungeschminkt waren. «Alles, was du sagst, bringt mir wieder in Erinnerung, was ich am Samstag Lane zu sagen *versuchte*, als er anfing, auf mir herumzuhacken. Mitten zwischen Martinis und Schnecken und so weiter. Ich meine, es sind nicht dieselben Dinge, die uns bedrücken, aber es sind Dinge von derselben Art, glaube ich, und wir sind bedrückt aus denselben Gründen. Jedenfalls hört es sich so an.» Genau in diesem Augenblick stand Blomberg von ihrem Schoß auf, drehte sich um sich selbst, mehr wie ein Hund als eine Katze, um eine angenehmere Schlafstellung zu finden. Abwesend, und doch um ihm beizustehen, legte Franny vorsichtig eine Hand auf seinen Rücken und sprach weiter. «Ich war tatsächlich so weit, daß ich mit laut hörbarer Stimme wie eine Irre zu mir selber sagte: Wenn ich jetzt auch nur noch ein nörgeliges, kritteliges, destruktives Wort von dir höre, Franny Glass, dann ist es mit uns beiden aus – aber *endgültig* aus. Und eine Zeitlang war ich dann gar nicht so übel. Fast einen ganzen Monat lang verhielt ich mich ruhig, wenn irgendeiner irgendwas sagte, das so studentisch und falsch klang oder bis zum Himmel nach Ego stank... Ich ging ins Kino oder blieb stundenlang in der Bibliothek, oder ich schrieb wie verrückt Aufsätze über die Komödie der Restaurationszeit und solches Zeug – aber ich hatte immerhin das *Vergnügen*, eine Zeitlang meine eigene Stimme nicht zu hören.» Sie schüttelte den Kopf. «Aber dann eines Morgens – bum bum bum, ging es wieder los. Ich hatte aus irgendeinem Grund die ganze Nacht nicht geschlafen und hatte um acht eine Vorlesung in Französischer Literatur, stand also schließlich auf, zog mich an, machte mir

Kaffee und ging auf dem Campus umher. Was ich *wirklich* gern getan hätte: mich auf mein Fahrrad zu setzen und weit, weit wegzufahren, aber ich hatte Angst, sie würden alle hören, wenn ich mein Rad aus dem Ständer nahm – irgend etwas fällt ja *immer* herunter –, und so ging ich also in den Hörsaal und *setzte* mich. Ich saß und saß da, stand schließlich auf und fing an, Sachen von Epiktet an die Tafel zu schreiben. Ich schrieb die ganze Tafel voll – ich wußte nicht einmal, daß ich so viel von Epiktet behalten hatte. Gott sei Dank wischte ich alles wieder aus, bevor die Leute anfingen hereinzukommen. Aber das Ganze war natürlich kindisch. Epiktet hätte mich unbedingt *gehaßt* deswegen – aber», Franny zögerte, «ich weiß nicht. Ich glaube, ich wollte einfach nur den Namen von irgend jemand, der *nett* ist, auf der Tafel sehen. Also, damit fing es wieder an. Ich hackte auf Professor Fallen herum, ich hackte auf Lane herum, als ich am Telefon mit ihm sprach, ich hackte auf Professor Tupper. Es wurde schlimmer und schlimmer. Ich fing sogar mit dem Mädchen auf meinem Zimmer an. Mein Gott, die arme Bev! Ich fing immer öfter Blicke auf, in denen die Hoffnung lag, ich würde endlich ausziehen und jemand Platz machen, der halbwegs normal und nett wäre und sie in Frieden ließe. Es war einfach schrecklich. Und das Schlimmste daran war, ich *wußte*, wie ich allen auf die Nerven ging, ich *wußte*, wie ich Leute bedrückte, sogar ihre Gefühle verletzte – aber ich konnte es nicht lassen. Ich *konnte es nicht lassen*, auf ihnen herumzuhacken.» Sie sah ganz verwirrt aus, unterbrach sich, gerade lang genug, um Blombergs unruhiges Hinterteil herunterzudrücken. «Aber am schlimmsten war es in der Vorlesung», sagte sie mit Bestimmtheit. «Das war das Schlimmste: Ich hatte mir in den Kopf gesetzt – und bekam es nicht wieder *raus* –, die Universität sei nur eine *trügerische geistlose* Möglichkeit mehr, dazu bestimmt, Schätze auf Erden anzusammeln und so weiter. Ich meine – du lieber Gott – Schatz ist doch *Schatz*. Was macht es denn für einen Unterschied, ob der Schatz Geld ist oder Eigentum, oder eben *Kultur*, oder einfach nur Wissen. Eins kam mir *genau* wie das andere vor, nur eben anders verpackt – und es kommt mir immer noch so vor! Manchmal glaube ich, Wissen – jedenfalls Wissen um des Wissens willen –

ist das Schlimmste. Bestimmt das, was am wenigsten verziehen wird.» Nervös, und ohne daß es auch nur im geringsten nötig gewesen wäre, strich Franny sich mit einer Hand das Haar zurück. «Ich glaube, das alles hätte mich nicht so schrecklich mitgenommen, wenn wenigstens ab und zu – nur *ab und zu* – aus Höflichkeit oder meinetwegen *Routine* angedeutet würde, daß Wissen nur ein Weg zu *Weisheit* ist und daß es einfach nur verabscheuenswerte Zeitverschwendung ist, wenn es das nicht ist. Aber das wird nie gesagt. Auf der Universität hörst du nicht einmal eine Andeutung darüber, daß das *Ziel* allen Wissens Weisheit *sein* sollte. Das Wort Weisheit wird kaum auch nur einmal erwähnt. Soll ich dir mal etwas Komisches erzählen? Soll ich dir mal etwas wirklich Komisches erzählen? In ungefähr vier Jahren Universität – das ist die reine Wahrheit –, in vier Jahren Universität hab ich ein einzigesmal, soweit ich mich erinnern kann, den Ausdruck ‹Weiser› *gehört*, und das war im ersten Semester, als ich Politische Wissenschaften hörte. Und weißt du auch, in welchem Zusammenhang das Wort gebraucht wurde? Es wurde auf einen netten alten, vertrottelten ehemaligen Politiker angewandt, der an der Börse ein Vermögen verdient hatte und als Berater zu Präsident Roosevelt nach Washington ging. *Ungelogen*. In fast vier Jahren auf der Universität! Ich will nicht behaupten, daß es jedem so geht, aber wenn ich darüber nachdenke, rege ich mich so *auf*, daß ich sterben könnte.» Sie hielt inne und widmete sich offensichtlich wieder Blombergs Wohlergehen. Ihre Lippen hatten jetzt kaum mehr Farbe als ihr Gesicht, sie waren sogar ein wenig rissig.

Zooey blickte sie an, wie er sie die ganze Zeit über angeblickt hatte. «Ich möchte dich etwas fragen, Franny», sagte er plötzlich. Er wandte sich wieder der Oberfläche des Schreibtisches zu, runzelte die Stirn und schüttelte den Schneemann. «Was glaubst du mit dem Jesus-Gebet zu bewirken?» fragte er. «Ich wollte schon gestern abend darauf kommen. Bevor du mir sagtest, ich sollte mich davonmachen. Du sprichst von Schätze ansammeln – Geld, Eigentum, Kultur, Wissen und so weiter und so weiter. Und wenn du nun immer weiter das Jesus-Gebet sprichst – bitte, laß mich mal ausreden –, wenn du nun immer weiter das Jesus-

Gebet sprichst, versuchst du dann nicht auch, eine Art Schatz anzusammeln? Etwas, das sich, bis auf den allerletzten Rest, genausogut umsetzen läßt wie all die anderen, mehr materiellen Dinge? Oder macht es einen so großen Unterschied, daß es sich um ein Gebet handelt? Was ich damit sagen will: besteht ein so riesengroßer Unterschied für dich darin, wo einer seinen Schatz ansammelt – auf der einen oder der anderen Seite? Der Schatz, an den die Diebe nicht herankommen und so weiter? Ist das der Unterschied? Bitte, *warte* noch eine Sekunde – warte bitte, bis ich fertig bin.» Er saß für ein paar Augenblicke da und beobachtete den Miniatur-Schneesturm in der Glaskugel, dann fuhr er fort: «Irgend etwas an der Art, wie du mit diesem Gebet umgehst, macht mich *krank*, wenn du die Wahrheit wissen willst. Du meinst, ich wolle dich ganz davon abbringen. Ich weiß selbst nicht, ob ich das will – das ist eine verdammt strittige Frage –, aber ich möchte, daß du mich über deine Motive aufklärst.» Er zögerte, doch nicht lange genug, als daß Franny hätte etwas sagen können. «Für mich jedenfalls, wenn ich die Sache logisch betrachte, besteht überhaupt kein Unterschied zwischen jemand, der gierig nach einem materiellen Schatz ist oder gar einem intellektuellen Schatz – und dem anderen, der gierig ist auf einen geistigen Schatz. Du sagst ja selbst: Schatz ist Schatz, und verflucht, es sieht mir ganz so aus, als wären neunzig Prozent aller weltverneinenden Heiligen der Geschichte im Grunde genommen genauso uninteressant und habgierig wie wir alle.»

So eisig sie konnte und mit leicht zitternder Stimme sagte Franny: «Darf ich dich einmal unterbrechen, Zooey?»

Zooey ließ von dem Schneemann ab und nahm einen Bleistift auf, um damit zu spielen. «Ja, ja, natürlich», sagte er, «unterbrich mich nur.»

«Alles, was du da sagst, *weiß* ich ja. Es ist nicht ein Gedanke dabei, den ich nicht selbst schon gehabt habe. Du sagst, ich möchte etwas haben für mein Jesus-Gebet, und damit bin ich, wie du sagst, genauso habgierig wie jemand, der etwa einen Zobelpelz haben möchte oder berühmt sein oder gern triefen möchte von irgendeiner Art blödem Ansehen. Ich weiß das ja alles! Du lieber Himmel, für wie schwachsinnig hältst du mich eigentlich?» Das Zittern in ihrer Stimme wurde so stark, daß ihr fast die Stimme versagte.

«Schon gut, beruhige dich, beruhige dich.»

«Ich *kann* mich nicht beruhigen. Du bringst mich so in Wut. Warum glaubst du, liege ich hier in diesem blöden Zimmer – nehme ab wie verrückt, beunruhige Bessie und Les vollkommen überflüssigerweise, bringe das ganze Haus und alles durcheinander? Meinst du etwa, ich hätte nicht Einsicht genug, mir Gedanken über die Motive zu machen, die mich veranlassen, das Gebet zu sprechen? Genau das ist es ja, was mich so bedrückt. Nur weil ich wählerisch bin in dem, was ich haben möchte – in meinem Falle *Erleuchtung* oder *Frieden* statt Geld oder Ansehen oder Ruhm, oder irgendwas dieser Art –, deshalb bin ich doch nicht weniger egoistisch und auf mich selbst bedacht als alle anderen. Im Gegenteil, ich bin es mehr als sie alle. Ich brauche nicht den berühmten Zacharias Glass, um mir das zu sagen!» An dieser Stelle brach ihre Stimme hörbar, und sie widmete sich Blomberg wieder mit gesteigerter Hingabe. Tränen standen offenbar bevor, wenn sie nicht gar schon unterwegs waren.

Drüben am Schreibtisch füllte Zooey mit heftigem Druck auf den Bleistift die Os auf der bedruckten Seite eines Löschblattes aus, er fuhr damit eine Zeitlang fort, schnippte dann den Bleistift zum Tintenfaß hin. Er nahm seine Zigarre vom Rand des kupfernen Aschenbechers, wo er sie abgelegt hatte. Sie war noch knapp fünf Zentimeter lang, brannte aber noch. Er zog einmal tief daran, als wäre sie eine Art Atemgerät in einer sonst sauerstofflosen Welt. Dann zwang er sich, wieder zu Franny hinüberzusehen. «Möchtest du, daß ich heute abend versuche, Buddy für dich ans Telefon zu bekommen?» fragte er. «Ich meine, du solltest mit *jemand sprechen* – ich bin verdammt nicht der richtige dazu!» Er wartete auf Antwort und sah sie fest an. «Wie wäre das, Franny?»

Franny saß mit gesenktem Kopf da. Es sah aus, als suchte sie Blombergs Fell nach Flöhen ab, jedenfalls waren ihre Finger eifrig dabei, einzelne Haarbüschel umzuwenden. Sie weinte jetzt wirklich, aber das Weinen wirkte irgendwie lokalisiert; es kamen Tränen, aber kein Geräusch war zu hören. Zooey beobachtete sie ungefähr eine Minute lang und sagte dann, nicht betont freundlich, aber ohne Zudringlichkeit: «Wie ist es, Franny? Soll ich versuchen, Buddy ans Telefon zu bekommen?»

Sie schüttelte den Kopf, ohne ihn zu heben. Sie suchte weiter nach Flöhen. Nach einer Pause endlich beantwortete sie Zooeys Frage, aber mit kaum hörbarer Stimme.

«Was hast du gesagt?» fragte Zooey.

Franny wiederholte, was sie gesagt hatte. «Ich möchte mit Seymour sprechen», sagte sie.

Zooey sah sie noch einen Augenblick lang an, sein Gesicht war im eigentlichen Sinn des Wortes ausdruckslos – wenn man von einer Spur von Schweiß auf seiner ziemlich langen und ausgesprochen irischen Oberlippe absah. Dann drehte er sich mit der für ihn typischen Plötzlichkeit zum Schreibtisch um und fing wieder an, Os auszufüllen. Aber er legte den Bleistift fast sofort wieder aus der Hand. Für seine Verhältnisse langsam stand er vom Schreibtisch auf – nahm seinen Zigarrenstummel mit, stellte sich wieder ans Fenster, einen Fuß auf der Fensterbank. Für einen größeren Mann mit längeren Beinen – etwa einen seiner Brüder – wäre es leichter gewesen, den Fuß hochzustellen, den Abstand zu überwinden. Bei Zooey aber wirkte es, sobald er den Fuß auf der Fensterbank hatte, wie eine tänzerische Pose.

Zunächst mit geteilter, dann mit vollkommener und gespannter Aufmerksamkeit beobachtete er eine kleine Szene, die sich unangefochten durch Autoren, Regisseure und Produzenten in aller Unschuld fünf Stockwerke unterhalb seines Fensters auf der gegenüberliegenden Straßenseite abspielte. Vor der privaten Mädchenschule stand ein ziemlich großer Ahornbaum – einer von vier oder fünf Bäumen auf dieser vom Schicksal begünstigten Seite der Straße –, und in diesem Augenblick versteckte sich ein sieben- oder achtjähriges Kind, ein Mädchen, hinter diesem Baum. Sie trug eine marineblaue Jacke und eine Tellermütze, die fast vom selben Rot war wie die Decke auf van Goghs Bett in seinem Zimmer in Arles. Tatsächlich sah ihre Tellermütze, von Zooeys erhöhtem Standpunkt aus gesehen, einem Farbtupfer sehr ähnlich. Ungefähr fünf Meter von dem Mädchen entfernt, suchte ihr Hund – ein junger Dackel mit grünem Halsband und grüner Leine – schnüffelnd den Boden ab, um sie zu finden, aufgeregt rannte er im Kreis herum und schleppte seine Leine hinter sich her. Er konnte die Qualen der Trennung kaum ertragen, und als er endlich die Spur seiner jungen Herrin fand, war es keine Sekunde zu früh. Ungeheuer groß war bei beiden die Freude des Wiederfindens. Der Dackel jaulte kurz, kringelte sich dann vorwärts, in Ekstase mit dem ganzen Hinterteil wedelnd, bis seine Herrin, die ihm irgend etwas zurief, rasch über das Schutzgitter gesprungen war, das den Baum umgab, und ihn hochnahm. Sie spendete ihm in der Geheimsprache ihres vertrauten Spiels ein wortreiches Lob, setzte ihn wieder auf die Erde und nahm die Leine in die Hand. Dann zogen die beiden munter los auf die Fifth Avenue und den Park zu und verschwanden aus Zooeys Sicht. Spontan faßte Zooey mit der Hand nach dem Fensterkreuz, als hätte er vor, das Fenster hochzuschieben und den beiden nachzusehen. Aber er faßte mit der Hand, in der er die Zigarre hielt, und er zögerte eine Sekunde zu lange. Er zog an seiner Zigarre. «Du lieber Gott», sagte er, «es gibt doch nette Sachen auf dieser Welt – und ich weiß, was ich sage: *nette* Sachen. Wir sind ja alle verrückt, daß wir uns dauernd auf Nebengleisen herumrangieren lassen und ewig, ewig und ewig jede Winzigkeit, die passiert, sofort auf unser dummes, schmutziges, kleines Ego beziehen.» Genau in diesem Augenblick putzte sich hinter ihm Franny arglos und hingegeben die Nase; diese Kundgebung war erheblich lauter, als man sie von einem so zarten und hübschen Organ erwartet hätte. Zooey wandte sich ihr zu und sah sie ein wenig tadelnd an.

Franny, mit verschiedenen Kleenex-Tüchern beschäftigt, erwiderte seinen Blick. «Was ist denn los?» sagte sie. «Entschuldige. Darf ich mir nicht mal die Nase putzen?»

«Bist du fertig damit?»

«Ja, ich *bin* fertig. Lieber Himmel, was ist das für eine Familie! Man riskiert sein Leben, wenn man sich mal die Nase putzt.»

Zooey wandte sich wieder dem Fenster zu. Er zog einmal kurz an seiner Zigarre und ließ seine Augen über ein Muster von Betonblöcken am Schulgebäude schweifen. «Vor ein paar Jahren hat Buddy einmal etwas leidlich Vernünftiges zu mir gesagt.

Wenn es mir nur wieder einfiele!» Er zögerte, und Franny, immer noch mit ihren Kleenex-Tüchern beschäftigt, sah zu ihm hin. Wenn Zooey scheinbar Schwierigkeiten hatte, sich irgend etwas ins Gedächtnis zu rufen, erweckte sein Zögern jedesmal das Interesse seiner Brüder und Schwestern, es war sogar unterhaltend für sie. Sein Zögern war fast immer ein Täuschungsmanöver. Meistens war es das gleiche Manöver wie in den fünf Jahren, wo er regelmäßig in *Das kluge Kind* mitgewirkt und die ihn zweifellos geprägt hatten. Damals hatte er, damit er nicht so aussähe, als wolle er mit seiner fast unglaublichen Fähigkeit angeben, alles, was er gelesen oder mit Interesse gehört hatte, sofort und gewöhnlich wörtlich zu wiederholen – damals also hatte er die Gewohnheit angenommen, die Stirn zu runzeln und so zu tun, als wolle er Zeit gewinnen, genau wie es die anderen Kinder taten, die in *Das kluge Kind* mitwirkten. Er hatte auch jetzt die Stirn gerunzelt, sprach aber viel schneller, als den Umständen angemessen war, als hätte er gespürt, daß Franny, auch eine frühere Mitwirkende, ihn ertappt hatte. «Buddy sagte damals, ein Mann müßte fähig sein, mit durchgeschnittener Kehle am Fuße eines Hügels zu liegen, und wenn dann ein hübsches Mädchen oder eine alte Frau vorbeikäme und einen schönen Krug mit vollkommener Anmut auf dem Kopf trüge, dann müßte er fähig sein, sich auf einem Arm aufzustützen und zuzusehen, wie der Krug heil über den Gipfel des Hügels verschwände.» Er dachte über diese Anweisung nach, schnaufte dann kurz und sagte: «Ich möchte mal gern sehen, wie er das tut, der Hund.» Er zog an seiner Zigarre. «In dieser Familie bekommt jeder seine Religion in einer anderen Verpackung», erläuterte er mit bemerkenswert wenig Ehrfurcht in der Stimme. «Walt war besonders wild. Walt und Boo Boo hatten die wildeste religiöse Philosophie der ganzen Familie.» Er zog an seiner Zigarre, als müßte er die Tatsache ausgleichen, daß er sich, ohne es eigentlich zu wollen, amüsierte. «Walt sagte einmal zu Waker, wir alle müßten eine verflixte Menge von bösem Karma in unseren früheren Inkarnationen aufgehäuft haben. Walt vertrat die Theorie, das religiöse Leben und all die Leiden, die es mit sich bringt, seien eine Strafe, die Gott auf die herabschickt, die die Stirn haben, ihm vorzuwerfen, er habe eine häßliche Welt erschaffen.»

Von der Couch kam ein beifälliges Kichern. «Das hab ich noch nie gehört», sagte Franny. «Und was war Boo Boos religiöse Philosophie? Ich dachte immer, sie habe gar keine.»

Zooey schwieg einen Augenblick und sagte dann: «Boo Boo? Die ist davon überzeugt, daß Mr. Ashe die Welt gemacht hat. Das hat sie aus Kilverts *Tagebuch. In* Kilverts Pfarre wurden die Schulkinder gefragt, wer die Welt gemacht habe, und eins der Kinder antwortete: Mr. Ashe.»

Franny gab ihrem Entzücken hörbar Ausdruck. Zooey drehte sich um, sah sie an und machte – man wußte nie, woran man mit ihr war – ein ganz unnahbares Gesicht, als habe er plötzlich jede Spur von Leichtfertigkeit abgelegt. Er nahm seinen Fuß von der Fensterbank, legte seine Zigarre in den kupfernen Aschenbecher auf dem Schreibtisch und ging vom Fenster weg. Mit den Händen in den Hüfttaschen ging er quer durchs Zimmer, aber offenbar nicht ohne ein bestimmtes Ziel. «Verdammt, ich müßte längst hier weg sein. Ich soll mit jemand zu Mittag essen», sagte er, bückte sich plötzlich und prüfte gemächlich und mit Besitzermiene das Innere des Aquariums. Er klopfte heftig mit einem Fingernagel gegen das Glas. «Ich brauche nur mal fünf Minuten den Rücken zu drehen, und alle lassen meine Black Mollies eingehen. Ich hab's ja *geahnt*, ich hätte sie mit ins College nehmen müssen.»

«Ach, das sagst du schon seit fünf Jahren, Zooey, warum kaufst du nicht einfach ein paar neue?»

Zooey klopfte weiter gegen die Glaswand. «Ihr Studentenschnösel seid euch alle gleich. Hart wie Stahl. Das waren nicht einfach irgendwelche Black Mollies, Kind – wir waren enge Freunde.» Mit diesen Worten legte er sich wieder rücklings auf den Teppich, indem er seinen schmalen Oberkörper knapp zwischen den Stromberg-Carlson-Radioapparat aus dem Jahr 1932 und einen vollgefüllten Zeitschriftenständer aus Ahornholz zwängte. Wieder konnte Franny nur die Sohlen und die Absätze seiner Sportschuhe sehen. Aber er hatte sich kaum ausgestreckt, als er sich plötzlich kerzengerade aufrichtete, wobei sein Kopf und seine Schultern auf so makaber-komische Weise plötzlich ins Blickfeld kamen, wie eine Leiche, die aus einem Wandschrank fällt. «Laufen die Gebete noch?» fragte er, dann fiel er wieder zurück und war unsichtbar. Er blieb einen Augenblick lang ruhig, fragte dann in fast unverständlich penetrantem Mayfair-Akzent: «Ich würde gern ein Wörtchen mit Ihnen reden, Miss Glass, wenn Sie einen Augenblick Zeit hätten.» Die Antwort von der Couch bestand in einem betont unheilvollen Schweigen. «Sprich dein Gebet, Kind, wenn es dir Spaß macht, spiel mit Blomberg oder mach eine Pause und rauch eine Zigarette, aber hör mir mal fünf Minuten zu, ohne mich zu unterbrechen. Und bitte, wenn möglich, *nicht eine einzige Träne*. O. K.? Hast du mich verstanden?»

Franny antwortete nicht sofort. Sie zog unter der Kaschmirdecke ihre Beine an, brachte damit auch den schlafenden Blomberg ein bißchen näher. «Ich habe dich verstanden», sagte sie, zog ihre Beine noch etwas mehr an, wie eine Burg, die vor dem Angriff die Zugbrücke einzieht. Sie zögerte einen Augenblick, sprach dann weiter: «Du kannst mir sagen, was du willst, fang nur nicht an zu schimpfen. Ich bin heute einfach nicht zu einer Standpauke aufgelegt.»

«Keine Standpauke, Kind, keine Standpauke! Und es gibt etwas, das ich nie tue, und das ist schimpfen.» Der Sprecher faltete salbungsvoll die Hände über der Brust. «Manchmal ein bißchen *brüsk*, ja, wenn die Situation es erfordert. Aber schimpfen – nein. Übrigens habe ich persönlich immer festgestellt, daß man mehr Fliegen mit einer Klappe ...»

«Zooey, ich habe gesagt: im Ernst», sagte Franny mehr oder weniger zu den Sportschuhen, «und ich erwarte, daß du dich sofort aufrecht hinsetzt. Es kommt mir sehr *komisch* vor, daß jedesmal, wenn hier die Hölle los ist, es immer in der Ecke anfängt, wo du jetzt liegst, und immer bist du es, der da liegt. Komm, setz dich bitte richtig hin.»

Zooey schloß die Augen. «Zum Glück weiß ich, daß du das nicht im Ernst meinst. Jedenfalls nicht im tiefsten Herzen. Tief in unserem Herzen wissen wir beide, daß dies das einzige Stück geheiligten Bodens in diesem verwünschten Haus ist. *Hier* habe ich nämlich meine Kaninchen gehabt. Und sie waren beide *heilig*. Um es genau zu sagen, es waren die einzigen zölibatären Kaninchen auf der ...»

«Ach, hör auf!» sagte Franny nervös, «wenn du reden willst, dann fang bitte an. Das einzige, worum ich in meinem Zustand bitte, sei ein klein wenig taktvoll – mehr nicht. Ohne Zweifel bist du der taktloseste Mensch, mit dem ich je im Leben zu tun gehabt habe.»

«Ich *taktlos! Niemals.* Freimütig, ja. Übermütig, ja. Aggressiv. Hitzig vielleicht – das mag mein Fehler sein. Aber keiner kann von mir behaupten...»

«Ich habe gesagt: *taktlos*», Franny unterbrach ihn mit bemerkenswerter Eile, immer noch bemüht, kein Zeichen von Amüsiertheit zu zeigen. «Ich habe gesagt: *taktlos.* Werde du nur einmal krank und besuche dich selbst, dann wirst du sehen, wie taktlos du bist. In meinem ganzen Leben hab ich noch keinen gekannt, den ich weniger gern um mich hätte, wenn ich mich nicht ganz wohl fühle. Weißt du, was du tust, wenn einer auch nur eine *Erkältung* hat. Jeder Blick, den du ihm zuwirfst, ist mißtrauisch. Ich habe noch nie jemanden gekannt, der so wenig Mitgefühl hat wie du. Noch nie.»

«Schon gut, schon gut», sagte Zooey mit immer noch geschlossenen Augen. «Keiner ist vollkommen, Kind.» Indem er die Stimme weicher machte und verdünnte, anstatt sie ins Falsett zu erheben, führte er Franny mühelos eine vertraute und immer realistische Imitation ihrer Mutter vor, wenn diese ein paar beschwichtigende Worte fallenließ. «In der *Hitze* des Gefechts, mein Fräulein, sagen wir vieles, was wir nicht wirklich so *meinen*, und am nächsten Tag tut es uns schrecklich leid.» Danach öffnete er die Augen, runzelte die Stirn und blickte ein paar Sekunden lang zur Decke. «Erstens», sagte er, «meine ich, du meinst, ich wollte dir dein Gebet oder sonst was nehmen. Nein. Ich sage: nein. Von mir aus kannst du für den Rest deines Lebens da auf der Couch liegen und die Präambel der Verfassung zitieren, aber was ich wirklich *versuche*, ist...»

«Das ist ein wunderbarer Anfang. Einfach wunderbar.»

«Wie bitte?»

«Oh, halt den Mund. Sprich weiter, weiter.»

«Was ich gerade sagen wollte, ich habe überhaupt nichts gegen das Gebet. Du kannst glauben, was du willst, das ist mein Ernst.

Weißt du, du bist nicht die *erste*, der es einfällt, es zu beten. Ich habe seinerzeit alle Sportgeschäfte in New York abgeklappert, um einen netten Rucksack zu finden, wie Pilger sie tragen. Ich wollte ihn mit Brotkrusten füllen und durch dieses ganze gottverlassene Land damit ziehen, und das Gebet vor mich hin sprechen. Gehet hin in alle Welt und so weiter.» Zooey zögerte, «und ich erwähne das um Himmels willen nicht, um dir zu beweisen, daß ich auch einmal *ein von Emotionen bestimmter junger Mensch war wie du.*»

«Warum *erwähnst* du es denn?»

«Warum ich's erwähne? Ich erwähne es, weil ich dir ein paar Dinge sagen möchte und vielleicht nicht ganz der richtige dafür bin, aus dem einfachen Grund, weil ich selbst einmal das heftige Verlangen spürte, das Gebet zu sprechen, es aber dann nicht tat. Und vielleicht weiß ich sogar, daß ich ein bißchen neidisch auf dich bin, weil du es versuchst. Das ist sehr gut möglich, wirklich. Erstens einmal bin ich eine Niete, und vielleicht habe ich etwas dagegen, bei irgendeiner Maria die Martha zu spielen. Verdammt, wer weiß das schon so genau?»

Franny zog es vor, nicht zu antworten, sie zog nur Blomberg näher zu sich heran und umarmte ihn schnell auf eine etwas fragwürdige Weise. Dann blickte sie zu ihrem Bruder hin und sagte: «Du bist ein richtiges ‹Heinzelmännchen›. Wußtest du das schon?»

«Behalt deine Komplimente für dich, Mädchen – vielleicht mußt du sie noch einmal widerrufen. Ich bin immer noch dabei, dir zu erklären, was ich an der Art, wie du die Sache anpackst, nicht mag. Ob ich der Richtige dafür bin oder nicht.» Hier blickte Zooey mit weit aufgerissenen Augen für etwa zehn Sekunden zu der Stuckdecke auf und schloß dann die Augen wieder. «Erstens», sagte er, «mag ich diese Kameliendamen-Masche nicht. Bitte, unterbrich mich jetzt nicht. Ich weiß, du hast das Recht, ohnmächtig zu werden und so weiter. Und ich glaube nicht, daß du es *spielst* – das meine ich nicht. Und ich glaube auch nicht, daß es ein unbewußtes Manöver ist, um *Mitgefühl* zu erzwingen. Oder irgend etwas dieser Art. Und doch sage ich, ich mag's nicht. Es ist rücksichtslos gegen Bessie, es ist rücksichtslos gegen Les – und falls du es noch nicht weißt – du fängst schon an, ein ganz kleines bißchen nach Frömmelei zu riechen. Und verflucht noch mal, es gibt nicht ein einziges Gebet in irgendeiner Religion auf der ganzen Welt, das Frömmelei rechtfertigen würde. Ich behaupte nicht, daß du *frömmlerisch* bist – bleib mal ruhig sitzen –, ich *sage* nur, dieses ganze hysterische Getue ist *verflucht* geschmacklos.»

«Bist du jetzt fertig?» fragte Franny und setzte sich mit Nachdruck aufrecht. In ihrer Stimme war wieder das Zittern zu hören.

«Ruhig, Franny. Laß mich mal. Du hast versprochen, mich ausreden zu lassen. Ich glaube, das Schlimmste habe ich schon gesagt. Ich versuche nur, dir zu erklären – nein, ich versuche es nicht, sondern ich erkläre dir, daß es einfach nicht fair gegen Bessie und Les ist, was du tust. Es ist *schrecklich* für sie, und du weißt es. Wußtest du schon, daß Les dir gestern abend unbedingt eine Mandarine bringen wollte, bevor er ins Bett ging! Mein Gott, und sogar Bessie kann Geschichten, in denen Mandarinen vorkommen, nicht ausstehen, und Gott ist mein Zeuge: ich auch nicht. Wenn du mit diesem Zusammenbruch-Getue weitermachen willst, dann wünsche ich verdammt, du würdest ins College zurückgehen und dort deinen Zusammenbruch haben. Dort bist du wenigstens nicht das Nesthäkchen. Und dort verspürt, Gott sei Dank, keiner den Drang, dir irgendwelche Mandarinen ans Bett zu bringen. Und dort stehen deine verdammten Steptanzschuhe nicht im Wandschrank.»

An dieser Stelle tastete Franny, fast blind, aber geräuschlos nach der Schachtel Kleenex, die auf dem marmornen Kaffeetisch stand.

Zooey starrte nachdenklich auf einen Limonadenflecken an der Decke, den er selbst vor neunzehn oder zwanzig Jahren mit einer Wasserpistole dort oben verursacht hatte. «Was mir zweitens Kummer macht», sagte er, «ist auch nicht sehr schön. Aber ich bin bald fertig, halt also bitte noch einen Augenblick aus, wenn du kannst. Was mir *ganz und gar* nicht gefällt, ist dieses niedliche private Märtyrerinnenleben im hehren Gewand, das du da hinten in deinem College lebst – dieser Rotznasenkreuzzug, den du gegen alle zu führen glaubst. Und ich meine nicht, was du jetzt glaubst, das ich meine, versuch mich einen Augenblick lang nicht zu unterbrechen. Ich nehme an, daß du hauptsächlich gegen das System der Hochschulbildung zu Felde ziehst. Bitte, spring mir jetzt nicht gleich ins Gesicht – ich bin überwiegend deiner Meinung. Aber wie die Pest hasse ich die verallgemeinernde Art, mit der du die Sache angreifst. Zu ungefähr achtundneunzig Prozent bin ich mit deiner Darstellung einverstanden, aber die übrigen zwei Prozent bringen mich fast zur Verzweiflung. Ich hatte auf der Universität einen Professor – nur *einen*, das will ich dir zugestehen, aber er war wirklich groß –, und auf den paßt nichts von all dem, was du gesagt hast. Er war kein Epiktet. Aber er war weder egobesessen, noch war er der Charmeur des Kollegiums. Er war ein großer und bescheidener Gelehrter. Und außerdem, ich glaube, ich habe ihn nicht einmal etwas sagen hören, das mir nicht wenigstens ein bißchen – manchmal sogar sehr viel – Weisheit zu enthalten schien, weder in der Vorlesung noch nachher. Was wird aus *ihm* werden, wenn deine Revolution ausbricht? Es ist mir unerträglich, daran zu denken – sprechen wir also nicht mehr davon. Diese anderen Leute, über die du da gezetert hast – das ist wieder etwas ganz anderes. Dieser Professor Tupper. Und die anderen beiden Schwachköpfe, von denen du mir gestern abend erzählt hast – Manlius und der andere. *Die* habe ich zu Dutzenden gehabt, wie jeder andere sie zu Dutzenden gehabt hat, und *ich gebe zu*, sie sind nicht harmlos. Genau besehen sind sie tödlich wie die Pest. Alles, was sie anrühren, wird unter ihren Händen akademisch und unbrauchbar. Oder es wird – was noch schlimmer ist – *Kult*. Nach meiner Überzeugung sind sie hauptsächlich schuld daran, daß jeden Juni solch eine Masse unwissender Dummköpfe mit Diplomen auf unser Land losgelassen wird.» Zooey, der immer noch zur Zimmerdecke starrte, zog gleichzeitig eine Grimasse und schüttelte den Kopf. «Aber was mir nicht gefällt – und was, glaube ich, auch weder Seymour *noch* Buddy gefallen würde –, das ist die Art, in der du über alle diese Leute sprichst. Ich meine, du verachtest nicht nur, was sie repräsentieren – du verachtest sie selbst. Verdammt, es ist alles zu persönlich, Franny. Im Ernst. Wenn du zum Beispiel über diesen Tupper sprichst, kommt ein regelrechtes kleines menschenmörderisches Glitzern in deine Augen. Das ganze Gerede darüber, daß er, bevor er in die Vorlesung kommt, in die Männertoilette geht und sich sein Haar zerwühlt. Das meine ich. Wahrscheinlich tut er's wirklich – es paßt genau zu allem, was du mir sonst über ihn erzählt hast. Ich behaupte nicht, daß er's nicht tut. Aber, was er mit seinem Haar anfängt, *geht dich nichts an*, Mädchen. Es wäre schön und gut, wenn du seine persönlichen Affektiertheiten ein bißchen komisch fändest, oder wenn du ein ganz klein wenig Mitleid mit ihm hättest, weil er sich so unsicher fühlt, daß er sich auf rührende Weise eigenhändig ein bißchen aufmacht. Aber wenn du darüber sprichst – und ich mache jetzt keinen Spaß –, dann sprichst du darüber, als wenn sein Haar dein persönlicher Feind wäre. Das ist einfach nicht *recht* und du weißt es. Wenn du also deinen Krieg gegen das System anfängst, dann schieße wie ein nettes, intelligentes Mädchen dahin, wo der Feind steht – und nicht auf seine Frisur oder seinen blöden Schlips, die du nicht ausstehen kannst.»

Für eine Minute herrschte vollkommenes Schweigen, das nur gebrochen wurde durch das Geräusch von Frannys Naseputzen – es war ein hoffnungsloses, in die Länge gezogenes, «verstopftes» Naseputzen, das die Vorstellung von einem vier Tage alten Stockschnupfen erweckte.

«Es ist genau wie mit dem verdammten Magengeschwür, das ich mir angeschafft habe. Weißt du, woher ich es habe? Was zu mindestens neunzig Prozent die Ursache dafür ist? Weil ich, wenn ich nicht richtig nachdenke, zulasse, daß meine Gefühle fürs Fernsehen und alles persönlich werden. Ich mache es ganz genauso wie du – und ich bin alt genug, es besser zu wissen.» Zooey hielt inne. Er fixierte immer noch den Limonadenfleck an der Decke, atmete einmal sehr tief durch die Nase. Seine Hände waren immer noch über der Brust gefaltet. «Was ich als letztes zu sagen habe», sagte er ganz plötzlich, «wird wahrscheinlich eine Explosion verursachen. Aber ich kann's nicht ändern. Es ist nämlich das allerwichtigste.» Es sah so aus, als konsultiere er kurz den Stuck an der Decke, dann schloß er die Augen. «Ich weiß nicht, ob du dich noch daran erinnerst, aber ich erinnere mich noch an einen Tag, Mädchen, als du in dieser Gegend hier dem Neuen Testament in einer Lautstärke abschwurst, daß man es meilenweit im Umkreis hören konnte. Damals war jedermann in der verdammten Armee, und ich war dazu ausersehen, mein Ohr dem Bekenntnis hinzuhalten. Aber erinnerst du dich daran? Erinnerst du dich überhaupt daran?»

«Ich war ganze zehn Jahre alt!» sagte Franny – das klang sehr durch die Nase gesprochen und gefährlich.

«Wie alt du warst, weiß ich. Ich weiß sehr genau, wie alt du warst. Laß das also. Ich fange nicht von der Geschichte an, weil ich dir so richtig eins hineinwürgen will – *mein Gott*, nein. Ich fange aus einem guten Grund davon an. Ich fange davon an, weil ich glaube, du hast Jesus nicht verstanden, als du ein Kind warst, und ich glaube nicht, daß du ihn heute verstehst. Ich glaube, er hat sich in deinem Bewußtsein mit fünf bis zehn anderen religiösen Persönlichkeiten vermischt, und ich verstehe einfach nicht, wie du mit deinem Jesus-Gebet weitermachen kannst, bevor du weißt, wer und was er ist. Weißt du überhaupt noch, womit dein kleiner Glaubensabfall angefangen hat?... Franny? Erinnerst du dich daran, oder nicht?»

Er bekam keine Antwort. Nur das Geräusch ziemlich heftigen Naseputzens war zu hören.

«Nun, ich erinnere mich zufällig daran... Matthäus, Kapitel sechs. Ich erinnere mich sehr genau, Kind, und ich erinnere mich sogar, *wo* es war. Ich war hinten in meinem Zimmer, flickte gerade mit Isolierband meinen verdammten Hockeyschläger, da kamst du hereingestürzt – in vollkommenem Aufruhr, mit der aufgeschlagenen Bibel in der Hand. Du hattest Jesus gar nicht mehr lieb, und du wolltest wissen, ob du nicht Seymour auf seinem Übungsplatz anrufen und es ihm sagen könntest. Und weißt du auch, warum du Jesus gar nicht mehr lieb hattest? Ich will es dir sagen. Weil du, *erstens*, nicht damit einverstanden warst, daß er in die Synagoge ging, die Tische umstürzte und alle Bilder von den Wänden riß. Das war sehr roh und vollkommen *überflüssig*. Du warst überzeugt, daß Salomon oder irgendein anderer so etwas nie getan hätte. Und *zweitens* warst du gar nicht einverstanden mit der Stelle, an der du deine Bibel aufgeschlagen hattest: ‹Betrachtet die Vögel des Himmels, sie säen nicht, sie ernten nicht, sie sammeln nicht in Scheunen, und euer himmlischer Vater ernährt sie dennoch.› *Das* war in Ordnung. Das war wunderbar, und damit warst du einverstanden. Aber als Jesus dann im selben Atemzug fortfuhr: ‹Seid ihr nicht viel mehr als sie?› – ach, da machte unsere kleine Franny nicht mehr mit. An dieser Stelle trat unsere kleine Franny kaltblütig aus der Bibel aus und lief geradenwegs zu Buddha über, der nicht all die netten Vögel in der Luft verunglimpft. All die süßen und goldigen Hähnchen und Gänschen, die wir am Weiher immer fütterten. Und sag mir nicht noch einmal, daß du zehn Jahre alt warst. Ich rede über etwas, wobei dein Alter überhaupt keine Rolle spielt. Keiner ändert sich sehr zwischen zehn und zwanzig – übrigens, was das angeht, auch nicht zwischen zehn und achtzig. Und du bist *immer* noch nicht fähig, einen Jesus so zu lieben, wie du möchtest, von dem immerhin berichtet wird, daß er einige Dinge gesagt und getan hat – und du weißt, daß du es nicht kannst. Du bist einfach deiner Natur nach unfähig, einen Sohn Gottes zu lieben oder zu begreifen, der Tische umwirft. Und du bist einfach deiner Natur nach unfähig, einen Sohn Gottes zu lieben oder zu begreifen, der sagt, ein menschliches Lebewesen, *jedes* menschliche Lebewesen – sogar dein Professor Tupper –, sei für Gott wertvoller als irgendein flauschiges, hilfloses Osterküken.»

Franny blickte nun direkt in die Richtung, aus der Zooeys Stimme kam. Sie saß steil aufrecht, mit einem ganzen Bausch von Kleenex-Tüchern in der einen Hand. Blomberg schlief nicht mehr in ihrem Schoß. «Ich nehme an, du, *du kannst es*», sagte sie mit schriller Stimme.

«Ob ich es kann oder nicht kann, hat gar nichts mit der Sache zu tun, aber bitte – ich kann es tatsächlich begreifen. Ich bin nicht in der Stimmung, das genauer zu erklären, aber immerhin habe ich nie, weder bewußt, noch anderswie – versucht, aus Jesus einen Franz von Assisi zu machen, damit er ‹liebenswerter› wird – was genau das ist, was achtundneunzig Prozent der Christen immer wieder beharrlich versucht haben. Daß ich's nicht versuche, das spricht nicht für mich. Zufällig fühle ich mich gar nicht zum Typ Franz von Assisi hingezogen, aber *du*; und meiner Meinung nach ist das einer der Gründe für deinen Nervenzusammenbruch, und es ist *bestimmt* der Grund dafür, daß er hier zu Hause stattfindet. Das Zimmer hier ist genau das, was du brauchst. Die Bedienung ist gut, es gibt reichlich heiße und kalte fließende Gespenster. Wo könnte es angenehmer sein? Hier kannst du dein Gebet sprechen, kannst dir Jesus, den heiligen Franziskus, Seymour und Heidis Großvater schön zu einem einzigen Kuchen zusammenkneten.» Zooey hielt für einen kurzen Augenblick inne. «Siehst du das nicht ein? Siehst du nicht *ein*, wie unklar und schlampig du die Dinge ansiehst? Mein Gott, es ist absolut nichts Zehntklassiges an dir, und doch steckst du im Augenblick bis zum Hals in zehntklassigen Gedanken. Nicht nur die Art, wie du an dein Gebet gehst, ist zehntklassige Religion, sondern auch – ob du es weißt oder nicht – dein Nervenzusammenbruch ist zehntklassig. Ich habe einige Leute wirklich zusammenbrechen sehen, und kein einziger hat sich Mühe gegeben, so genau die Stelle auszusuchen, wo er zusammenbrach...»

«Bitte, hör auf, Zooey, hör auf, bitte», sagte Franny schluchzend.

«Nur noch eine Minute, dann höre ich auf. Warum *bist* du eigentlich zusammengebrochen? Ich meine, wenn du die Kraft hast, deinen Kollaps mit aller Gewalt herbeizuführen, warum benutzt du nicht dieselbe Energie, um gesund zu bleiben und zu arbeiten? Nun, ich weiß, jetzt gehe ich zu weit. Jetzt gehe ich wirklich viel zu weit, aber mein Gott, du gehst wirklich mit dem bißchen Geduld, das ich mitbekommen habe, hart um. Du blickst dich einmal auf deinem *Campus* um, wirfst einen Blick auf die Welt, die *Politik*, auf das Sommer*theater*, hörst die Unterhaltung einer Bande superkluger Studenten, und dann stellst du fest, daß alles nur Ego, Ego und noch einmal Ego ist, und das einzig Intelligente, was ein Mädchen tun kann, ist, sich hinzulegen, sich den Kopf kahlzuscheren, das Jesus-Gebet zu sprechen und Gott zu bitten, daß er ihr ein kleines mystisches Erlebnis schickt, damit sie sich wieder hübsch glücklich fühlt.»

Franny kreischte: *«Bitte, willst du jetzt endlich den Mund halten?»*

«Nur noch eine Sekunde, eine einzige Sekunde. Du sprichst dauernd von Ego. Mein Gott, willst du es nicht Christus selber überlassen, festzustellen, was Ego ist und was nicht? Dies hier ist Gottes Universum, Mädchen, und nicht deins, und er hat das letzte Wort darüber, was Ego ist und was nicht. Wie ist es mit deinem geliebten, verehrten Epiktet? Oder mit deiner geliebten, verehrten Emily Dickinson? Möchtest du denn, daß deine Emily sich jedesmal, wenn sie den Drang verspürt, ein Gedicht zu schreiben, erst mal hinsetzt und ein Gebet spricht, bis ihr häßlicher, egoistischer Drang sich verflüchtigt hat? Nein, natürlich möchtest du das nicht! Aber deinem Freund Professor Tupper soll sein Ego genommen werden. Das ist etwas anderes. Vielleicht ist es wirklich etwas anderes. Vielleicht. Aber dann rege dich nicht über Egos im allgemeinen auf. Wenn du es genau wissen willst, meiner Meinung nach kommt die Hälfte allen Übels in der Welt durch Leute, die von ihrem wahren Ego keinen Gebrauch machen. Nimm zum Beispiel deinen Professor Tupper. Nach allem, was du über ihn erzählst, möchte ich jede Wette eingehen, daß die Sache, von der er Gebrauch macht, die Sache, die du für sein Ego hältst, überhaupt nicht sein Ego ist, sondern irgendeine andere, viel schmutzigere, weniger *zu ihm* gehörende Fähigkeit. Mein Gott, du bist doch lange genug auf Schulen gewesen, um diese Sorte zu kennen. Kratz an einem unfähigen Lehrer – oder meinetwegen einem Universitätsprofessor –, und bei jedem zweiten kommt ein erstklassiger Automechaniker oder ein Steinmetz heraus, der einfach an der falschen Stelle ist. Nimm zum Beispiel Le Sage – meinen Freund, meinen Brotgeber, meine Rose von der Madison Avenue. Meinst du, es wäre sein Ego gewesen, das ihn zum Fernsehen gebracht hat? Nicht die Spur! Er *hat* überhaupt kein Ego mehr – wenn er je eins gehabt hat. Sein Ego hat sich in einzelne Hobbies aufgelöst. Ich weiß allein von dreien seiner Hobbies – und die haben alle mit einer Werkstatt in seinem Keller zu tun, die zehntausend Dollar gekostet hat und voll elektrischer Geräte ist und Schraubstöcke und weiß der Himmel was. Keiner, der Gebrauch von seinem Ego macht, seinem wirklichen Ego, hat auch nur die geringste Zeit für irgendein blödes Hobby.»

Zooey verstummte plötzlich. Immer noch lag er da mit geschlossenen Augen und eng auf der Brust, auf der Hemdbrust, verschränkten Händen, aber er zwang jetzt sein Gesicht zu einem Ausdruck entschlossener Schmerzlichkeit – offenbar eine Form der Selbstkritik. «Hobbies», sagte er. «Wie bin ich bloß auf Hobbies gekommen?» Er blieb einen Augenblick ruhig liegen.

Das einzige Geräusch im Zimmer war Frannys Schluchzen, das nur zum Teil durch ein seidenes Kissen gedämpft wurde. Blomberg saß jetzt unter dem Flügel, auf einer Insel von Sonnenschein und säuberte sich mit zierlichen Bewegungen das Gesicht.

«Immer bin ich das nasse Handtuch», sagte Zooey mit ein bißchen zu sachlicher Stimme. «Egal, was ich sage, es hört sich an, als wollte ich dein Jesus-Gebet unterminieren. Und, verflucht, das tue ich *nicht*. Ich hab *nur* was gegen das Warum, das Wie und das *Wo*. Ich wäre gern davon überzeugt – ich wäre *liebend* gern davon überzeugt –, daß es für dich kein Ersatz ist, Ersatz für deine Aufgabe im Leben, oder einfach nur deine alltägliche Pflicht. Was noch viel schlimmer ist, ich *begreife* einfach nicht – ich schwöre bei Gott, ich begreife nicht –, wie du zu einem Jesus beten kannst, den du gar nicht verstehst. Und wofür es wirklich keine Entschuldigung gibt, wenn man bedenkt, daß dir genau wie mir bis zum Überdruß religiöse Philosophie eingetrichtert worden ist – wofür es keine Entschuldigung gibt: daß du gar nicht versuchst, ihn zu verstehen. Es wäre eine Entschuldigung, wenn du entweder ein sehr *einfacher* Mensch wärst, wie der Pilger, oder ein ganz verflucht *verzweifelter* Mensch – aber du bist nicht einfach, Mädchen, und du bist auch nicht so furchtbar verzweifelt.» Genau an dieser Stelle preßte Zooey mit immer noch geschlossenen Augen zum erstenmal, seit er sich auf den Boden gelegt hatte, die Lippen fest aufeinander, sozusagen in Parenthese, ganz im Stil seiner Mutter. «Du lieber Himmel, Franny», sagte er, «wenn du schon das Jesus-Gebet sprichst, sprich es wenigstens zu *Jesus* und nicht zum heiligen Franziskus, Seymour und Heidis Großvater, die du dir zu einem Bündel zusammengeschnürt hast. Denk an *ihn*, wenn du es sagst, an ihn allein, an ihn, wie er wirklich war, und nicht wie du gern hättest, daß er gewesen wäre. Du stellst dich den Tatsachen nicht, und es ist hauptsächlich diese verfluchte Gewohnheit, dich den Tatsachen nicht zu stellen, die dich in diesen Zustand vollkommener geistiger Verwirrung gebracht hat, und wenn du diese Haltung nicht aufgibst, kommst du nicht wieder aus dieser Verwirrung raus.»

Zooey legte plötzlich beide Hände über sein Gesicht, das jetzt ganz feucht war, ließ die Hände für einen Augenblick dort, nahm sie wieder weg und faltete sie wieder. Dann fuhr er in fast vollkommenem Konversationston fort: «Was mich verblüfft, wirklich verblüfft –: ich kann einfach nicht einsehen, warum jemand – der weder ein Kind, noch ein Engel, noch ein Unschuldiger wie der Pilger ist – auch nur den Wunsch haben kann, dieses Gebet zu einem Jesus zu sprechen, der sich auch nur um einen Hauch von dem Jesus unterscheidet, wie er im Neuen Testament in Erscheinung tritt und sich ausdrückt. Mein Gott, er ist ja nur der intelligenteste Mensch in der Bibel – das ist es! Wem ist er nicht haushoch überlegen? Beide Testamente sind voll von Pundits, Propheten, Schülern, Lieblingssöhnen, voll von Salomons, Isaias, Davids und Pauls – aber, mein Gott, wer außer Jesus wußte wirklich, worum es ging? Keiner. Kein einziger. Auch nicht Moses. Hör mir auf mit Moses. Er war ein netter Mann, und er hielt guten Kontakt mit seinem Gott, und so weiter – aber das ist genau der Haken. Er mußte Kontakt *halten*. Jesus wußte, daß es keine Trennung von Gott gibt.» Hier klatschte Zooey in die Hände – nur einmal, und nicht laut, und sehr wahrscheinlich aus Versehen. Seine Hände waren schon wieder auf der Brust gefaltet, fast bevor das Klatschen ganz verklungen war. «Oh, mein Gott, welch ein Geist», sagte er. «Wer sonst etwa hätte den Mund gehalten, als Pilatus um eine Erklärung bat? Salomon bestimmt nicht. Sag nicht, Salomon. Salomon hätte bei dieser Gelegenheit ein paar markige Worte von sich gegeben. Übrigens – was das angeht – Sokrates wahrscheinlich auch. Kritias, oder irgendeiner, hätte es fertig gebracht, Pilatus lang genug beiseite zu nehmen, um ein paar wohlgewählte Worte ins Protokoll zu bekommen. Aber das Wichtigste ist, wichtiger als alles andere –, wer in der Bibel außer Jesus wußte – *wußte* –, daß wir das himmlische Königreich in uns tragen, *im Innern*, wohin wir nie blikken, weil wir so verflucht dumm und sentimental und phantasielos sind? Man muß eben ein *Sohn* Gottes sein, um dieses Zeug zu wissen. Warum denkst du nie daran, Franny? Es ist mir *ernst*, Franny, ich mache keinen Spaß; Wenn du Jesus nicht genau als den siehst, der er wirklich war, dann geht dir der Sinn des Jesus-Gebets vollkommen verloren. Wenn du Jesus nicht verstehst, kannst du auch sein Gebet nicht verstehen – du kommst einfach gar nicht an das Gebet heran; du nimmst nur an einer Art organisierter Heuchelei teil. Mein Gott, Jesus war ein Eingeweihter von höchstem Rang mit einer schrecklich wichtigen Mission. Er war kein heiliger Franziskus, der Zeit genug hatte, ein paar Liedchen hinzuhauen oder den *Vögeln* zu predigen, oder irgendeine von den reizenden Sachen zu tun, die dem Herzen von Franny Glass so teuer sind. Es ist mir jetzt ganz ernst. Wie ist es möglich, daß du das nicht siehst? Du kannst dich drauf verlassen, wenn Gott für das, was im Neuen Testament zu tun war, jemanden mit einer so durchweg einnehmenden Persönlichkeit wie den heiligen Franz gewollt hätte, dann hätte er ihn genommen. Aber es war nun einmal so, daß er den besten, den klügsten, den am wenigsten sentimentalen, den unnachahmlichsten, den Meister mit der größten Liebe wählte, den er hätte wählen können. Und wenn du das übersiehst, dann, das schwöre ich dir, entgeht dir der Sinn des Jesus-Gebets ganz und gar... Das Jesus-Gebet hat einen Zweck und *nur* den einen, die Person, die es spricht, mit Christus-Bewußtsein auszustatten und *nicht* ein kosiges kleines Herr-ich-danke-dir-daß-ich-nicht-so-bin-wie-die-anderen-Eckchen zu schaffen, wo man sein Stelldichein mit einer klebrigen, anbetungswürdigen göttlichen Persönlichkeit hat, die einen in ihre Arme schließt, von allen Pflichten entbindet und dafür sorgt, daß all der häßliche *Weltschmerz* und alle Professor Tuppers von dannen gehen und nie mehr zurückkommen. Und, bei Gott, wenn du intelligent genug bist, das einzusehen – und das *bist* du –, und dich weigerst, es einzusehen, dann mißbrauchst du das Gebet, um dir eine Welt zu erflehen, in der es nur Puppen und Heilige und keine Professor Tuppers gibt.» Er setzte sich plötzlich aufrecht, schoß fast wie bei einer Turnübung nach vorn, um Franny anzusehen. Sein Hemd hätte man, wie man so sagt auswringen können. «Wenn Jesus gewollt hätte, daß man das Gebet spricht, um...» Zooey hielt inne. Er starrte zu Franny hinüber, die ausgestreckt, mit dem Gesicht nach unten auf der Couch lag, und wahrscheinlich hörte er jetzt erst die halberstickten Laute seelischer Qual. Er wurde augenblicklich bleich – bleich aus Angst um Frannys Zustand, bleich vermutlich auch deswegen, weil das Zimmer sich plötzlich mit dem unverwechselbar üblen Geruch der Vergeblichkeit gefüllt hatte. Der Farbton seiner Blässe war ein merkwürdig reines Weiß – das heißt nicht gemischt mit den grünen und gelben Tönen der Schuld oder tiefster Zerknirschung. Seine Blässe kam jener Blutleere im Gesicht eines kleinen Jungen sehr nahe, der Tiere, *alle* Tiere bis zum Wahnsinn liebt, und der gerade den Ausdruck auf dem Gesicht seiner Lieblingsschwester gesehen hat, die Kaninchen über alles liebt und in diesem Augenblick die Schachtel öffnet, die sein Geburtstagsgeschenk für sie enthält – eine frischgefangene junge Kobra, mit einem roten Band um den Hals, das er zu einer mißlungenen Schleife gebunden hat.

Er starrte Franny eine volle Minute lang an, sprang dann mit einer knappen, für ihn ganz untypisch unsicheren Bewegung auf die Füße. Er ging sehr langsam zum Schreibtisch seiner Mutter hinüber, der an der gegenüberliegenden Zimmerwand stand. Und als er dort anlangte, wurde deutlich, daß er gar nicht wußte, warum er dorthin gegangen war. Die Dinge, die auf der Schreibtischplatte lagen, schienen ihm vollkommen fremd zu sein – das Löschblatt mit den ausgefüllten Os, der Aschenbecher mit seinem Zigarrenstummel –, und er drehte sich um und blickte wieder Franny an. Ihr Schluchzen hatte ein wenig nachgelassen, jedenfalls schien es so, aber sie lag noch da in der alten Stellung, mitleiderregend ausgestreckt und mit dem Gesicht nach unten. Ein Arm lag unter dem Körper, war auf eine Weise eingeklemmt, die sehr unbequem, wenn nicht schmerzhaft sein mußte. Zooey wandte den Blick ab, dann faßte er Mut und sah wieder zu ihr hin. Er wischte sich mit der flachen Hand den Schweiß von den Brauen, steckte die Hand in die Tasche, um sie abzutrocknen, und sagte: «Es tut mir leid, Franny, sehr leid.» Aber diese formelle Entschuldigung ließ Franny von neuem, noch stärker als vorher, schluchzen. Er fixierte sie weitere fünfzehn oder zwan-

[illegible]nden lang, dann verließ er das Zimmer durch die Tür zur [illegible]ie er hinter sich schloß.

Außerhalb des Wohnzimmers war der Geruch frischer Farbe deutlich zu spüren. Die Diele selbst war noch nicht gestrichen, aber über die ganze Länge des Parkettbodens waren Zeitungen gelegt, und Zooeys erster Schritt – ein unentschlossener, fast taumeliger Schritt – hinterließ auf der Sportseite den Abdruck seines Gummiabsatzes, genau auf einem Foto von Stan Musial, der eine fünfunddreißig Zentimeter lange Bachforelle hochhielt. Beim fünften oder sechsten Schritt wäre er fast mit seiner Mutter zusammengestoßen, die aus ihrem Schlafzimmer kam. «Ich dachte, du wärst schon weg», sagte sie. Sie trug zwei frischgewaschene und zusammengefaltete Bettdecken in der Hand. «Ich dachte, ich hätte gehört, wie die Haust...» Sie hielt inne, um Zooeys Gesamterscheinung zu inspizieren. «Was ist denn das? Du transpirierst ja?» Ohne eine Antwort abzuwarten, faßte sie Zooey am Arm und führte ihn – fegte ihn fast, als wäre er so leicht wie ein Besen – in das Tageslicht, das aus ihrem frisch gestrichenen Schlafzimmer fiel. «Ja, du transpirierst *wirklich.*» Ihre Stimme hätte nicht mehr Erstaunen und Tadel ausdrücken können, wenn Zooeys Poren Rohöl ausgeschwitzt hätten. «Was hast du um Himmels willen gemacht? Du hast doch gerade gebadet. Was hast du gemacht?»

«Es wird Zeit für mich, Dicke. Komm, laß mich vorbei», sagte Zooey. Eine antike Kommode war aus dem Schlafzimmer in die Diele gestellt worden, und zusammen mit Mrs. Glass versperrte sie Zooey den Durchgang. «Wer hat dieses Monstrum hierher gestellt?» sagte er mit einem Blick auf die Kommode.

«Warum schwitzt du so?» fragte Mrs. Glass, die erst sein Hemd, dann ihn betrachtete. «Hast du mit Franny gesprochen? Wo kommst du her, aus dem Wohnzimmer?»

«Ja, ja, ich war im Wohnzimmer, und, nebenbei bemerkt, ich an deiner Stelle würde mal für eine Sekunde da hineinschauen. Sie weint. Jedenfalls tat sie das, als ich ging. Komm jetzt. Im Ernst. Geh mir aus dem...»

«Sie weint? Schon wieder? Warum? Was ist passiert?»

«Verdammt, ich weiß es nicht – ich habe ihr ihre Kinderbücher versteckt. Los, Bessie, geh beiseite, bitte! Ich hab's eilig!»

Mrs. Glass starrte ihn weiter an, ließ ihn aber durch. Dann schlug sie fast sofort die Richtung Wohnzimmer ein, mit einer schnellen Wendung, die ihr gerade noch Atem ließ, über die Schulter zurückzurufen: «Ziehen Sie ein frisches Hemd an, junger Mann.»

Falls Zooey sie gehört hatte, zeigte er das nicht. Am äußersten Ende der Diele betrat er das Schlafzimmer, das er früher mit den Zwillingsbrüdern geteilt hatte, jetzt aber, im Jahr 1955, allein bewohnte. Aber er blieb nur zwei Minuten im Zimmer, und als er es verließ, hatte er immer noch dasselbe schweißnasse Hemd an, und doch war seine Erscheinung, wenn auch leicht, so doch merklich verändert. Er hatte sich eine Zigarre geholt und steckte sie jetzt an. Und aus irgendeinem Grund hatte er seinen Kopf mit einem auseinandergefalteten weißen Taschentuch drapiert, möglicherweise, um sich gegen Regen, Hagel oder Schwefelasche zu schützen.

Er ging quer über die Diele in das Zimmer, das seine beiden ältesten Brüder gemeinsam bewohnt hatten.

Es war das erste Mal seit sieben Jahren, daß Zooey, wie es in der gebrauchsfertigen dramatischen Ausdrucksweise heißen muß, einen «Fuß» in Seymours und Buddys altes Zimmer «setzte», wenn man einen ganz und gar unerheblichen Zwischenfall nicht mitrechnet, als er vor ein paar Jahren die ganze Wohnung methodisch wie mit dem Schleppnetz nach einem verlegten oder «geklauten» Tennisschläger-Spanner abgesucht hatte.

Mit einer Miene, die seine Mißbilligung über den fehlenden Türschlüssel deutlich ausdrückte, schloß er die Tür so fest wie möglich hinter sich. Er blickte sich kaum im Zimmer um, statt dessen wandte er sein Gesicht entschlossen einer Hartfaserplatte zu, die, einmal schneeweiß gewesen, rücksichtslos auf die Innenseite der Tür genagelt worden war. Es war eine Riesenplatte, fast genau so lang und so breit wie die Tür selbst. Man hätte glauben können, daß ihre Weiße, ihre Glätte und ihre Größe einmal laut danach geschrien hatten, mit Tusche in Blockschrift beschrieben zu werden. Wenn – dann gewiß nicht vergebens. Die sichtbare

Oberfläche der Platte war bis auf den letzten Quadratzentimeter ausgefüllt mit vier irgendwie feierlich wirkenden Spalten, lauter Zitate aus einer Vielzahl von Autoren der Weltliteratur. Die Schrift war winzig, kohlrabenschwarz und leidenschaftlich exakt, weder Tintenflecke noch Spuren vom Radieren waren zu sehen, nur war sie an einigen Stellen etwas verschnörkelt. Nicht einmal am unteren Ende des Bretts, nahe an der Türschwelle hatte die handwerkliche Genauigkeit nachgelassen, dort wo die beiden Schreiber offenbar abwechselnd auf dem Bauch gelegen hatten. Und es war nicht der geringste Versuch unternommen worden, die Zitate oder die zitierten Autoren in Gruppen oder Kategorien zu ordnen. Wenn man die Zitate von oben nach unten, Spalte um Spalte las, war es fast, als wandere man durch eine Erste-Hilfe-Station, wie sie in Überschwemmungsgebieten eingerichtet werden, wo man etwa Pascal ganz ehrbar neben Emily Dickinson hätte liegen sehen und wo sozusagen die Zahnbürsten von Baudelaire und Thomas a Kempis nebeneinander an der Wand hingen. Zooey, der jetzt nahe genug stand, las das erste Zitat der linken Spalte und las dann nach unten weiter. Dem Ausdruck seines Gesichts oder besser: dessen Ausdruckslosigkeit nach zu urteilen, hätte er genau so gut zum Zeitvertreib an der Plakatwand auf einem Bahnsteig die Reklame für Dr. Scholls Hühneraugenpflaster lesen können.

Du hast das Recht zu wirken, aber nur um des Werkes willen. Du hast kein Recht auf die Früchte des Werkes. Niemals soll das Verlangen nach den Früchten des Werks beim Wirken dein Motiv sein. Noch sollst du je der Trägheit Raum geben.

Bei jeder Handlung soll dein Herz auf den höchsten Herrn gerichtet sein. Hänge dein Herz nicht an die Früchte. Sei gleichmütig (von einem der Schönschreiber unterstrichen) in Erfolg und Mißlingen; denn Gleichmut ist das Ziel der Yoga.

Ein Werk, das mit Sorge um die Ergebnisse verrichtet wird, ist weit weniger wert als das Werk, das ohne diese Sorge, mit der Ruhe der Hingabe verrichtet wird. Suche Zuflucht in der Erkenntnis Brahmas. Elend sind die, die selbstsüchtig um des Erfolges willen ein Werk verrichten. «Bhagavad Gita»

Es beliebte zu geschehen. «Mark Aurel»

O Schnecke
erklettere den Fudschijama
aber langsam, langsam! «Issa»

Was die Götter betrifft, so gibt es Menschen, welche die Existent einer Gottheit als solche vollkommen leugnen; andere sagen, daß eine solche existiert, daß sie aber sich weder bewegt noch sich selbst erfaßt noch irgend etwas vorher bedacht habe. Eine dritte Gruppe gesteht ihre Existenz und Vorsehung zu, aber was die großen und himmlischen Belange betrifft, nicht was irgend etwas Irdisches betrifft. Eine vierte Gruppe gibt die Existenz der Dinge im Himmel wie auf Erden zu, aber nur im allgemeinen, nicht unter Berücksichtigung jeden Individuums. Eine fünfte Gruppe, zu der Odysseus und Sokrates zählen, besteht aus denen, die rufen:

«Keine meiner Bewegungen vollziehe ich ohne dein Wissen.»
«Epiktet»

Die Liebe entzündet sich und erreicht ihren Höhepunkt, wenn ein Mann und eine Frau, beide einander fremd, in einem Zug, der nach Osten zurückfährt, miteinander zu sprechen angefangen haben.

«Also», sagte Mrs. Croot, denn sie war es, «wie fanden Sie den Canyon?»

«Das ist schon eine Höhle», antwortete ihr Begleiter.

«Welch eine seltsame Art, sich auszudrücken!» antwortete Mrs. Croot.

«Und nun spielen Sie mir was vor.» «Ring Lardner»
(Wie schreibe ich eine Kurzgeschichte.)

Gott unterweist das Herz nicht durch Ideen, sondern durch Leiden und Widersprüche. «De Caussade»

«Papa!» schrie Kitty und hielt ihm mit den Händen den Mund zu.

«Gut, ich werde nicht...» sagte er, «ich bin sehr, sehr froh... Oh, was bin ich für ein......»

Er umarmte Kitty, küßte ihr Gesicht, ihre Hand, wieder ihr Gesicht und machte das Zeichen des Kreuzes über sie.

Und als er sah, wie Kitty behutsam und zärtlich seine muskulöse Hand küßte, überkam Levin ein neues Gefühl der Liebe für diesen Mann, den er bis dahin so wenig gekannt hatte.

«Anna Karenina»

«Herr, wir müssen die Leute darüber belehren, daß sie unrecht tun, wenn sie die Standbilder und Abbildungen im Tempel anbeten.»

Ramakrishna: «So seid ihr Leute aus Kalkutta: immer müßt ihr belehren und predigen. Millionen wollt ihr verschenken, wenn ihr selbst Bettler seid – Glaubst du, Gott weiß nicht, daß er in den Standbildern und Abbildungen angebetet wird? Und glaubst du nicht, daß Gott die Absicht erkennt, wenn ein Beter sich irren sollte?» «Das Evangelium von Sri Ramakrishna»

«Wollen Sie sich nicht zu uns setzen?» wurde ich neulich von einem Bekannten gefragt, den ich allein nach Mitternacht in einem Kaffeehaus traf, das schon fast leer war. «Nein», sagte ich.

«Kafka»

Das Glück, mit Menschen beisammen zu sein. «Kafka»

Gebet des heiligen Franz von Sales: «Ja, Vater! Ja, und immer Ja!»

Zui Gan rief sich jeden Tag selber zu: «Meister.»

Dann antwortete er sich selbst: «Ja, Herr.»

Und fügte dann hinzu: «Werde nüchtern.»

Er antwortete wieder: «Ja, Herr.»

«Und dann», fuhr er fort, «laß dich nicht von anderen täuschen.» «Ja, Herr; ja, Herr», antwortete er.

«Mu-Mon-Kwam»

Da die Schrift auf der Hartfaserplatte so klein war, fand sich diese letzte Eintragung noch weit im oberen Fünftel der ersten Spalte, und Zooey hätte noch gut fünf Minuten weiterlesen können, ohne in die Knie zu gehen. Er zog es vor, nicht weiterzulesen. Er drehte sich um, diesmal nicht abrupt, ging zum Schreibtisch seines Bruders Seymour hinüber, zog den kleinen, steilen Stuhl heraus und setzte sich hin, als täte er das jeden Tag. Er legte seine Zigarre mit dem brennenden Ende nach außen auf die rechte Kante des Schreibtischs, stützte sich auf die Ellbogen und bedeckte sein Gesicht mit den Händen.

Links hinter ihm gingen zwei Fenster, mit Vorhängen und halb heruntergelassenen Jalousien, auf einen Hof – ein wenig malerisches Tal aus Backstein und Beton, durch den zu jeder Tageszeit Reinemachefrauen und Botenjungen gingen. Das Zimmer selbst hätte man vielleicht das dritte Hauptschlafzimmer der Wohnung nennen können, es hatte – sogar nach den mehr oder weniger herkömmlichen Maßstäben für ein Durchschnittsmietshaus in Manhattan – wenig Sonne und war wenig geräumig. Die beiden ältesten Glass-Söhne, Seymour und Buddy, hatten es im Jahre 1929 im Alter von zwölf und zehn Jahren bezogen und waren ausgezogen, als sie dreiundzwanzig und einundzwanzig waren. Der größte Teil der Möbel gehörte zu einer Ahorn-«Garnitur»: zwei Schlafcouches, ein Nachttisch, zwei Schüler-Schreibtische, an denen man sich die Knie einstieß, zwei Kommoden, zwei Sessel ohne Armlehnen. Drei sehr verschlissene, unechte Orientbrücken lagen auf dem Boden. Der Rest der Einrichtung bestand – ohne Übertreibung – aus Büchern. In-die-Hand-nehm-Bücher. Für-immer-weggelegt-Bücher. Was-soll-man-damit-anfangen-Bücher. Aber Bücher, Bücher. An drei Wänden des Zimmers waren hohe Büchergestelle aufgereiht, die bis zu ihrem Fassungsvermögen und darüber hinaus vollgestopft waren. Was herausgequollen war, war in Stapeln auf den Boden gehäuft. Es war kaum Platz genug, sich zu bewegen, gar kein Platz, hin und her zu gehen. Ein Fremder mit einem Sinn für feuilletonistische Cocktailparty-Prosa hätte vielleicht festgestellt, das Zimmer sähe auf den ersten Blick aus, als wäre es von zwei schwer arbeitenden zwölfjährigen Rechtsanwälten oder

Forschern bewohnt gewesen. Und tatsächlich, wenn man sich die Mühe machte, sich einen einigermaßen genauen Überblick über den vorhandenen Lesestoff zu verschaffen, dann gab es kaum Anzeichen dafür, daß die beiden früheren Bewohner innerhalb der vorwiegend jugendlichen Welt des Zimmers das wahlberechtigte Alter erreicht hatten. Allerdings – da stand auf Buddys Schreibtisch ein Telefon – das umstrittene Privattelefon. Und an beiden Schreibtischen waren zahlreiche Brandflecken von Zigaretten. Aber alle anderen, deutlicheren Zeichen des Erwachsenseins – Schachteln für Hemd- und Kragenknöpfe, Bilder an den Wänden und die vielsagenden Kleinigkeiten, die sich auf Kommoden ansammeln – das alles war im Jahr 1940 aus dem Zimmer mitgenommen worden, als die beiden jungen Männer «ausbrachen» und sich eine eigene Wohnung mieteten. Gut zwanzig Minuten lang saß Zooey an Seymours altem Schreibtisch, regungslos, aber nicht schlafend.

Er hielt sein Gesicht in den Händen, und das Taschentuch, das er sich auf den Kopf gelegt hatte, war ihm tief über die Stirn gerutscht. Dann nahm er, fast gleichzeitig, die Hände vom Gesicht, die Zigarre in die Hand, steckte sie in den Mund und zog die linke untere Schublade des Schreibtischs auf. Er zog mit beiden Händen einen fünfzehn bis zwanzig Zentimeter dicken Stapel heraus, der aus Pappstücken zu bestehen schien, wie die Wäscherei sie in frische Hemden schiebt, es waren tatsächlich solche. Er legte den Stapel vor sich auf den Tisch und fing an, die Pappstücke umzublättern, immer zwei oder drei gleichzeitig. Seine Hände hielten nur einmal an, und dann nur sehr kurz. Das Pappstück, das er festhielt, war im Februar 1938 mit Blaustift in der Handschrift seines Bruders Seymour beschrieben worden:

«Mein einundzwanzigster Geburtstag. Geschenke, Geschenke, Geschenke. Zooey und unsere Kleine machten ihre Einkäufe, wie gewöhnlich, am unteren Broadway. Sie schenkten mir einen reichlichen Vorrat an Juckpulver und eine Schachtel Stinkbomben, die Stinkbomben soll ich, sobald sich eine gute Gelegenheit ergibt, im Aufzug der Columbia-Universität fallen lassen oder irgendwo, wo sehr viele Leute sind.

Abends mir zu Ehren verschiedene Varieté-Nummern. Les und Bessie führten einen wunderbaren *soft shoe* vor, auf Sand, den Boo Boo aus der Sandkiste unten im Eingang geklaut hatte. Nach dieser Nummer karikierten B. und Boo Boo die beiden, sehr komisch. Les war den Tränen nahe. Unsere Kleine sang *Abdul Abulbul Amir*. Z. führte Will Mahoneys Abgang vor, den Les ihm beigebracht hat, rannte dabei mitten in das Bücherregal und war *rasend*. Die Zwillinge führten B.s und meine alte Imitation von Buck und Bubbles vor. Aber vollkommen. Großartig. Mitten in dieser Nummer rief der Pförtner an und fragte, ob hier oben jemand tanze. Ein Mr. Seligman im vierten...»

An dieser Stelle hörte Zooey auf zu lesen. Er stieß den Stapel Pappstücke, so wie man ein Kartenspiel zusammenschiebt, mit der oberen und unteren Kante auf die Schreibtischplatte, legte ihn in die unterste Schublade zurück und schob sie zu.

Wieder stützte er sich auf die Ellbogen und vergrub sein Gesicht in den Händen. Diesmal saß er für fast eine halbe Stunde, ohne sich zu rühren. Als er sich wieder bewegte, war es, als wären ihm Marionettenfäden angeheftet worden, an denen jetzt heftig gezerrt wurde. Es wirkte so, als ließe man ihm gerade Zeit genug, seine Zigarre in die Hand zu nehmen, dann riß schon der nächste Zug an den unsichtbaren Fäden ihn auf den Stuhl am zweiten Schreibtisch im Zimmer – Buddys Schreibtisch –, wo das Telefon stand.

Das erste, was er tat, als er sich dort zurechtsetzte – er zog die Schöße seines Hemdes aus der Hose, knöpfte das Hemd vollkommen auf, als hätte ihn diese Reise von drei Schritten in eine tropische Zone geführt. Als nächstes nahm er die Zigarre aus dem Mund, steckte sie in die linke Hand und ließ sie dort. Mit der rechten Hand nahm er sein Taschentuch vom Kopf, legte es neben das Telefon, ganz offensichtlich, um es «griffbereit» zu haben. Dann nahm er ohne merkliches Zögern den Hörer auf und wählte eine lokale Nummer. Eine sehr lokale Nummer allerdings. Als er die letzte Ziffer gewählt hatte, nahm er das Taschentuch vom Schreibtisch, legte es ganz lose über die Sprechmuschel, so daß es über der Muschel eine Blase bildete. Er atmete einmal tief ein und wartete. Er hätte seine Zigarre, die ausgegangen war, anzünden können, unterließ es aber.

Ungefähr eineinhalb Minuten vorher hatte Franny mit merklich zitternder Stimme das vierte Angebot ihrer Mutter innerhalb von fünfzehn Minuten, ihr eine Tasse schöner, heißer Hühnerbrühe zu bringen, abgelehnt. Mrs. Glass hatte dieses letzte Angebot schon im Stehen gemacht – eigentlich war sie schon halb aus dem Wohnzimmer raus, schon der Küche zugewandt und sah vor Optimismus fast grimmig aus. Das in Frannys Stimme wieder auftauchende Zittern brachte sie rasch auf ihren Stuhl zurück.

Natürlich stand der Stuhl, auf dem Mrs. Glass saß, in dem Teil des Zimmers, wo Franny lag. Und er stand dort wie ein Wachtposten. Vor fünfzehn Minuten, als Franny sich erholt genug fühlte, um sich nach ihrem Kamm umzusehen, hatte Mrs. Glass den steilen Stuhl vom Schreibtisch herübergebracht und ihn energisch neben den Kaffeetisch gestellt. Diese Position war günstig, um Franny im Auge zu behalten, und der Beobachter hatte gleichzeitig den Aschenbecher auf der Marmorplatte des Tischs in leicht erreichbarer Nähe.

Als sie sich wieder hingesetzt hatte, seufzte Mrs. Glass, so wie sie immer seufzte, wenn Tassen Hühnerbrühe abgelehnt wurden. Aber sie war so viele Jahre lang sozusagen in ihrem Patrouillenboot auf den Nahrungsmittelkanälen für ihre Kinder auf und ab gefahren, daß dieses Seufzen keineswegs als Zeichen der Niederlage zu deuten war, und sie sagte, sobald sie sich hingesetzt hatte: «Ich weiß nicht, wie du wieder zu *Kräften* und so kommen willst, wenn du deinem Körper nicht irgend etwas Nahrhaftes zuführst. Entschuldige, aber ich weiß es einfach nicht. Du hast seit sage und schreibe...»

«Also, bitte – Mutter. Ich hab dich schon zwanzigmal darum gebeten. Willst du jetzt *bitte* mit deiner Hühnerbrühe aufhören? Mir wird es schlecht davon, daß ich...» Franny unterbrach sich und horchte. «Ist das unser Telefon?» fragte sie.

Mrs. Glass war schon vom Stuhl aufgestanden. Ihre Lippen

hatten sich ein wenig gestrafft. Das Klingeln eines Telefons, jeden Telefons irgendwo, hatte zur sofortigen Folge, daß sich Mrs. Glass' Lippen strafften. «Ich bin gleich wieder da», sagte sie und verließ das Zimmer. Sie klirrte lauter als sonst, als wenn sich in ihren Kimonotaschen eine Packung gemischter Haushaltnägel geöffnet hätte.

Sie blieb ungefähr fünf Minuten lang weg. Als sie zurückkam, zeigte ihr Gesicht jenen gewissen Ausdruck, von dem ihre älteste Tochter Boo Boo einmal gesagt hatte, daß er nur zweierlei bedeuten könne: daß sie entweder gerade mit einem ihrer Söhne telefoniert habe, oder daß ihr gerade von *der* Kapazität berichtet worden sei, daß die Därme jedes einzelnen, von Gott erschaffenen menschlichen Lebewesens sich eine ganze Woche lang mit vollkommener hygienischer Regelmäßigkeit entleeren würden. «Buddy ist am Apparat», verkündete sie, als sie ins Zimmer kam. Einer Gewohnheit folgend, die sie mehrere Jahre standhaft geübt hatte, unterdrückte sie jedes, auch das geringste Zeichen von Freude, das sich in ihre Stimme hätte einschleichen können.

Frannys sichtbare Reaktion auf diese Ankündigung war ziemlich weit von Enthusiasmus entfernt. Sie wirkte vielmehr nervös.

«Von wo aus ruft er an?» fragte sie.

«Ich habe ihn nicht danach gefragt. Es hört sich an, als hätte er einen schrecklichen Schnupfen.» Mrs. Glass setzte sich nicht. Sie wartete. «Los, aufgestanden, mein Fräulein. Er will mit Ihnen sprechen.»

«Hat er das gesagt?»

«Natürlich hat er das gesagt. Los, aufgestanden – zieh deine Pantoffeln an.» Franny wand sich aus den rosa Bettüchern und der blaßblauen Kaschmirdecke heraus. Blaß und offensichtlich unentschlossen saß sie auf der Kante der Couch und sah zu ihrer Mutter auf. Ihre Füße angelten nach den Pantoffeln. «Was hast du ihm erzählt?» fragte sie nervös.

«Bitte, würden Sie jetzt die Freundlichkeit haben, ans Telefon zu gehen, mein Fräulein», sagte Mrs. Glass ausweichend. «Mein Gott, beeil dich ein bißchen.»

«Ich nehme an, du hast ihm gesagt, ich sei schon halb tot oder so ähnlich», sagte Franny. Sie bekam keine Antwort. Sie stand von der Couch auf, nicht ganz so gebrechlich, wie ein Patient nach einer Operation, aber mit jener Spur von Ängstlichkeit und Vorsicht, als erwarte sie, hoffe sie fast, sich ein klein wenig taumelig zu fühlen. Sie schob die Füße hin und her, bis die Pantoffeln richtig saßen, kam dann gemessenen Schritts hinter dem Kaffeetisch heraus, während sie den Gürtel ihres Morgenmantels löste und wieder zuband. Vor ungefähr einem Jahr hatte sie in einem unberechtigterweise selbstkritischen Abschnitt eines Briefes an ihren Bruder Buddy ihre eigene Figur als «untadelig – Americanese» bezeichnet. Mrs. Glass, die Figur und Gang eines jungen Mädchens wirklich beurteilen konnte, sah Franny nach und wieder einmal straffte sie, anstatt zu lächeln, ein wenig ihre Lippen. Aber sobald Franny außer Sicht war, wandte sie ihre Aufmerksamkeit der Couch zu. Ihrem Blick nach zu urteilen, gab es nicht viele Dinge auf dieser Welt, die sie mehr verabscheute als eine Couch, eine gute mit Daunen gepolsterte Couch, die man zum Bett hergerichtet hatte. Sie ging um den Kaffeetisch herum in den Gang zwischen Tisch und Couch und fing an, allen vorhandenen Kissen einen therapeutischen Puff zu versetzen.

Franny ging an dem Telefonapparat in der Diele vorbei, ohne ihn zu beachten. Offensichtlich zog sie den ziemlich langen Weg durch den ganzen Flur bis zum Schlafzimmer ihrer Eltern vor, wo das beliebtere Telefon der Wohnung seinen Platz hatte. Obwohl in ihrem Gang nichts besonders Auffälliges war, als sie so durch den Flur ging – sie trödelte nicht und ging auch nicht besonders schnell, so wirkten ihre Bewegungen doch auf eine sehr merkwürdige Weise verwandelt. Sie schien mit jedem Schritt, und sehr rasch, jünger zu werden. Vielleicht waren lange Flure plus Nachwirkungen von Tränen, plus Läuten eines Telefons, plus Geruch frischer Farbe, plus Zeitungen als Bodenbelag – vielleicht war die Summe all dieser Dinge für sie gleichbedeutend mit einem neuen Puppenwagen. Jedenfalls, als sie das Schlafzimmer ihrer Eltern erreicht hatte, sah es aus, als habe sich ihr hübscher, geschneiderter Morgenmantel aus Krawattenseide, dieses Symbol – vielleicht – für alles, was in einem Mädchenpensionat als chic und *fatal* gilt, in eines kleinen Mädchens wollenen Bademantel verwandelt.

Das Schlafzimmer von Mr. und Mrs. Glass roch beißend, stank geradezu nach frischer Farbe. Das Mobiliar war in der Mitte des Zimmers zusammengestellt und mit einer Zeltplane bedeckt – mit einer alten Zeltplane voller Farbflecke, die fast organisch wirkte. Auch die Betten waren von den Wänden abgerückt worden, waren aber – dafür hatte Mrs. Glass gesorgt – mit baumwollenen Tagesdecken bedeckt. Das Telefon stand jetzt auf dem Kopfkissen von Mrs. Glass' Bett. Offensichtlich hatte auch Mrs. Glass diesen Apparat dem weniger privaten Nebenanschluß im Flur vorgezogen. Der Hörer war abgenommen und wartete auf Franny. Er schien fast so sehnsüchtig wie ein menschliches Wesen darauf zu warten, daß man von seiner Existenz Notiz nahm. Um zu ihm zu gelangen, ihn zu erlösen, mußte Franny über die Massen von Zeitungen auf dem Fußboden hinwegschlurfen und einem leeren Farbtopf ausweichen. Als sie den Hörer endlich erreicht hatte, nahm sie ihn nicht in die Hand, sondern setzte sich nur neben ihn auf das Bett, sah ihn an, sah wieder weg und strich sich das Haar zurück. Der Nachttisch, der gewöhnlich neben dem Bett stand, war nah genug herangerückt, daß Franny ihn, ohne aufzustehen, erreichen konnte. Sie schob ihre Hand unter ein besonders fleckig aussehendes Stück Segeltuch, das den Nachttisch bedeckte, schob die Hand suchend hin und her, bis sie gefunden hatte, was sie suchte – eine Porzellanzigarrettendose und eine Schachtel Zündhölzer in einem kupfernen Halter. Sie zündete sich eine Zigarette an, warf noch einen langen, beunruhigten Blick auf das Telefon. Es muß hier festgestellt werden, daß die Stimmen all ihrer Brüder – außer der Stimme ihres verstorbenen Bruders Seymour – am Telefon übermäßig vibrierten, um nicht zu sagen: nervig klangen. In diesem Augenblick hatte Franny beinahe Angst davor, den Klang einer der brüderlichen Stimmen am Telefon zu hören, ganz zu schweigen von dem, was die Stimmen sagen würden. Sie paffte nervös an ihrer Zigarette, aber dann nahm sie doch tapfer den Hörer auf. «Hallo, Buddy?» sagte sie.

«Hallo, Süße wie geht es dir – geht es dir gut?»

«Oh, mir geht es gut. Und wie geht es dir? Es hört sich an, als wärst du erkältet.» Als sie darauf nicht sofort Antwort bekam, fuhr sie fort: «Ich nehme an, Bessie hat dir gerade stundenlang alles ganz kurz mitgeteilt.»

«Nun ja – Irgendwie. Ja und nein. Du kennst sie ja. Geht's dir wirklich gut, Süße?»

«Mir geht es sehr gut. Aber du klingst wirklich komisch. Entweder bist du fürchterlich erkältet, oder die Verbindung ist fürchterlich. Von wo sprichst du denn überhaupt?»

«Wo ich bin? Oh, ich bin genau da, wo ich hingehöre, mein Häschen. Ich bin in einem kleinen Gespensterhaus, hier unten an der Straße. Es ist ja auch egal. Sprich einfach mit mir.»

Franny schlug nervös die Beine übereinander. «Ich weiß gar nicht genau, worüber du sprechen willst», sagte sie, «ich meine, was hat Bessie dir denn alles erzählt?» Am anderen Ende der Leitung entstand eine Pause, wie sie ganz besonders charakteristisch für Buddy war. Es war genau dieselbe Pause – ein bißchen zu penetrant nach dem Altersunterschied schmeckend – die beider, Frannys Geduld *und* die des Virtuosen am anderen Ende der Leitung, oft genug strapaziert hatte, als sie noch kleine Kinder waren.

«Nun, ich weiß gar nicht so ganz genau, was sie mir alles erzählt hat, Süße. Über einen gewissen Punkt hinaus ist es etwas indiskret, Bessie am Telefon zuzuhören. Aber von den Käsebroten, das hab ich zu hören bekommen, da brauchst du keine Angst zu haben. Und natürlich von den Pilger-Büchern. Danach hab ich einfach nur da gesessen und den Hörer ans Ohr gehalten und nicht mehr richtig zugehört. Du kennst das ja.»

«Oh», sagte Franny. Sie wechselte die Zigarette in ihre Telefonhand und griff mit ihrer freien Hand unter die Zeltplane auf dem Nachttisch, fand einen kleinen Steingutaschenbecher, den sie neben sich aufs Bett stellte. «Du klingst komisch», sagte sie, «bist du erkältet, oder was ist?»

«Ich fühle mich großartig, Süße. Ich sitze hier, spreche mit dir und fühle mich großartig. Ich kann dir gar nicht sagen, welche Freude es ist, deine Stimme zu hören.»

Franny strich wieder einmal mit der freien Hand ihr Haar zurück. Sie sagte nichts.

«Hallo, Häschen? Fällt dir irgend etwas ein, das Bessie mir nicht erzählt haben könnte? Möchtest du überhaupt sprechen?»

Franny schob den kleinen Aschenbecher, der neben ihr auf dem Bett stand, hin und her. «Nun, ich bin ein bißchen ausgeredet. Um ganz *ehrlich* zu dir zu sein», sagte sie. «Zooey hat den ganzen Morgen auf mir rumgehackt.»

«Zooey? Wie geht es ihm?»

«Wie es ihm geht? Ihm geht es großartig. Ihm geht es tipptopp. Ich könnte ihn einfach umbringen – das ist es.»

«Umbringen? Warum? Warum, Süße? Warum könntest du unseren Zooey umbringen?»

«*Warum?* Weil ich's gern täte, darum. Er ist *vollkommen* destruktiv. In meinem ganzen Leben ist mir noch keiner begegnet, der so vollkommen destruktiv ist. Und ohne *jeden* Grund! In der einen Minute stürzt er sich wie ein Wilder auf das Jesus-Gebet – an dem ich zufällig interessiert bin – und erreicht, daß du dir wie ein neurotisches Rindvieh vorkommst, nur, weil du daran interessiert bist, und ungefähr zwei Minuten später erzählt er dir, wie hingerissen er von Jesus ist, dem einzigen Menschen auf der ganzen Welt, vor dem er je Respekt gehabt hat – welch ein *Geist* und so weiter. Er ist einfach so unberechenbar. Ich meine, er dreht sich dauernd im Kreis, dreht sich dauernd so fürchterlich im Kreis.»

«Erzähl mir darüber. Erzähl mir, wie fürchterlich er sich im Kreis dreht.»

An dieser Stelle machte Franny den Fehler, kurz und ungeduldig auszuatmen – sie hatte gerade Zigarettenrauch inhaliert. Sie hustete. «Erzähl mir darüber! Mein Gott, ich würde den ganzen Tag dazu brauchen.» Sie faßte sich mit der Hand an den Hals und wartete, bis das unangenehme Gefühl, etwas in die falsche Kehle bekommen zu haben, verging. «Er ist einfach ein Ungeheuer. Ja, das ist er. Natürlich nicht wirklich ein Ungeheuer, aber – ach, ich weiß nicht. Er ist auf alles so *bitter*. Bitter auf die Religion. Bitter aufs Fernsehen. Bitter auf Seymour und dich – immer wieder sagt er, ihr beide habt Wunderkinder aus uns gemacht. Ich weiß nicht. Er springt von einem …»

«Wieso Wunderkinder? Ich weiß ja, daß er das glaubt. Oder glaubt, es zu glauben. Aber hat er auch gesagt, wieso? Wie definiert er denn ein Wunderkind? Hat er das gesagt, Süße?»

Genau an dieser Stelle schlug sich Franny, scheinbar überrascht über die Naivität dieser Frage, mit der Hand gegen die Stirn, und das hatte sie sehr wahrscheinlich seit fünf oder sechs Jahren nicht mehr getan – sie hatte es zum Beispiel getan, als sie mitten auf dem Heimweg in der Lexington Avenue im Bus entdeckte, daß sie ihren Schal im Kino liegen gelassen hatte. «Wie er das definiert?» sagte sie. «Er hat für alles ungefähr vierzig Definitionen. Und das ist der Grund, warum es ein bißchen so klingt, als wäre ich verrückt. Einmal – wie gestern abend – sagte er, wir wären Wunderkinder, weil wir dazu erzogen worden sind, mit einer einzigen Garnitur von Wertmaßstäben auszukommen. *Zehn Minuten später* sagte er, *er* wäre ein Wunderkind, weil er nie Lust habe, mit irgend jemand einen zu trinken. Das einzige Mal...»

«Nie Lust hätte wozu?»

«Mit irgend jemand einen zu *trinken*. Ach, gestern abend mußte er noch weg und diesen Fernsehautor treffen, im Village und so. Damit hat es angefangen. Er sagte, die einzigen Leute mit denen er gerne einen trinken würde, wären entweder tot oder nicht da. Er sagte, er hätte nicht einmal Lust, mit jemand zu essen, wenn nicht die begründete Aussicht bestehe, daß der Betreffende sich als Jesus persönlich herausstelle – oder Buddha, Hui-eng, oder Shankaracharya, oder irgendeiner dieser Art, weißt du.» Franny drückte plötzlich ihre Zigarette in dem winzigen Aschenbecher aus – ziemlich ungeschickt, da sie die zweite Hand nicht frei hatte, um den Aschenbecher festzuhalten. «Weißt du, was er mir außerdem noch erzählt hat? Weißt du, was er mir hoch und heilig versichert hat? Daß er einmal, als er acht Jahre alt war, mit Jesus ein Glas Ingwerlimonade getrunken hat – das hat er mir gestern abend erzählt. Hörst du auch zu?»

«Ich höre... Süße – ich höre.»

«Er behauptet, er hätte – genauso hat er es erzählt –, er habe ganz allein am Küchentisch gesessen, ein Glas Ingwerlimonade getrunken, Salzstangen gegessen und in *Donbey und Sohn* gelesen, und ganz plötzlich habe Jesus auf dem anderen Stuhl gesessen und gefragt, ob er nicht ein kleines Glas Ingwerlimonade haben könne. Ein *kleines* Glas, verstehst du – genauso hat er's erzählt. Was ich meine – er erzählt dir solche Sachen und glaubt dann, er wäre genau der richtige, *mir* Ratschläge zu geben, und solches Zeug. Das ist es, was mich so wahnsinnig macht. Ich könnte spucken. Wirklich! es ist, als lägest du in einem Irrenhaus und ein anderer Patient käme zu dir, als Doktor verkleidet, und finge an, dir den Puls zu fühlen oder so – es ist einfach schrecklich. Er redet und redet und redet, dann raucht er seine Zigarren, die durchs ganze Haus stinken. Mir ist so übel von dem Gestank, daß ich mich einfach auf die Seite legen und *sterben* könnte.»

«Die Zigarren sind doch nur Ballast, Süße. Der reine Ballast. Wenn er sich nicht an der Zigarre festhalten könnte, würden seine Füße sich vom Boden heben, und wir würden unseren Zooey nie mehr wiedersehen.»

Es gab einige altbewährte sprachliche Kunstpiloten in der Glass-Familie, aber es war nur Zooey zuzutrauen, daß er diese letzte kleine Bemerkung heil über eine Telefonleitung brachte. Immerhin legt der Erzähler diesen Gedanken nahe. Vielleicht spürte das auch Franny. Jedenfalls wußte sie plötzlich, daß es Zooey war, der am anderen Ende der Leitung mit ihr sprach. Sie stand langsam von der Bettkante auf.

«Schon gut, Zooey», sagte sie, «schon gut.»

Die Antwort kam nicht sofort. «Wie bitte?»

«Ich sagte, schon gut, Zooey.»

«Zooey? Was soll das? – Franny? Bist du noch da?»

«Ja, ich bin da. Hör jetzt bitte auf. Ich weiß, daß du es bist.»

«Was um alles in der Welt meinst du, Süße. Was soll das? Wer ist dieser Zooey? Welchen Zooey meinst du?»

«Zooey *Glass*», sagte Franny. «Also laß das jetzt bitte. Das ist nicht sehr witzig. Kaum bin ich soweit, mich zufällig halbwegs wieder...»

«Hast du gesagt Grass? Zooey Grass? Ist das der Norweger? So ein ziemlich schwergebauter, blonder athl...»

«Es ist *gut*, Zooey. Hör jetzt bitte auf. Genug ist genug. Das ist gar nicht witzig... Falls es dich interessiert, ich fühle mich absolut elend. Wenn du mir also etwas Bestimmtes zu sagen hast, dann sag es bitte rasch und laß mich allein.»

Dieses letzte, betonte Wort wurde mit seltsam schwankender

Stimme ausgesprochen, als wäre die Betonung nicht ganz beabsichtigt gewesen.

Am anderen Ende der Leitung trat eine eigentümliche Stille ein, und Frannys Reaktion darauf war ebenso eigentümlich. Sie war verwirrt. Sie setzte sich wieder auf die Kante von ihres Vaters Bett. «Ich habe nicht vor, einfach aufzulegen», sagte sie, «aber ich bin – ich weiß nicht – ich bin *müde*, Zooey. Offen gesagt einfach erschöpft.» Sie lauschte, aber es kam keine Antwort. Sie legte die Beine übereinander. «Du hältst das einen ganzen Tag aus, aber ich nicht», sagte sie, «ich bin immer die, die es zu hören bekommt, und das ist nicht so furchtbar angenehm, weißt du. Du glaubst, alle Menschen sind aus Stahl oder was.» Sie lauschte: gerade, als sie weitersprechen wollte, hörte sie ein Räuspern.

«Nein, ich glaube nicht, daß alle Menschen aus Stahl sind, Mädchen.»

Dieser absurd einfache Satz schien Franny mehr zu verwirren als anhaltendes Schweigen sie verwirrt hätte. Sie griff rasch in die Porzellandose, nahm eine Zigarette heraus, traf aber keine Anstalten, sie anzuzünden. «Nun, man könnte meinen, du glaubst es doch», sagte sie. Sie horchte. Sie wartete. «Was ich meine – hast du aus einem bestimmten Grund angerufen?» sagte sie plötzlich. «Ich meine, ob du einen bestimmten *Grund* gehabt hast, mich anzurufen?»

«Keinen bestimmten Grund, Mädchen, keinen bestimmten Grund.» Franny wartete. Dann wurde am anderen Ende wieder gesprochen.

«Ich denke, ich habe mehr oder weniger angerufen, um dir zu sagen, du solltest mit deinem Jesus-Gebet weitermachen, wenn du das Bedürfnis hast. Ich meine, es ist deine Sache. Deine Sache ist es. Es ist ein verdammt nettes Gebet, und laß dir von niemandem etwas anderes sagen.»

«Ich weiß», sagte Franny. Sehr nervös streckte sie die Hand nach der Streichholzschachtel aus.

«Ich glaube, ich habe nie wirklich vorgehabt, es dir auszureden. Wenigstens glaube ich nicht, daß ich das vorhatte. Verdammt, ich *weiß* einfach nicht, was in meinem Kopf vorging. Immerhin weiß ich eins sicher, ich habe verdammt nicht das

Recht, wie ein *Prophet* daherzureden, so, wie ich's getan habe. Wir haben verdammt genug Propheten in der Familie gehabt. Das macht mir Kummer. Das erschreckt mich ein bißchen.»

Franny nahm die folgende kleine Pause wahr, um sich ein wenig aufrechter zu setzen, als ob jeden Augenblick aus irgendeinem Grund gute Haltung oder eine bessere Haltung sich als angebracht erweisen könnte.

«Es erschreckt mich ein bißchen, aber ich werde nicht zu Stein deswegen. Wir wollen uns nichts vormachen. Wir wollen das klären. Zu *Stein* werde ich also nicht. Weil du etwas vergessen hast, Mädchen. Denn als du zum erstenmal den Drang, den *Ruf* spürtest, das Gebet zu sprechen, da hast du nicht alle vier Ecken der Welt abgesucht, um deinen Meister zu finden. *Du bist nach Hause gekommen*. Du bist nicht nur nach *Hause* gekommen, sondern hast auch noch deinen verdammten Zusammenbruch gehabt. Wenn du die Sache also auf eine bestimmte Weise ansiehst, hast du von Rechts wegen nur Anspruch auf den minderwertigen geistlichen Beistand, den wir in unserer Gegend hier anzubieten haben ... und nicht mehr. Immerhin weißt du, daß es in diesem Narrenhaus hier keine verdammten Hintergedanken gibt. Was wir auch alles sein mögen, Mädchen, *Heuchler* sind wir nicht.»

Franny versuchte jetzt mit nur einer Hand ihre Zigarette anzuzünden. Es gelang ihr, die Schachtel aufzuschieben, aber beim ungeschickten Anstreichen eines Zündholzes fiel die Schachtel hin. Sie bückte sich rasch, hob die Schachtel auf und ließ die verstreuten Zündhölzer liegen.

«Eins will ich dir sagen, Franny. Etwas, das ich *weiß*. Reg dich nicht gleich auf. Es ist nichts Schlimmes. Wenn es dich nach einem religiösen Leben verlangt, dann mußt du endlich begreifen, daß du jede, aber auch jede religiöse Handlung übersiehst, die sich in diesem Hause abspielt. Du hast nicht einmal Einsicht genug, zu *trinken*, wenn jemand dir eine Tasse voll konsekrierter Hühnerbrühe bringt – die einzige Sorte Hühnerbrühe, die Bessie überhaupt je irgend jemand in diesem Narrenhaus bringen kann und gebracht hat. Erkläre mir das mal, Mädchen, erkläre es mir. Und wenn du ausziehen und die ganze Welt nach einem Meister absuchen würdest – irgendeinem Guru oder einem Heiligen –, der dir sagen soll, wie du das Jesus-Gebet richtig sprechen mußt, was würde dir das nützen? Verdammt, wie willst du eigentlich einen echten Heiligen erkennen, falls er dir begegnet, wenn du nicht fähig bist, eine Tasse konsekrierter Hühnerbrühe zu erkennen, wenn sie vor deiner Nase steht? Kannst du mir das erklären?»

Franny saß jetzt schon fast unnatürlich aufrecht da.

«Ich frage dich nur. Ich will dich nicht aufregen. Rege ich dich auf?»

Franny antwortete, aber offenbar war ihre Antwort nicht laut genug.

«Was? Ich kann dich nicht verstehen.»

«Ich sagte nein. Woher rufst du an? Wo bist du jetzt?»

«Ach, verflucht, es ist doch egal, wo ich bin. In Pierre, Süd-Dakota, um Himmels willen! Hör mir zu, Franny – entschuldige und ärgere dich nicht. Aber hör mir zu. Ich habe noch zwei oder drei Kleinigkeiten zu sagen, dann mache ich Schluß, das verspreche ich dir. Wußtest du eigentlich, daß Buddy und ich im Auto raufgefahren sind, um dich im Sommertheater zu sehen?

Wußtest du, daß wir dich an einem Abend in *The Playboy of the Western World* gesehen haben? Es war ein gottverflucht heißer Abend, das kann ich dir sagen. Aber wußtest du, daß wir da waren?»

Diese Frage schien eine Antwort zu fordern. Franny stand auf, setzte sich aber sofort wieder hin. Sie schob den Aschenbecher von sich weg, als wäre er ihr sehr im Weg.

«Nein», sagte sie. «Ich wußte es nicht. Keiner hat mir ein Wort – nein, ich wußte es nicht.»

«Nun, wir waren da. Wir waren da. Und eins will ich dir sagen, Mädchen, du warst gut. Und wenn ich sage gut, dann meine ich gut. Du hast den ganzen Kram *gehalten* – Und sogar diese sonnverbrannten Hummer in der Zuschauerschaft merkten es. Und nun höre ich, daß du für immer mit dem Theater Schluß gemacht hast – ich höre Sachen, Sachen höre ich. Und dabei erinnere ich mich deiner Reden am Ende der Saison. Ach, du regst mich auf, Franny. Entschuldige, du regst mich wirklich auf. Du hattest die großartig neue, aufregende blöde Entdeckung gemacht, daß es in der Schauspielerei von Söldlingen und Metzgern wimmelt. Soweit ich mich erinnern kann, sahst du aus, wie jemand, der vollkommen niedergeschmettert ist, weil nicht jeder Türsteher ein Genie war. Was ist bloß mit dir *los*, Mädchen? Wo ist dein Verstand geblieben? Wenn du schon zum Wunderkind erzogen worden bist, dann mach doch *Gebrauch* davon, *Gebrauch*. Du kannst das Jesus-Gebet von jetzt an bis zum Jüngsten Tag sprechen, aber wenn du dir nicht klar darüber wirst, daß das einzige, was im religiösen Leben zählt, Loslösung ist, dann weiß ich nicht, wie du auch nur einen Zentimeter weiter kommen willst. Loslösung und nichts als Loslösung, Mädchen. Wunschlosigkeit. ‹Allem Verlangen entsagen.› Verflucht, wenn du die genaue Wahrheit wissen willst, an erster Stelle ist es dieses Verlangen, das einen Schauspieler ausmacht. Warum bringst du mich soweit, dir Sachen zu sagen, die du schon weißt? Irgendwo unterwegs – in der einen Inkarnation oder der anderen, meinetwegen – hast du dieses Verlangen gehabt, nicht nur ein Schauspieler oder eine Schauspielerin zu sein, sondern eine *gute* Schauspielerin. Und das hängt dir nun einmal an. Du kannst nicht einfach herausspazieren aus dem, was dein eigenes Verlangen aus dir gemacht hat. Ursache und Wirkung, Mädchen, Ursache und Wirkung. Das einzige, was du jetzt noch tun kannst, die einzige religiöse Handlung, die du jetzt noch vollziehen kannst, ist *spielen*. Spiele für Gott, wenn es dich danach verlangt. – Sei Gottes Schauspielerin, wenn es dich danach verlangt. Was könnte schöner sein? Du kannst es wenigstens versuchen, wenn du Lust dazu hast – es ist nichts Schlimmes dabei, es zu *versuchen.*» Es entstand eine kleine Pause. «Und am besten fängst du sofort an, Mädchen. Der verfluchte *Sand* rinnt durch die Uhr, jedesmal wenn du dich nur umdrehst. Ich weiß, was ich sage. Du kannst von Glück sagen, wenn du Zeit findest, in dieser verdammt einmaligen Welt auch nur zu niesen.» Es entstand wieder eine, diesmal kürzere Pause. «Früher habe ich mir immer Gedanken darüber gemacht. Heute mache ich mir nicht mehr viel Gedanken darüber. Schließlich bin ich immer noch verliebt in Yoricks Totenschädel, und schließlich habe ich immer noch Zeit genug, in

Yoricks Totenschädel verliebt zu bleiben, und wenn ich einmal tot bin, Mädchen, möchte ich einen verdammt ehrenwerten Totenschädel haben. *Ich sehne* mich nach einem Totenschädel, der so verflucht ehrenwert ist wie Yoricks Schädel. Und genauso ist es mit *dir*, Franny Glass. Genauso. Genauso – ach, Gott, was hat das Reden für einen Sinn? Du hast ganz genau dieselbe verfluchte Wunderkind-Erziehung gehabt wie ich, und wenn du bis jetzt nicht weißt, welche Art Schädel du einmal haben möchtest, wenn du tot bist, und was du zu tun hast, um ihn dir zu *verdienen* – ich meine, wenn du es bis jetzt nicht wenigstens weißt, daß, wenn du eine Schauspielerin bist, von dir erwartet wird, daß du spielst – was hat dann das ganze Reden für einen Sinn?»

Franny hatte jetzt die Handfläche ihrer freien Hand fest gegen ihr Gesicht gepreßt, wie jemand, den fürchterliche Zahnschmerzen plagen.

«Und noch etwas, und dann bin ich am Ende, ich verspreche es dir. Die Sache ist die: als du nach Hause kamst, warst du rasend und fluchtest über die Dummheit des Publikums. Über dieses verfluchte ‹verkehrte Lachen› aus der fünften Reihe. Und du hast recht – vollkommen recht. Weiß Gott, das ist deprimierend. Ich behaupte nicht das Gegenteil. Aber es geht dich nichts an, wirklich nicht. Es geht dich nichts an, Franny. Das einzige, worum sich ein Künstler zu kümmern hat – er muß auf eine, irgendeine Art Vollkommenheit hinzielen, und zwar auf eine Vollkommenheit, deren *Maßstäbe er selbst bestimmt*, nicht irgendein anderer. Ich schwöre dir, du hast nicht das Recht, dir über diese Dinge Gedanken zu machen. Jedenfalls nicht ernsthaft. Verstehst du, was ich meine?»

Es entstand ein Schweigen, das beide ohne ein Anzeichen von Ungeduld oder Peinlichkeit durchstanden. Franny schien immer noch erhebliche Schmerzen irgendwelcher Art in der einen Gesichtshälfte zu haben, auf die sie ihre Hand weiter preßte, aber ihr Gesichtsausdruck war sichtlich ergeben.

Die Stimme am anderen Ende der Leitung war wieder zu hören. «Ich erinnere mich noch eines Vorfalls, als ich ungefähr zum fünftenmal mit zum *Klugen Kind* ging. Ich sprang für Walt ein, weil er einen Gips hatte – weißt du, als er damals diesen Gipsverband hatte. Jedenfalls, eines Abends fing ich vor der Sendung an, bockig zu werden. Seymour hatte mir – gerade als ich mit Waker aus der Tür ging – gesagt, ich solle mir die Schuhe putzen. Ich war wütend. Ich sagte zu Seymour, das Publikum im Studio bestehe aus lauter Schwachköpfen, der Ansager sei ein Schwachkopf, die Auftraggeber seien Schwachköpfe, verflucht, ich dächte nicht daran, mir für die die Schuhe zu putzen, und ich sagte, ich säße ja so, daß sie meine Schuhe überhaupt nicht sehen könnten. Er sagte, ich solle sie trotzdem putzen. Er sagte, ich solle sie für die Dicke Frau putzen. Verdammt, ich wußte nicht, was er damit meinte, aber er machte dabei ein echtes Seymour-Gesicht, und so putzte ich mir die Schuhe. Er hat mir nie gesagt, wer die Dicke Frau ist, aber jedesmal, wenn ich wieder zum Rundfunk ging, putzte ich mir die Schuhe für die Dicke Frau, die ganzen Jahre hindurch, in denen du und ich zusammen auftraten, falls du dich erinnerst. Ich glaube, ich versäumte es nur selten, und so entstand in meinem Gehirn eine schrecklich klare Vorstellung von der Dikken Frau. Ich hatte sie den ganzen Tag hier auf der Terrasse sitzen, sie schlug mit der Klatsche nach den Fliegen und hatte von früh bis spät in die Nacht das Radio auf volle Lautstärke gedreht. Ich stellte mir vor, wie schrecklich die Hitze war, und sie hatte wahrscheinlich Krebs, und – ich weiß nicht, was. Jedenfalls schien es mir vollkommen klar, warum Seymour darauf bestand, daß ich mir vor jeder Sendung die Schuhe putzte. Es hatte *Sinn.*»

Franny war aufgestanden, sie hatte die Hand von ihrem Gesicht genommen und hielt den Hörer jetzt mit beiden Händen. «Mir hat er das auch gesagt», sagte sie, «er hat mir einmal gesagt, ich solle komisch sein für die Dicke Frau.» Sie nahm eine Hand vom Hörer weg, legte sie sich kurz auf den Kopf, nahm dann wieder den Hörer in beide Hände. «Ich hab sie mir nicht auf der Terrasse vorgestellt, aber sie hatte sehr – weißt du – sehr dicke Beine, und voller Krampfadern. Meine saß in einem schrecklichen Korbstuhl. Auch *meine* hatte Krebs, und sie hatte auch das Radio von früh bis spät auf volle Lautstärke gedreht. Meine auch!»

«Ja. Ja. Ja. Richtig. Laß mich dir noch etwas sagen, Mädchen – hörst du noch?»

Franny, die außerordentlich gespannt aussah, nickte.

«Es ist mir gleichgültig, wo ein Schauspieler spielt. Es kann im Sommertheater sein, es kann im Rundfunk sein, es kann im Fernsehen sein, es kann in einem verdammten Broadway-Theater sein, wo das Publikum aus den Elegantesten, Wohlgenährtesten, Sonnengebräuntesten besteht. Aber ich werde dir ein schreckliches Geheimnis erzählen – hörst du mir zu? *Da unten sitzt keiner, der nicht Seymours Dicke Frau wäre*. Und das schließt deinen Professor Tupper ein, Mädchen. Und Dutzende von seinen blöden Vettern. Es gibt nirgendwo *irgendeinen*, der nicht Seymours Dicke Frau wäre. Weißt du das nicht? Kennst du dieses verdammte Geheimnis noch nicht? Und weißt du noch nicht – *jetzt* paß gut auf –, *weißt du nicht, wer diese Dicke Frau in Wirklichkeit ist?* – Aber Mädchen, Mädchen. Es ist Christus selber, Christus selber, Mädchen.»

Vor Freude konnte Franny offenbar nichts anderes tun, als den Hörer festhalten, mit beiden Händen festhalten.

Länger als eine halbe Minute war nichts zu hören, kein Wort mehr.

Dann: «Ich kann nichts mehr sagen, Mädchen.» Und es folgte das Geräusch, mit dem ein Hörer aufgelegt wird.

Franny stockte kurz der Atem. Sie hielt aber weiter den Hörer ans Ohr. Natürlich folgte, nachdem die Verbindung ordnungsgemäß unterbrochen war, das amtliche Tuten. Franny schien es außerordentlich schön zu finden, ihm zu lauschen, fast als wäre es der einzig mögliche Ersatz für jenes Urschweigen, das am Anfang aller Dinge stand –. Aber sie schien auch zu wissen, wann sie ihm nicht mehr lauschen sollte, als ob sie plötzlich alle Weisheit dieser Welt besäße, wie wenig oder wie viel es auch sein mochte. Als sie den Hörer auflegte, schien sie genau zu wissen, was sie zu tun hatte. Sie räumte die Rauchutensilien weg, zog die baumwollene Tagesdecke von dem Bett, auf dem sie gesessen hatte, streifte ihre Pantoffeln ab und legte sich ins Bett. Bevor sie in einen tiefen traumlosen Schlaf fiel, lag sie einige Minuten lang ganz still da und lächelte zur Zimmerdecke hinauf.